DE LA CRUAUTÉ EN POLITIQUE:
De l'Antiquité aux Khmers rouges

憎悪と破壊と残酷の世界史

上

剣闘士からジハード、異端審問、全体主義

ステファヌ・クルトワ
Stéphane Courtois
神田順子 監訳
Junko Kanda

原書房

増悪と破壊と残酷の世界史・上

◆剣闘士からジハード、異端審問、全体主義

はじめに
残酷と政治

ステファヌ・クルトワ

残酷と政治の関係を探る…。ド・ゴールなら「広大無辺な計画」と皮肉ったことだろう［第二次大戦末期に、首都奪還をめざすフランス軍のジープ一台に「愚か者に死を」と書かれていた。ド・ゴールはこれについて、愚か者全員を殺すならばいくら弾薬があっても足りない、との皮肉をこめて「広大無辺な計画」と述べた］。人類が遥《はる》か古代から示してきた特異な傾向の一つが「互いに殺し合え！」という強い衝動であったことを考えると、残忍性の世界史を語ろうとする試みは傲慢《ごうまん》といえよう。欲望、嫉妬、怨念に突き動かされたカインがアベルを殺して以来、殺戮《さつりく》はいつの時代にも繰り返されてきた。考古学者が、先史時代にさかのぼる頭蓋骨に人為的な衝撃の跡を発見することは稀《まれ》ではない。古代エジプトの墓には、捕虜が処刑されるシーンが描かれている。一九九一年にオーストリアの氷河で発見された有名なアイスマン（愛称エッツィ）は、紀元前二六〇〇年より前に燧石《すいせき》の鏃《やじり》で殺されたことが分かっている。銅製の斧を持っていたことから、エッツィは権力者であったと思われる。支配していたのは一族、部族、それとも一定のテリトリーだったのか？　エッツィは銅鋳造技術を独占していたのだろうか？　歴史は答を与えてくれないが、新石器時代より人類は暴力的、残酷であり、最高権力者、富の独占者、社会のリーダーや宗教指導者の地位を奪取し、守るために殺し合ってきたことにまちがいはない。

残酷さはいつの時代にもみられ、五大陸のどこでも存在していた。ただし、本書では、地政学的にも文化的にもわれわれにもっともかかわりがある「大西洋からウラルまで」の欧州を主に扱う。ナショナル・アイデンティティーを否定する歴史教育がいきすぎとなっている感がある昨今、少々の欧州中心主義も悪くないだろう。本書は紙幅《しふく》の都合上、膨大な数の犠牲者を出したバルカン半島の諸問題（オスマン帝国との戦争、クロアチアのファシズム党ウスタシャによる民族浄化、チトーのパルチザンによる他勢力の粛清、セルビア人とボスニア人が激しく対立した一九九〇年代のユーゴスラヴィア紛争）に触れることはできなかった。しかし、執筆者の一人であるニコス・マランツィディスが、一九四三年から一九四九年にかけてのギリシア内戦という、バルカン半島を舞台にした紛争の代表例を扱っている。アフリカの諸王国間の戦争、アラブ人による略奪、植民地征服戦争（宗主国となろうとしたのがイギリス、ベルギー、フランス、ポルトガル、ドイツなのかによって、征服戦争の様相はかなり異なる）、ルワンダのフツ族が八〇万人ものツチ族を殺したジェノサイドといった重大なテーマがあるにもかかわらず、アフリカ大陸も本書ではほぼ不在である。イヴ・サンタマリアがアルジェリア戦争（植民地戦争、「解放」戦争、「解放者」間の内戦、民族浄化、といういくつもの局面をもつ、という意味でこれは複数形の戦争である）について語るだけである。

インカ帝国、アステカ帝国、コンキスタドール、数えきれない革命や内戦、北米におけるネイティブアメリカンと入植者勢力との戦争は、多々の残酷行為と切り離して語ることはできないが、本書はアメリカ大陸もカバーすることができなかった。例外は、六五万人を超える戦死者を出し、カール・マルクスの思想にも大きく影響した南北戦争である。アジア大陸には、幾筋かの光をあてた。中国では、ソ連が後ろ盾となった中国共産党と国民政府との間の内戦が、日本軍侵略への抵抗のために一時棚上げとなった。全体主義的な傾向をもつ国家主義かつ帝国主義体制——過激な日蓮宗の影響もあって、汎アジアイデオロギーに染まった石原莞爾は一九三一年に満州事変を引き起こした——を背景とする日本軍は、中国の民間人や敵軍兵士に対する野蛮行為できわだった。毛沢東の片腕として秘密警察のトップに上りつめた康生は、内戦時代に始まる数多くの粛清、虐殺を指揮した。なお、秘密の多い康生はその死にいたるまで、カンボジアのポル・ポトとクメール・ルージュの助言者をつとめた。

権力、暴力、残酷さ

人類はその歴史の原初より政治犯罪に手を染めていた。アガメムノンは、トロイアとの戦争で神々にギリシアの味方になってもらうため、娘のイピゲネイアを人身御供として捧げた。イピゲネイアは、人間の政治の狂気の犠牲者として殺される寸前に、女神アルテミスによって命を助けられたと言われる。劇作家ラシーヌは、本書が扱う問題を、イピゲネイアの母クリュタイムネストラの台詞を通して見事に論じている。

「あなたは、君臨したいという、飽くなき渇望にとりつかれている
あなたは誇っている、二〇人もの国王があなたに仕え、あなたを恐れていることを
そして、帝国のすべての権利がご自身にゆだねられたことを
残酷なお方！　あなたが犠牲を捧げて仕える神々とは、こうした渇望と驕《おご》りにほかなりません
人が用意した刃《やいば》の一撃を退《しりぞ》けるどころか、
あなたはそれを野蛮な功績に変えようとしている
人が羨《うらや》む権力を手に入れることに執着するあまり、
あなたは自身の血が流れる娘を対価として支払おうとしている
こうすることで、あなたの地位を狙《ねら》いかねない大胆な者たちを
怯《おび》えさせたいと願っている
これが父親のあるべき姿でしょうか？　すべての理性を動員しても、
わたしはこの残忍な裏切りにたえられません」

このイピゲネイアの生贄《いけにえ》を皮切りに、政治的な理由による殺人は増えるばかりとなった。筆頭は、権力地図を大きく塗り替えることを狙っての政治指導者（カエサル、アンリ四世、リンカーン大統領、アレクサンドル二世、フランツ・フェルディナント大公、トロツキー、ケネディ等々）の暗殺であり、ときには殺害者たちの思惑通りの結果をもたらした。ド・ゴールも狙われたが、幸運にも死を免れた！

政治的な動機を宗教裁判もしくは政治裁判でカモフラージュした殺害（ジャンヌ・ダルク、チャールズ一世、ルイ一六世、ニコライ・ブハーリン等々）も忘れてはならない。次に訪れたのは、アッティラ、ジンギスカン、ティムール（なお、ティムールはテュルク＝モンゴル語で「鉄の人」を意味し、これがロシア語でスターリンとなる）といった世界的に有名な大量殺戮者の時代であり、その最終形が二〇世紀の全体主義体制による大規模殺戮であり、主として民間人からなる何千万人もの犠牲者を出した。

いわゆる「文明化」された国々においても、外形的な悍《おぞ》ましさは控えめであるものの、残酷さはつねに存在している。しっぺ返しをくらった者が味わう「残酷な運命の皮肉」、自分たちが選んだ政治家に失望した有権者の「残酷な幻滅」、騙された顧客の「残酷な経験」、愛を裏切られた者による「残酷な復讐」。内閣改造も残酷である。新聞雑誌、小説やマスメディアは、日常的で平凡な状況にまつわる数多くの残酷な話を競うように伝えている。自分たちのさまざまな願望に応えまいとして絶えず抵抗している現実を、多くの人は残酷だと感じている。その大半は、対人関係、社会生活、法令順守にまつわる不可避な軋轢《あつれき》に起因する不快な思いや苛立《いらだ》ちである。極端な個人主義のために、常軌を逸したものもふくめたすべての欲望が際限《さいげん》なく満たされることを人々が強く求める欧米社会では、ちょっとした軋轢も、感情や心理を傷つける忌まわしい苦痛だと受け止められる。個人や集団が犠牲者のポジションを取ることが、尊厳と「正しさ」の絶対的基準となった昨今、ほんの小さな批判や反論も耐え難いほど残酷な行為と見なされる。これまでは比喩的な意味で使われていた残酷という言葉は、文字通りの意味で使われるようになった！

本書は、残酷さをこのように陳腐化した意味ではなく、もともとの語源であるラテン語の

crudelitasの意味で使っている。crudelitasは、血まみれの肉を想起する単語であり、血が実際に流れていることを意味し、処刑を連想させる。また、他者を苦しめ、苦しむのを眺め、そのことに喜びを感じる性向をも意味する。二〇一九年三月一一日〜一三日にラ・ロッシュ＝シュル＝ヨンのカトリック高等学院で開催されたシンポジウム「許さない！　容赦しない！　政治における残酷」の中心テーマはcrudelitasのこうした二つの意味であり、本書もこれを踏襲する。

力の行使——暴力の行使となることが多い——が恒常的な分野が一つある。政治である。国家の特権を握っている集団による権力行使は、法律と補佐機関（裁判所、警察、軍隊）を通して暴力を正当化、合法化する。これに、国家が管轄するすべての機関（学校、兵営、公共サービス）における賞罰という象徴的な暴力が加わる。それだけではない。メディアが騒いで叩くことによるリンチ、すなわち心理的暴力も存在する。ソーシャルネットワーク——社会をつなげるというより分断しているように思われる——の登場より、ネット住民によるリンチは残酷な社会的処刑につながることがふえる一方である。あらゆる法治国家においては、こうした暴力の激しさは、実定法とこれから派生した規則、および自然法と神法（その最《さい》たるものはユダヤ・キリスト教の神法、すなわちモーセの十戒）によって制限され、日常的な社会のまとまりが保たれている。議会民主主義国家においては、毎日のように権力闘争喜劇が演じられ、あらゆるレベルの政治家たちがチクチクとやり合う——時には殴り合いや不意打ち攻撃にも発展する——シーンがそれなりに国民を面白がらせているものの、選挙文化の原則そのもの（多数派による少数派の尊重、政権交代の可能性）がこうした対決を非難の応酬、強烈な皮肉、合従連衡《がっしょうれんこう》（残酷な裏切り）のレベルにとどめ、政治家たちはこうした手法の手練《てだ》れとなっている。

政治分野における残酷さは原初より、エスカレートプロセスが行き着いた頂点としての暴力であり、死をもって決着する以外の道はなかった。このプロセスは、激情と象徴的暴力のさまざまな段階からなっている。友愛の冷却、意見の不一致、対立、反感、恨み、敵意、攻撃性、怨念、嫌悪、憎悪、相手の死を願うほどの憎しみ、敵意（敵意を意味する仏語hostilitéの語源であるラテン語hostisは敵を意味する。capitalis hostisは「殺したいほどの敵」を意味する）。憎しみの段階はまちがいなく、象徴的な暴力（初めは個人を、そして次に集団を攻撃対象とする罵詈雑言、侮辱、差別、禁止）から身体的な加害（逮捕、投獄、水や食料や睡眠の剥奪、殴る蹴るの暴力）へ移行する決定的な一歩であり、次に拷問、強姦、殺害といった典型的な残忍行為にいたる。身体的な加害も、さまざまな段階で成り立つ。手荒《てあら》な扱い、虐待、殴る蹴る、拷問、体の一部の切断、責め苦、過酷な迫害、十字架刑、処刑、大量殺戮、非人間的な扱い、恐怖による支配、残虐行為。近代国家は、その揺籃《ようらん》期より、政治的暴力の制限につとめた。だが、戦争や内戦を筆頭とするいくつかの状況は残忍性への回帰を一気《いっき》に引き起こす。そして全体主義国家の誕生とともに、残忍性の枠を超える前代未聞の規模の暴力が誕生した。

戦争の残酷さ

強国同士の関係においても、国内政治においても、支配的な法則は、スターリンが「力の相関関係」と呼んだものである。これは、かならずしも暴力や残忍性をともなわない。国家間の外交は、この「力の相関関係」がエスカレートして、カール・フォン・クラウゼヴィッツが「極端への高まり」、「他の手段をもってする政治の継続」と呼んだ強国間の戦争に行き着くのを防ぐための努力である。血が流れる状況としてはこれ以上のものがない戦争は、濃密だが性格がさまざまに異なるいくつもの残酷さを生み出す。戦争のプロたち――古代ギリシアの重装歩兵、ガリア人戦士、ローマ軍団、イングランドの騎兵、スイス人槍兵《そうへい》、ドイツ人傭兵、外人部隊、ポワリュ［第一次大戦の兵士のあだ名］、海兵隊等々――が傷つけられたり殺されたりしても、これは正当な残酷さと見なされる。このような考え方を映し出した優れた芸術作品は幾つもある。もっとも古いものの代表例は、トロイの城壁の下を、敵将ヘクトルの遺骸を引きずりながらアキレウスが戦車を駆っている場面――遺体の尊厳を辱める行為――が描かれた、前五世紀初めにアテナイで作られた見事な壺だ。これに呼応するのが、伝説的なトロイア戦争とその残酷さを織り込んだ、ベルリオーズ作曲の壮大なオペラ『トロイアの人々』である。トロイア戦争から三〇〇〇年後、一九一四年から一九一八年まで続いた近代戦は、戦闘を盲目的な対決へと変えた。最初の数か月は白兵戦《はくへいせん》がくりひろげられたが、その後は長距離砲による攻撃の応酬となり、次に空襲が行われた。塹壕《ざんごう》にこもった兵士たちは、姿の見えない敵が放つ大砲によって吹き飛ばされた。オットー・ディクスの戦争版画五〇作は、そうした無名戦士の悲惨な死を如実に描き出している。兵士たちは残酷さをみずからの身体で受け止めて苦しんだが、勇気、誇り、名誉、犠牲精神といった感情を通して人間としての尊厳を保っていた。若い下士官として従軍して一九一六年六月九日にヴェルダンで二〇歳の若さで戦死、戦功十字章とレジオン・ドヌールを遺贈されたわたしの大叔父もそうした感情に支えられていた。わたしの母方の祖母である彼の姉は、七〇年後も弟の死を悼んで悲しんでいた…

全体として、こうした戦争の残酷さには限度が設けられていた。第一の歯止めは、名誉を重んじるルール、戦争法、軍規である。ギリシアの重装歩兵に始まり、一五五二年のパーヴィアの戦いにおいて有名な指揮官バヤールの戦死後も闘い続けた騎士たちを経て、ジャン・ルノワール監督の「大いなる幻影」の士官にいたるまで、兵士たちは戦場のルールを尊重してきた。多くの場合、国家間の戦争は休戦と勝者に有利な和平で終わり、敗者が勝者の意のままになることも、無に帰せられることもない。戦死者がきわだって多い戦争の場合でも同じであった。一九一八年においても、一九四五年においてもドイツという国が解体されることはなかった。一九一八年にオーストリア＝ハンガリー帝国とオスマン帝国は消滅したが、独立国家として生き延びることができた。なお、両帝国は以前より、各地の民族独立運動で内部に亀裂が入っていた。ヒトラーとスターリンが手を結んだ独ソ不可侵条約（一九三九年八月）は、――スターリンの画策により――ポーランドの消滅をもたらした。しかし、ロンドンに亡命したポーランド政府は連合国から第二次大戦後まで承認され、スターリンも一九四五年にポーランド復活を承認することを余儀なくされた。ローマによるカルタゴの徹底的な破壊はおそらく、一つの国家とその国民の完全な消滅をもたらした戦争の最も有名な例の一つと言えるが、これはかなり例外的なケースである。

　戦争を抑止したのはなんといっても、国家指導者たちの合理性であった。彼らは地政学的な力関係や王朝の利害関係を重視していたからだ。そして欧州圏においては、人間の守護を説き、「汝、殺すなかれ」と戒《いまし》めるキリスト教文明の浸透も戦争抑止力となった（ただし、「汝、殺すなかれ」の戒めはしばしば破られたし、カトリック教会そのものもこれを厳守しなかった）。共感、慈悲、悔悟、赦《ゆる》しを基盤とするキリスト教倫理の影響は大きい。

ただし、戦争の残酷さは、非戦闘員、民間人に襲いかかるときはほぼ無制限となる。彼らは、掠奪の巻き添えとなり、人質に取られ、奴隷身分に落とされ、誰も容赦しない強姦、計画的な飢餓、拷問、大量殺戮、ジェノサイドの犠牲となった。たとえば前四一六年、アテナイのアルキビアデスは、降伏したメロス島の男子（武器を扱うことができる年齢の男子）全員の殺戮を命じた［アテナイによるメロス攻囲戦］。そして前一四六年、ローマは敗れたカルタゴの住民七〇万人のほぼ全員を殺害した――一九四四年にジェノサイドの概念を発案したポーランド系ユダヤ人の法律家、ラファエル・レムキンはこれを史上初のジェノサイドと見なした。一六一八年から一六四八年にかけて欧州を血に染めた三〇年戦争は、一六三三年にジャック・カロが制作した傑作版画シリーズの題名ともなった「戦争の惨禍」を数多く生み出した。残忍性を活写する大家であるフランシスコ・デ・ゴヤは、スペインにおけるナポレオン戦争の悍《おぞ》ましさの証言となる絵を描き、さらには異端審問で有罪判決を受けて首枷をはめられた者の姿を描き、この流れに沿った次作として、人間の死体をジビエであるかのように調理する食肉人種を描いた三枚の絵をものにし、ついにはあの有名な「わが子を喰らうサトゥルヌス」――いずれの革命も革命に身を投じた同志を飲み込んでしまうが、その比喩であるかのような作品だ――を制作した。

二〇世紀にはいると、殺戮のレベルは格段にエスカレートした。二つの世界大戦といくつかの地域限定の戦争は殺戮の頂点を極めた。一九一四年以降に戦争で命を落とした人の数は、一億二〇〇〇万～一億五〇〇〇万に達したが、（いくつかの資料によると、そのうち八〇〇〇万は第二次大戦の死者）が、そのうち軍人は四〇〇〇万人に過ぎない。以上にくわえて、負傷者、体の一部を失った者、「顔を激しく損傷された人」、強姦の被害者等々がいる。こうした数字の大きさを前にして、ニュルンベルク国際軍事裁判の関係者は、「平和に対する罪」、「戦争犯罪」、「人道に対する罪」という三つの新たな概念を導入したが、レムキンが発案した「ジェノサイドの罪」は退けた（これは最終的に、一九四八年に国連協定によって認定される）。ミシェル・エルマンが指摘するように、現代人の感性は、実際に極端な肉体的暴力が展開されるシーンは正視に堪えない、として拒絶する。ただし、現在の「劇場型社会」にふさわしく、愚かな者を興奮させるための流血シーンを売り物とする映画作品は数多い。ついでに申し上げるが、さまざまな時代に人間を苦しめた拷問や処刑が事細《ことこま》かに描写されていると思って本書を手にとった読者はあてがはずれてがっかりするだろう。その手の好奇心を満たしてくれるきわめて詳細な著作、大勢の入場者でにぎわう展覧会は存在しているが、本書の趣旨は異なる。

哲学者のモーリス・メルロ＝ポンティは、一九四七年に上梓したエッセー『ヒューマニズムとテロル』において、残忍なシーンに対する現代人の拒否感について、正鵠《せいこく》を射た説明を提供した。「戦争はわれわれの心をすり減らし、多大な忍耐、多大な勇気をわれわれに求め、栄光に包まれた、および不名誉な惨禍をこれでもかと見せつけたため、人々はもはや、暴力を正視するため、暴力が何処に存在するかを知るために必要なエネルギーを持っていない。死が現存する日々を離れ、平和な日々へと立ち戻ることを祈っていたので、平和な日々にまだ戻れないことは耐え難く、歴史の真実の多少ともあからさまな提示は暴力の肯定だと受け止められる」

わたしたち歴史研究者も人間であるから、暴力とその極端な表現である残酷さに向き合うことに、一般人と同じように拒否感を覚える。ときとして、あまりにも数多い戦争に心がすり減る。わたし自身も、ナチの犯罪および共産主義の犯罪について調査する過程で、血の海を漂うような経験をした。占領時代のフランスにおける共産党員の銃殺、「赤いポスター［ナチの傀儡政権であるヴィシー政権が作った、レジスタンス運動員をユダヤ人の共産主義者と名指しして、彼らの顔写真を掲載したポスター］で指名手配されたが生き残った人たち、ショアの犠牲者について調べたことがあるし、編者を務めた『共産主義黒書』のためにたくさんの証言を集め、アーカイブで数多くの事実を発見した。だが、現代人が残酷さを正視しようとしないもっとも大きな原因は、死にまつわることすべての否認、特に暴力的な死の否認である。ゼロリスク思想によって予防原則が憲法にくわえられ、人々の思考や生活から死が追い払われている現代社会——ときとして、思いがけないウィルスの登場により、死の現実と向き合うことを余儀なくされるが——においては当然の防衛反応である。ゆえに、多くの歴史研究者たち、とくに現代の研究者たちは、「暴力化」、「極端な暴力」、「暴力レベルの高まり」、「死傷の危険が極めて大きな暴力」、「暴虐」、「痛々しい」、「発作的な暴力」等々の婉曲表現をもちいる。

しかしながら、政治を背景とする暴力の高まりが、「残酷」としか形容することができない行為に帰結する特殊な状況が存在する。こうした行為は、心理的苦痛を与えることに満足せず、個人もしくは集団の身体を棄損し、もはや後戻り不可能で、取り返しのつかない状況を創り出してしまう。こうした残酷さはほぼ常に、犠牲者を苦しめることの快楽と結びついている。この快楽を理論化したのが、すっかり人口《じんこう》に膾炙《かいしゃ》している表現、サディズムの語源となったサド侯爵である。サドが熱烈な革命支持者であり、一九七三年にパリのピク通り地区の委員長に選ばれていたことは、「残酷さと政治」というテーマにとって興味深い。なお、ドイツの劇作家ペーター・ヴァイスもこのテーマに着目し、一九六四年に戯曲『マルキ・ド・サドの演出のもとにシャラントン精神病院患者たちによって演じられたジャン＝ポール・マラーの迫害と暗殺』を書いた。注目すべきは、「人間は欲望に支配されており、あらゆる欲望は、欲望の対象に対して絶対的な権力をふるいたいという願望をふくんでいるゆえに残酷である」との理論でサドが自身の嗜虐的なポルノグラフィーを正当化しようと努めたことである。彼はこの理論を、政治に絡めた露骨な言いまわしで表現した。「勃起しているときに、暴君でありたいと願わぬ男はいない」。そして、ヒロインのジュスティーヌに次のように言わせた。「わたしたちが実践した実験ほど楽しいものはないと思われる。わたしたちは、蝋燭を使って、すべての傷に火をつけた」。これに呼応するのが、「一つの火花は、平原全体を燃やすことができる！」という、毛沢東の有名なスローガンである。学生運動が燃え上がった一九六八年にサン＝ジェルマン＝デ＝プレにたむろした毛沢東主義者たちがお経のように唱えていたことでも知られる。この「実験」は、ボリシェヴィキが権力を掌握したロシアにおける、史上初の全体主義体制の誕生につながった。サドは、絶対的権力志向を次のように要約している。「何度わたしは望んだことか。太陽を攻撃し、宇宙から太陽を奪うこと、もしくは、太陽を使って世界を燃やしつくすことを」。そして「残酷さとは、文明による腐敗を少しも被《こうむ》っていない人間のエネルギー以外のなにものでもない」と説く。「文明」は、社会が生き延びることを可能にするために少しずつ積み上げてきた安全装置——道徳、宗教、社会機構、イデオロギー、そして究極は政治——に他ならないのだが。

サド以前に、ワラキアのヴラド三世——「串刺し公」——は、串刺し刑に処された者たちが苦しみながら死ぬのを見て楽しんだ。雷帝と呼ばれたイヴァン四世は自分の敵が串刺しにされて火で炙られるの光景を賞翫《しょうがん》し、彼の親衛隊オプリーチニナは文字通り片《かた》っ端《ぱし》から斧を振り回して首を斬り落とした。一六世紀半ばにモスクワ公国で「ツァーリ」の強い権限を確立したイヴァン四世を少々弁護するために、彼の手法は祖父のイヴァン三世から受け継いだ、と言い添えておこう。ウラジーミルとモスクワの大公であったイヴァン三世は串刺し公ヴラド三世の政治手法を大いに参考にしていた。政治における残酷さには伝染力があるのだ。一九三八年、内務人民委員会——スターリンにとってのオプリーチニナ——のトップであったニコライ・エジョフは、第三回大粛清において、ニコライ・ブハーリンを椅子に座らせ、同じ裁判で有罪判決を受けた者たちが頭に一発の銃弾を受けて死ぬところを見るように強要し、その後にブハーリン本人も処刑した。

ドストエフスキーは『カラマーゾフの兄弟』の中で、次のように書いたが、正しい指摘である。「人間の残忍性を〝獣のような〟と形容することがあるが、これは動物を傷つけるひどい中傷だ。動物が人間と同じように残酷になることは決してありえない。あれほど芸術的なセンスをもって、あれほど巧みに残酷になることは」。人間の巧緻をきわめた残酷さは、恐ろしい規模の大量殺戮の形をとることがある。代表的な例を挙げるなら、一九四一年九月のナチによるバビ・ヤール峡谷のユダヤ人虐殺（進駐したドイツ軍の司令本部に対する襲撃への報復としてキエフのユダヤ人三万三七七一人が銃殺された）、ソ連の政治局の指令によって一九四〇年三〜四月に一万五〇〇〇人のポーランド将校が殺されたカティンの森事件（ポーランドはソ連に宣戦布告などしなかったが、ソ連は彼らを戦争捕虜と見なした。四四〇四名は、頭部に銃弾を撃ち込まれて殺された）である。

内戦の残酷さ

対外戦争は、上記のような残酷さを発生させるが、原則として、交戦中の都市国家や国家の内部では住民の絆が強まる。その一方で、正当な権力が担保していた国内の平和が砕け散り、住民間の不和が生まれる状況というものが存在する。内戦である。内戦とは、残酷さが日常茶飯事となり、「あいつら」がどのような妥協も和平もありえない「絶対的な敵」と認定される、もう一つの典型的な状況である。内戦の原因、敵の認定基準は、民族、宗教、人種、社会階層等々、さまざまである。人類の歴史のごく早い時期から、権力、権威、戦利品、富をめぐっての、家と家、氏族と氏族の争いが内戦を引き起こしていた。既存社会の価値観や構造や機能を一変させる革命の形をとることもあった。その系譜は前一三九〜一三四年にエウヌスに率いられたシチリアの奴隷たちが起こした反乱、または紀元前七三〜七一年のスパルタクスをリーダーとする奴隷反乱に始まり、近代の革命をへて、ルワンダ、アフガニスタン、シリア、レバノンの国内紛争へと続いている。

古代ローマの内戦は、内戦がいかなる残酷さを引き起こすかの証左となっている。ローマの内戦がついに終焉したのは、一人の人物（アウグストゥス）と、共和制から帝政への移行のおかげである。中世前期における封建制の導入はしばしば極端な暴力を引き起こした。例えば九九七年、リチャード二世とその配下は見せしめとして農民の反乱を徹底的に弾圧した。「ラウルは大いに激高したので、冷静な判断を下すことなく、全員を悲しませ、苦しめた。歯を抜かれた者もいれば、串刺しにされた者、目をくりぬかれた者、手首を切り落とされた者もいた。全員が膝を炙《あぶ》られ、その結果として死ぬ者もいた。生きたまま火に焼かれる者、煮えたぎる鉛のなかにつけられた者もいた」

宗教戦争は内戦の強力なエンジンとなったが、その嚆矢《こうし》は、モンセギュールの火あぶり［フランスの王権に迫害されたカタリ派がモンセギュールに逃げ込んだが、攻囲されて惨殺された］、異端審問所の開設である。全体主義体制による大虐殺と比べれば些少《さしょう》といえるものの、スペインの異端審問所は一三世紀から一九世紀にかけて一二万五〇〇〇人に有罪を言い渡し、そのうち一三〇〇〇人が世俗の司法に引き渡されて処刑された。全体主義体制の大虐殺の代表例をあげるなら、ヴァシリー・ブロヒンの精勤《せいきん》ぶりである。ルビャンカ（KGBとKGB所管の刑務所が置かれていた建物）で処刑人の長をつとめていたブロヒンは一九二五年から一九五三年にかけて、約一五〇〇〇人の頭に銃弾を一発撃ちこんで処刑した。イスラーム教は、武力によって積極的に支配圏を広げていた当時、多くのキリスト教徒住民にイスラームへの改宗を強制した。従わなければ、処刑される、もしくは奴隷の身分に落とされた。しかしムハンマドの死後、イスラーム世界はスンニ派とシーア派の対立で引き裂かれ、二派の反目は今日まで続いている。

キリスト教世界は一六世紀と一七世紀にカトリックとプロテスタントとの間の血生臭い対立を経験した。その頂点は、一五七二年八月二四日のサン＝バルテルミの虐殺といえよう。王権が計画、実行した、数十人のプロテスタント指導者の殺害は、熱狂的な説教師たちに煽《あお》られたパリ市民のプロテスタントに対する憎しみに火をつけ、約一万五〇〇〇人のプロテスタントが殺された（当時のパリの人口は約三〇万人）。プロテスタント勢力の急先鋒だったコリニー総督の殺害は、プロテスタントの勢いを止めることを意図したきわめつきの残虐行為の好例である。コリニーは寝台で眠っていたところを刺され、窓から投げ落とされ、首を斬り落とされ、性器を切り取られた遺体は通りを引きずりまわされ、モンフォーコンの大処刑台に三日間もさかさまに吊るされた。プロテスタント側も穏健とはほど遠かった。一五七二年七月、マコンでフランシスコ会修道士が首に縄をかけられて町中を引きずりまわされ、止まるたびに耳、指、鼻を順々に斬り落とされ、次に足を焼かれ、性器を切り落とされた挙句、ソーヌ川に投げ込まれた。それでも死ななかったので、両棘《きょく》の矛《ほこ》でとどめを刺された！ 政治と宗教が絡んだ残忍性の極端な象徴であるこれらの虐殺はフランスに大きな傷跡を残した。なお、ジャコモ・マイヤベーアのオペラ「ユグノー教徒」（一八三六年）は、プロテスタントの青年とカトリックの娘との悲恋をテーマとする大作であり、サン＝バルテルミの虐殺をリアルに描いた大作である。引き裂かれたフランス国民の許しあいと和解を実現したのは、プロテスタント勢の軍事指導者としてカトリック勢を激しく攻撃していたがカトリックに改宗して国王となったアンリ四世であり、フランス王国の記憶に寛容の価値を深く刻み込んだ。すべての宗教戦争において、基本的なスローガンは「異端の放棄か死を選べ」または「改宗または死のどちらかを選べ」であった。こうした宗教戦争に国と国との戦争が重なることで、国内の争いがしだいに鎮《しず》まることも多かった。国家指導層は、「力の相関関係」に応じて、かつ、国家を安定させ存続させるという意図にもとづいて、合理的な政策を実施する傾向が強いからである。

フランス革命勃発以降、とくにジャコバン派が権力をにぎるようになってからは、内戦はイデオロギー革命の様相を帯びるようになった。一七八九年以降、次に一九七二年から一九七四年にかけての、ロベスピエールが唱えた「徳と恐怖」を基盤とする革命現象は、政治、イデオロギー、階級闘争、掠奪、恐怖政治、虐殺が密接に絡みあう原型モデルとなり、権力闘争に勝った党派が対立する勢力のリーダーを殺す、という非常に古い慣習を法律によって正当化した。カエサル暗殺はルイ一六世の殺害へと続き、やがてはフランツ＝フェルディナント大公、そしてロマノフ一家の殺害へとつながった。以上は代表例にすぎない。国民公会はルイ一六世を「法律にのっとって」処刑するにとどまらず、合法的な恐怖政治を通じて、政敵の抹殺を命じ、その延長線上でヴァンデの全住民の虐殺も命じ、革命とジェノサイドの組み合わせがあたりまえとなる礎《いしずえ》を築いた。このモデルはやがて多くの国において、過激化した社会主義や国家主義を通じて複製される。その際のスローガンは、今では人口《じんこう》に膾炙《かいしゃ》した「自由、さもなければ死」や「革命、さもなければ死」である。フランスに話を戻すと、またしても一人の人物がフランスを危機的状況から救い出した。ボナパルトである。彼の権力のもとでフランスは君主制に回帰し、ナポレオンは今日にいたるまでフランスの政治文化に影響をあたえている。

アメリカにおいては、内戦〔南北戦争〕は二つの近代的軍隊がぶつかりあう戦争という形をとった。戦争法がそれなりに順守された戦いだったものの、膨大な数の死傷者（六五万人）を出したあげくの果てに、どちらが勝者でどちらが敗者であるかが明白となり、かつての敵同士が互いに互いを認め合うことで、アメリカという国が再建された。数年前に、敗れた南軍の司令官リー将軍の銅像をめぐる論争がこの内戦の記憶をかきたてたものの。カール・マルクスは、リンカーン大統領がこの内戦を「革命的」ではなく「憲法にのっとって」進め、南北の和解につとめたことを断罪している。一八七一年のパリ・コミューン蜂起失敗の後、マルクスは「すべての革命は内戦を経なければならない」と考えるにいたった。フランス政府はコミューン制圧後ただちにコミューン参加者に恩赦をあたえたし、現在のフランスの各地にはティエール通りとルイーズ・ミシェル中学が仲良く共存しているのだが

［ティエールはパリ・コミューンを鎮圧した行政長官で、直後に大統領となった。ルイーズ・ミシェルは、最終的に無政府主義者となる社会主義者であり、パリ・コミューンに積極的に参加した女性］。

レーニンは、マルクス固有のこの遺産を自家薬籠中《じかやくろうちゅう》の物とし、一九一七年一一月に歴史の舞台に躍り出、それまでの時代との断絶を印象づけた。全世界で「プロレタリア」が「ブルジョワジー」を全面的に支配することで終結することになっている「階級戦争」を掲げて革命を引き起こしたのだ（実際に起きたのは、職業革命家の政党による全国民の支配であったが）。共産主義の勝利は世界レベルの内戦を前提としていた。疑似政治経済学の理論にもとづき、この内戦はヘーゲルが説く「必然」である、とされた。レーニンは、大衆をおさえつける恐怖政治を統治の原則として有無をいわさずに採用した。恐怖政治は堂々と標榜され、一九二二年にレーニンの指導のもとで制定された刑法典によっても正当化された。党に服従することを拒否する者はすべて抹殺するのが目的である。国家のみならず社会と個々人を共産党が全面的に支配することを担保するため、とされた。疑似歴史学、「階級闘争」イデオロギー、共産主義のユートピア（実際に誕生したのは、ディストピア世界だが）の名のもとに「新しい人間」の創出をめざす、史上初の全体主義体制が誕生した。その土台となる原理原則の一つが、この恐怖政治、テロルであった。

こうした全体主義モデルの一般化と体系化につとめたスターリンは、大規模強制収容所第一号を開設し、一九二九年から一九四五年にかけて大量の殺戮――ウクライナのホロドモール、一九三七～一九三八年の大粛清、占領した国々におけるエリートの抹殺（一九三九～一九四一）、「懲罰対象の民族」の強制移住（一九四四～一九四五）――を実行した。同モデルがすべての共産主義体制によって複製されたことはいうまでもないが、程度は異なれどムッソリーニも模倣した（特に、エチオピア征服の際に）。そしてヒトラーは、ウルトラナショナリズム、優生思想、人種差別のイデオロギーの名のもとに、このモデルの殲滅《せんめつ》論理を極限までつきつめた。まずはドイツ国内で実践され、一九三九～一九四〇年に七万人のドイツ国民（精神病患者、不治の病に侵された患者）がガスやその他の方法で殺された。ついで、占拠した欧州各国とソ連において、ユダヤ人、ジプシー、スラヴ人が殺戮の対象となった。

全体主義の残酷さ

全体主義体制が実行した大規模な殲滅が投げかける疑問が一つある。これにも、残酷という形容をあてはめてよいものだろうか？　残酷の域を超えた現象ではないだろうか？という疑問だ。ナチ親衛隊と第三帝国［ナチ・ドイツ］の全警察機構のトップであったヒムラーは一九四〇年五月二五日、ユダヤ人をマダガスカルに強制移住させる計画についてのメモランダムをヒトラーに提出した。そこには次のように書かれていた。「各人にとっては残酷で悲劇的であるものの、一つの民族を物理的に殲滅するボリシェヴィキのメソッドを採用しないとしたら、これは最大限に穏やかで最良の策である。そもそも、これは確実にいえることだが、ボリシェヴィキのメソッドはゲルマン民族に相応しくなく、不可能である」。だが、その一三か月後、ヒムラーはドイツ国防軍が占拠したソ連領に住むユダヤ人にアインザッツグルッペン［ドイツ国防軍の前線の後方で適性分子を殺害するために組織された部隊］を仕向けた。その結果、「銃弾によるショア」によって一五〇万人以上のユダヤ人が殺された。一九四二年一～二月以降は、上記のメモランダムが言及していたゲルマン民族ならではの人間尊重の義務はどこへやら、ツィクロンB［シアン化合物］によるガス殺という大量生産なみの処刑手段を手にしたヒムラーは、「ユダヤ人問題の最終的解決」に着手した。しかしながら一九四三年一〇月四日、ヒムラーはポズナニにおいて、居ならぶ親衛隊高級将校たちに、総統［ヒトラー］が諸君に託した仕事――女性やこどもをふくめたユダヤ人の殺害――は恐ろしく悍《おぞ》ましいものである、と認めたうえで、だがドイツ民族の将来の幸福を考えると正当化できる、と語った。ゆえに、この仕事は「必要」であるが、知られてはならない。ドイツ国民も、その内容を知れば、理解できずにとまどうに違いないからだ。ドイツ国民は古いキリスト教倫理からまだ脱していないことをヒムラーは知っていたのだ。一九三六年三月、ヒムラーはキリスト教倫理について「伝統であり、日常的に通用して」おり、ナチの人種観にもとづく倫理がこれに置き換わるにはいたっていない、と述べていた。ではボリシェヴィキは？　トロツキーが『テロリズムの擁護』（一九二〇）および『彼らの倫理とわれらの倫理』（一九三九）のなかで明らかにしているように、ボリシェヴィキはブルジョワの倫理を丸ごと否定した。そして、この「われらの倫理」の名のもとに、スターリンは刺客を送り込み、一九四〇年にメキシコシティーでトロツキーを始末した。秘密警察の指揮官たち――ポーランド人ながらロシア革命に参加して秘密警察の父となったジェルジンスキーに始まり、スターリンの腰巾着であったエジョフやベリヤをへて、毛沢東に仕えた康生、クメール・ルージュのドッチに至るまで――は全員、共産党と人民を同一と見なし、革命倫理と民衆の倫理（キリスト教や仏教の倫理）のあいだに齟齬《そご》があることなど一顧《いっこ》だにしなかった。

そこにあるのは、政治、社会、人種に無理やりダーウィニズムをあてはめて自然淘汰による進化を信奉する、箍《たが》が外《はず》れた全体主義のロジックである。ナチズムの人種闘争のイデオロギーも、ボリシェヴィキの階級闘争のイデオロギーと同様に、疑似科学にもとづいている。この疑似科学は、「合理的な」必要性を強く打ち出し、殲滅行為に「汝《なんじ》、殺すなかれ」の掟を当てはめて善悪を判断することを全面的に否定する。全体主義の企《くわだ》てに役立つことすべてを「善」と見なし、少しでもこの企てと逆行することすべてを、さらにいえば無関心さえも「悪」と見なす前代未聞の倫理の出現である。その礎石を置いたのは、全体主義倫理の原形と呼べる「徳と恐怖の」倫理を唱えたロベスピエールである。殲滅は、ヴァンデ地方の「ブリガン［悪党］ども」、レーニンが「虱や南京虫」と呼んだブルジョワ、ナチのプロパガンダ映画『永遠のユダヤ人』に登場する「ネズミども」を退治するたんなる害悪防止措置と見なされるようになった。

レーニンもスターリンも、敵を殲滅する意図を美辞麗句でごまかしたことは一度もなく、つねに、自分たちが実行した大規模で恐ろしいオペレーションの正当性を党や公衆に説いた。ただし、一九二〇年半ば以降となると、――一九三六年、一九三七年、一九三八年の大粛清は例外として――処刑方法は徹底的に秘匿され、犠牲者の家族には何の情報ももたらされず、厚い秘密のヴェールで被われることになる。レーニンもスターリンも、恐るべき弾圧を実行する組織――チェーカー、国家政治保安部、内務人員委員部、ＫＧＢ――の責任者と処刑人たちに華々しい褒章を与え、公の場で讃えた。これとは逆にヒムラーは、東方で従軍する親衛隊の処刑人やドイツ兵士の多くはナチ・イデオロギーを信奉しているので「残酷の枠を超える」ことに抵抗感がなく、ユダヤ人やスラヴ人の殲滅は「必要」で普通の仕事と見なしているのに対して、反ユダヤプロパガンダを絶えず展開しているにもかかわらず一般のドイツ国民は古いキリスト教文化に染まっているので、東方で何がおこなわれてるかを知ったら強い嫌悪感を抱くだろう、と意識していた。ゆえに、共産主義体制もナチも権力奪取の段階では、直面している敵を殲滅して民衆を恐怖で金縛りにするために耳目を集める殺戮を展開したが、徹底した大量殺戮を始めるや否《いな》や、秘匿《ひとく》を大原則とするようになった。ヒムラーは一九四三年一〇月四日の演説で、ユダヤ人殲滅について次のように語っている。「これは、われら〔親衛隊〕の歴史の栄光の一頁であるが、一度も記されたことがなく、今後も記されることはない」、「われわれは、この秘密を墓場までもってゆく」。これに呼応するように、ウクライナ内務人民委員部の長をつとめ、一九五四年にKGB長官となったイヴァン・セーロフは、カティンの森の虐殺の不手際を批判した。「わたしが内務人民委員部の長をつとめていたころのウクライナでは、もっと多くの人間が銃殺された。だが、綿密な計画にもとづいての実行だったので、何一つだれにも知られなかった」。こうした犯罪は、規模が大きくなると、手を染めた体制の信頼性を決定的にそこねてしまうからだ。

ドイツは今でもナチの犯罪について強い罪悪感に苦しんでいるのに対して、ロシアでは過去の体制が犯した罪にやましい思いを抱いている人はきわめて少数らしく、ソ連時代の弾圧にかんする記録を編纂・公開しているNGOメモリアルは、KGB出身で「ソ連の崩壊は二〇世紀最大の地政学的災厄だった」と公言してはばからないプーチンによって弾圧されている。

共産主義体制とナチ体制にとって、大量殺戮の犯罪は、科学的な基盤をもつ「階級闘争の史観」もしくは「自然な人種淘汰」で正当化されるものであった。科学的な基盤を持つとされる「真実」に対して、合理的に反駁することは認められず、許されない。この「真実」こそが、「史観」や「人種淘汰」の邪魔となるあらゆる障碍を排除することの「必要性」をもたらす。そうなると、人間としての個人の存在は否定され、全体主義イデオロギーに従って特定の人間は人類の枠組みから締め出され、「完全なる敵」という抹殺すべきカテゴリーに組み入れられる。例えば、スターリンのゴーサインをえて内務人員委員部が一九三七年七月三〇日に出した作戦指令〇〇四四七号は、一九三七〜一九三八年の大粛清の狼煙《のろし》であり、強制収容所を免れた「クラーク［富農を意味するが、自営農家もこのレッテルを貼られて迫害の対象となった］」、聖職者、「過去の人間全般」の処刑を求めた。こうして、三八万六七九八人が隠密裏に銃弾を頭に受けて殺され、処刑人たちは少しも動揺することがなかった。同様に、一九四〇年三月五日にソ連政治局の全員が署名した指令にもとづき、多数のポーランド人将校が冷酷に殺された。アインザッツグルッペンによるソ連のユダヤ人殺害、次いで欧州のユダヤ人のガス殺（親衛隊が実行、もしくは監督した）においても同様に、プロの処刑人たちは犠牲者の運命に無関心であった。犠牲者たちは自分たちの運命がいかに残酷であるかをひしひしと感じたのに対して、処刑人たちは、不可欠な仕事を可能なかぎり完璧に果たした、という意識であり、良心の咎《とが》めなど少しも覚えなかった。処刑人たちは古代より一貫して、自分たちの仕事の残忍性を意識していたものだが、命令への服従を正当化するイデオロギーを受容することで、この意識は消え去った。裁判におけるアドルフ・アイヒマンの証言が示唆しているように、ごく少数の正真正銘のサディストを除き、殺すことに快楽を覚える処刑人はおらず、つとめをきちんと果たして上官から褒美をもらうことを楽しみとしていたようだ。

ルビャンカ刑務所で処刑人の長をつとめていたヴァシリー・ブロヒンはたえず褒美をもらっていた。勲章は雨あられと降りそそいだ。レーニン勲章（一九四五年）、三つの赤旗勲章（一九四〇、一九四四、一九四九）、一等祖国戦争勲章（一九四五）、労働赤旗勲章（一九四三）、赤星勲章（一九三六）、栄誉勲章（一九三七）。名誉チェキスト記章も二回あたえられ、金時計ももらっている。名誉な褒美としてモーゼル拳銃もあたえられたが、ブロヒン本人は同じくドイツ製のワルサー拳銃を好んだ。ワルサーは間断なく撃っても熱くなりにくく、なによりも口径が「適切」であった。ワルサーは死刑囚のうなじに小さな穴を開けるだけだが、口径が大きい拳銃だと頭蓋骨を粉々にしてしまうからだ。そして、刑務所司令官を拝命してから二〇年目の節目には、ソ連の国産車「M二〇ポビェーダ」を贈られた！

全体主義体制の処刑人たちのこうした態度の要因は二つあると思われる。一つは、「絶対的な敵」との烙印を押された個人や集団の身体に対して、なんの咎《とが》めを受けることもなく絶対的な権力を行使できる、という自尊心をくすぐる全能感である。二つ目は、イデオロギーにもとづく「絶対的確信」である。哲学者のクレマン・ロセが主張するように、このような確信は狂信の特徴である。「確信が何らかの現実について情報を与えてくれるかどうかは重要ではない。確信に求められるのは、強固であることのみだ。だから、何らかの大義を狂信的に奉じている者の主たる特徴は、結局のところ当の大義には無関心であり、ある時点でこの大義が確実だと見なされたという事実に魅惑されているだけ、ということに尽きる。（…）一つの真実の信奉は常に、当該の真実の中身に対する無関心と合わせ鏡となっている」。ロセは「真実をたえず享受する喜び」に言及し、「確信することを好む者は多くの場合、隷属することを好む」と付言している。隷属をつくりだすのは、「自分こそが真実を知っていると宣言する（しかし、当然ながら、何が真実であるかは明かさない）者に服従する代償として、わずかな確信がえられるという希望」である。ゆえに、crudelitasはあらゆる革命運動と不可分であり、確信を満載した全体主義運動との関係はなおいっそう深い。血は大義を神聖化する。流れるのが必須の「人民の敵」の悍《おぞ》ましい血、そして階級や人種のための闘いで命を落とした革命の殉教者の栄光に満ちた血。

国家～正当な暴力から見せしめとしての刑罰まで

対外戦争や内戦のさなかに、そして全体主義体制のもとでは多くの残酷な行為が展開されるのに対して、安定した中央集権国家は人権尊重に目を光らせるのにもっとも適している。その第一の例は古代ローマである。映画はローマの残忍性を象徴する剣闘士のイメージ――観客の意向に応じて上に向けられる、もしくは下に向けられる皇帝の親指に運命をゆだねる他ない剣闘士の過酷な運命――を定着させてしまったが、本書でエリック・テシエは、この剣闘士伝説を一つずつつきくずし、剣闘という見世物がきわめて職業的でほぼ民主的であったことを強調している。

イヴ・サシエは、中世の欧州においては王権が軍隊、警察、司法を段階的に独占するようになったことで私的な戦争を終わらせることができた、そのためには、見せしめとして人目を引く過酷な懲罰をあたえることで王権に不服従な分子を社会から切り捨てることも厭《いと》わなかった、という事実を強調する。古代の都市国家にせよ、ローマ帝国にせよ、中世欧州の王国にせよ、神々もしくは唯一神の教えを守らせることも国家の責務であったために、刑罰はなおのこと厳しかった。ソクラテスは死刑判決を受け、毒ニンジンの盃を仰ぐことになった。カペー朝の敬虔王ロベール二世は教会の異端審問よりも一世紀早い一〇二二年、異端者を火刑に処す初めての国王となった。「残酷」と形容される君侯、国王、皇帝の例が事欠かないのは事実だ。しかし権勢ある者も厳しい処罰を受けた。所有するティフォージュ城に立て籠もり、錬金術の一環としてこどもたちを拷問し虐殺したジル・ド・レは、ジャンヌ・ダルクの高名な盟友であり、フランス元帥であったにもかかわらず、教会司法によって改悛することを余儀なくされ、国王の司法からは公開の場で罪を償うこと［公開処刑］を強要された。

長い間、領主や王権の司法は残酷な手法をもちいた。まずは、犯した罪——異端審問においては、神に対する罪——の自白を容疑者から引き出すために、拷問が行われた。次に、有罪判決を受けた者は、見せしめとして人目《ひとめ》を釘づけにする演出で処刑された。司法の命令で適用された拷問のリストは長い。鞭打ち、棒打ち、吊り落とし、長靴形の木製拷問道具による足の締めつけ、木馬責め、水責め、火責め等々。処刑方法のリストはさらに長い。斬首、絞首刑、水死刑、投石刑、十字架刑、扼殺《やくさつ》、崖からの突き落とし、串刺し、生皮剝《は》ぎ、八つ裂き、生きたままでの壁の中への閉じ込め、生き埋め、犬や猛獣の餌食、銃殺、火刑、車刑、鉄の首枷《くびかせ》による絞首刑、——そして近代に入ると技術の進化が反映され——ギロチン、電気椅子、薬殺。これらの処刑のうちのいくつかは集団の記憶に刻まれている。スパルタクスに率いられて反乱を起こした大勢の奴隷たちの十字架刑、ジャンヌ・ダルクやモンセギュールのカタリ派やスペインの異端者や「魔女」の火刑、そしてダミアンの八つ裂き刑である。

きわめて非人間的とはいえ、これらの刑罰はフランス革命前の時代における罰の概念に基づいていた。一七九一年一〇月六日に立法議会が採択した刑法典は、第一部の二条と三条において「死刑はたんに命を奪うこととし、死刑囚にいっさいの拷問をくわえてはならない」、「すべての死刑囚は、斬首される」と定めた。ギロチンの発明は、過去と比べれば温情にあふれた拷問抜き死刑の実践を簡便なものとした。とはいえ、一七九三〜九四年におけるギロチンの濫用は、残酷な処刑をなくしたいと願ってこの道具を発明したギヨタン博士の博愛精神にそむくものであった。

一九世紀を通して、欧州諸国が戦争法の整備と残酷な手法を排した死刑の導入を漸進的に推進したことで、人間の尊重が意識されるようになり、この意識は二〇世紀に入ると民主主義の国々に広まった。イタリアとナチ・ドイツのファシスト体制が完全に瓦解したのち、世界は四五年も続く冷戦に突入し、アメリカとソ連という二大強国がさまざまな地域紛争——多くの場合、共産主義者と反共産主義者のあいだの内戦が燃料となっていた——を通じて対立したが、これらの紛争では全体として戦争法と国家の合理的判断が通用していた。だが、ソ連の自壊、欧州の共産主義体制の崩壊、世界の二極化の終焉を経たのち、地域紛争は爆発的にふえた。その大多数はきわめて暴力的な内戦であり（レバノン、シリア、イエメン）、極端な場合は「民族浄化」（旧ユーゴスラヴィア、ミャンマー）やジェノサイド（ルワンダ）にいたった。急進的なイスラーム主義勢力が推進する宗教と一体化した政治運動は一九七九年にアヤトラ・ホメイニによるイラン革命で新たな全体主義の形をとり、一九九二年にはアルジェリアでＧＩＡ（武装イスラーム集団）がテロ活動を開始し、一九九四年にはタリバンがアフガニスタンで台頭し、二〇一一年以降はリビアやサファリ砂漠以南のアフリカの広い地域でイスラーム武装勢力が跋扈《ばっこ》し、二〇〇〇年に入ってからの一〇年間はアルカイダとその支部が世界各地で跳梁《ちょうりょう》し、シリアではイスラーム国勢力が支配権を広げてアサド政権と対立した。なお、アサド政権は一九七〇年より恐怖政治をしき、拷問やテロを国内ばかりでなく国外でも常習的に実践し、化学兵器の使用もためらわなかった。国際社会が――とくに旧宗主国が――強い指導力ではめていた暴力抑止の箍《たが》ははずれ、残酷さが恐ろしい勢いで復活しているように思われる。

内戦はいつの時代も二つの結果を生み出してきた。「血を分けた敵同士」の情念――憎しみ、復讐心、サディズム――が高まるあまり、暴力は残酷そのものとなり、「情け容赦のない」戦争へとつながり、ついには敵方の殲滅を誓い、対立する家族、村々、氏族、党派のあいだの鎮《しず》めることも終えることもできない殺し合いにいたる。くわえて、国の弱体化や崩壊を誘発し、混沌と無政府状態――その典型的な例は、一九一七～二二年のロシアの内戦――を引き起こし、何をやっても許されるとの思いが当事者らのあいだに広まることで残虐行為が焚きつけられ、実際に殺戮者たちは何をやっても罰せられず、残虐行為は正当化される。二〇世紀全般と二一世紀の初頭に、政治がらみの残酷さが頂点をきわめたのは、政治家たちが刑法で罰せられるべき犯罪者の力を借りることを躊躇わなかったためでもある。

アメリカの南北戦争の大きな特徴は、何事《なにごと》にも怯《ひる》むことのないアウトローが南部陣営に数多く存在したことだ。一八六九年、セルゲイ・ネチャーエフは自著『革命家の教理問答』のなかで、ロシアでは本物の革命家のみが「強盗」である、と断言している。レーニンは一九一四年以前、カフカスの悪名高い強盗の一人であり、スターリンと組んで銀行強盗やテロを実行していたカモ（本名はテル＝ペトロシアン）とつながりがあり、資金源としていた。モスクワの古文書館に保管されていた資料により、一九一七〜二二年のあいだ、チェーカーの地方組織のリーダーの多くがコカインを常用し、その影響下で最悪の残虐行為にふけるサイコパスであったことが明らかになった。一九三七〜三八年にスターリンの意向に従って大量の殺戮を実行したニコライ・エジョフは、このうえもない背徳者、アルコール中毒のバイセクシャルであり、拷問と殺人を楽しむ人間だった。エジョフの後継者となったべリヤは、何十人もの少女を誘拐させ、強姦したことでよく知られている。ナチの強制収容所の囚人たちは、サディストや連続殺人犯といった最悪の犯罪者のあいだから選ばれたカポ（刑務官）にもてあそばれた。グラーグに送られた政治犯たちも長期間にわたって、受刑者仲間である本物の犯罪者たちに生殺与奪の権利をにぎられていた。こうした無法者たちは権力と近い関係にあり、「神も法も恐れぬ連中」だった。スペイン内戦の初期もまた、何年も前から銀行強盗として有名だったアナーキスト、ブエナベントゥーラ・ドゥルティのオーラに強く影響された。

強大な組織犯罪グループの活動が政界を侵食した影響も無視できない。こうした組織は国家や法に盾つくことを恐れず、腐敗をはびこらせるだけでなく、残忍な行為によって国を弱体化し、社会を解体する。代表例としては、フランス革命当時にボース地方の農民たちの足の裏を火で炙《あぶ》って金の隠し場所を白状させた「オルジェールの火炙り強盗団」、イタリアのマフィアとその残忍な首領のトト・リイナ、メキシコの麻薬カルテルをあげることができるが、突出していたのは、一九六四年から二〇一六年にかけて武力闘争とコカイン密輸の双方に等しく力を入れていたコロンビア革命軍である。大規模な犯罪組織においても、全体主義体制の機構においても、構成員の出世の鍵となるのは残忍性である。人を殺す能力と犯罪への協力は、組織トップへの忠誠の証である。

サウジアラビアからやってきた特命行動隊が、反体制派ジャーナリストを誘拐し、在トルコのサウジアラビア大使館内で拷問にかけ、絞殺し、斬首し、遺体をバラバラにした事件を覚えている人は多いだろう（これと比べれば、組織犯罪とも東独のシュタージとも深くつながっていた「赤い旅団」は残忍ではない、という人もいるかもしれない。護衛五人を冷酷に殺してアルド・モーロ首相を誘拐し、五五日も二平米の物置に閉じ込め、最終的に頭に銃弾を撃ち込み、遺体をトランクに押し込めた自動車をイタリア共産党本部とキリスト教民主党本部の中間に放置した——既成政党を揶揄する演出——だけだから…）。法治国家における戒《いまし》めとしての刑罰と、全体主義体制における恐怖政治の道具としての刑罰——社会と政治の身体から絶対的敵を切り落として宿痾《しゅくあ》の広がりを予防する外科手術——の違いを明白に示す例である。

二〇二二年二月二四日より、ウラジーミル・プーチンは現代欧州における残酷さの歴史に新たなページを書きくわえた。「ナチであるウクライナ」のジェノサイドを予告するかのような演説、戦争犯罪、人道に対する犯罪——拷問、強姦、民間人と捕虜となったウクライナ兵士の殺害、真冬のウクライナ国民から暖房を奪うためのインフラの破壊、広大な地域の洪水と住民の避難を引き起こすダムの爆破、住民のいる建物への爆撃等々——、大量虐殺、そしてウクライナのこどもたちのロシアへの強制移住。なお、プーチンはこれらのメソッドをチェチェン戦争、ついでシリアにおいてすでに使っていた。

こうした政治がらみのあらゆる残酷な行為を概観すると、いくつかの結論を導き出すことができる。民族、宗教、社会階層の軋轢など、原因がなんであれ、紛争や騒擾《そうじょう》によって中央権力が不安定化、弱体化すればするほど、地域や地方レベル、さらには全国レベルで残酷な行為が蔓延《まんえん》する。逆に、中央権力が安定して強力であればあるほど、法律や司法制度を機能させ、国に認められている合法的な暴力を行使することで残酷な行為を抑止することができる。その結果、法治国家や議会制民主主義国家では、残忍な行為はまれな現象となっている。だが、反対勢力や社会の抵抗運動をすべて排除するほど権力が強大になると、当該権力が残酷さをつのらせる。もっとも典型的な例は、全体主義体制、すなわち一九一七年以降に登場した前代未聞の独裁体制であり、大衆を恐怖で縛りつけることが日常的、恒常的な統治手法となってしまった。ただし、共産主義の独裁については、国家は「党」にのっとられ、従来の統治機能を失ってしまった、と言えよう。

アインシュタイン、フロイト、政治の残酷さ

この序文を閉じるにあたり、その際立った活躍は二〇世紀前半を舞台としていたが、影響力は現代まで続いている二人の著名人が交わした驚くべき手紙に触れてみたい。一九三二年七月三〇日、アルベルト・アインシュタインはジグムント・フロイト宛に一通の手紙をしたため、「昨今の状況を鑑みて、文明にかんするもっとも重要な問いかけだと考える質問があります。戦争の脅威から人々を解き放つ手段があるのでしょうか?」とたずねた。アインシュタインの文章は「かなり多くの人が、技術の進歩ゆえに、この問題は文明人にとって死活にかかわるものとなった、と理解しています」と続く。広島と長崎に原爆が落とされる一〇年以上前の当時、アインシュタインは人類が原子爆弾を製造する能力を手に入れたことを誰よりもよく知る立場にあり、それがどのような結果をもたらすかも分かっ

ていたのだろう。

アインシュタインは、「政治権力欲」、「自分個人の権力の範囲を広げようとする」者たちの意思といった「強大な心理の力」が戦争につき進もうとしていることを指摘したのちに、次のように述べている。「大衆が引きずられ、狂気の沙汰や自己犠牲にいたるまで熱狂するのはなぜでしょうか？　わたしが思いつく答は次の一つだけです。人間は憎悪と破壊の欲望をもっている。平時においては、こうした衝動は眠っていますが、時代の平安が破られるとめざめる。しかしながら、この衝動を覚醒させ、集団的な精神疾患へとエスカレートさせることはかなり容易である」

手紙は、最後の質問を投げかけて終わる。「憎悪と破壊の精神疾患に冒《おか》されぬように、人間の精神の動きを導くことは可能なのでしょうか？　これはいわゆる無教養な人たちだけの問題だ、などとわたしは毛頭考えておりません。集団を動かそうとする不吉な示唆の罠にだれよりもやすやすとはまってしまうのは、むしろ「インテリ」を自負している人たちである、とわたしは痛感しました。インテリは、実体験に照らし合わせて思考する習慣を持たず、印刷物を通していとも簡単に全面的に説得されてしまうからです」。このくだりは、モンテスキューの次の言葉を連想させる。「わたしは農民が好きだ。彼らはさほど知識がないために、誤った判断を下すことがない」。農民とは正反対で、「間違った判断を下す者」として思い浮かぶのは、ロベスピエール、マルクス、レーニンだ。三人とも印刷物中毒で、当時の人口の大部分を占めていた農民をむしろ敵視していた。ロベスピエールは農民（革命に反旗を翻したヴァンデ地方の農民）を「ならず者」と呼び、マルクスにとって農民は「反芻《はんすう》動物」であり、レーニンは自営農家を標的に「クラークに死を」のスローガンを掲げた。

返信のなかでフロイトはまず、アインシュタインの考察の重要な一点をとらえて修正した。アインシュタインが「繰り返し起こる力と法の対立」との表現を使ったのに対して、フロイトは「力」ではなく、「より鋭く、より不快な「暴力」という言葉をもちいるべき」と指摘した。フロイトは「剥《む》き出しの暴力」という表現までも使い、繰り返し「残酷さ」とさえ呼び、この暴力は「敵の処刑」を目指している、と結論づけた。フロイトはアインシュタインと同様に筋金入りの唯物論者だった。ゆえに彼の返信は、人類の派生にかんするダーウィン理論に影響された以前からの考え方と、自身の神経生物学の研究を足がかりとしている。まずは、「人間のあいだで生じる利害をめぐる諍《いさか》いは、原則として暴力によって解決される。動物界では例外なくこれが通例であり、人類も例外ではありません」と断言する。ただし、とフロイトは付言する。「人間については、当然のことですが、意見のぶつかり合いという諍《いさか》いがくわわるのであり、この諍いは現実から極度に乖離したレベルに達します」

フロイトは次に、「暴力による支配から法による支配へと導く道」について考察する。法とは、「暴動」や「内戦」を予防するための「法律にのっとった暴力」の行使を担保する「共同体の力」であるので、法律は「力の暴力的な表出にかんして、共同体の暮らしの安全な継続のために個々人が断念すべき個人の自由の範囲」を定めている。そしてフロイトは自身の精神分析の研究に言及する。「人間の本能は排他的に二つのカテゴリーに分類することができます。一つは、保全と統合を欲する本能です（…）もう一つは、破壊と死を欲する本能です。（…）こうした欲動（性的欲動と破壊欲動、もしくは「生の欲動」と「死の欲動」）は、どちらも人間にとって不可欠です。二つの欲動の働きの組み合わせ、もしくは対立から、生命現象が生じるのです」

フロイトはここで、あなたは憤慨されるかもしれないが、と断わりを入れてから、アインシュタインに質問を投げかける。「なぜ、わたしたちはこれほど熱心に戦争に反対するのでしょうか（…）、なぜ、人生で出会う無数の不幸の一つとして甘受しないのでしょうか？　戦争は、生物学的な強い基盤を持つ人間の性質に適合していて、実質的に不可避だと思われるのに」。フロイトはアインシュタインの答を待つことなく、両刃のナイフのような答を出す。文化——もしくは文明——の発展は、精神の変化を誘発する。顕著な変化は「本能を制御することにつながる知性の発展と、攻撃的性向の方向の内側への転換です。なお、この転換には好ましい結果と危険な結果がともないます」。こうした精神の変化により、戦争は人間にとって「体質的に我慢のならない」ものとなる。だがフロイトは返す刀で「他国を容赦なく殲滅すると決意している帝国や国が存続するかぎり、他国は戦争にそなえねばなりません」と釘をさす。

この長いやりとりのなかで、アインシュタインもフロイトも、絶対に従わねばならぬ十戒のような、人知を超えた倫理に言及していない。だが、一九三八年にウィーンから亡命することを余儀なくされたフロイトが一九三九年に亡くなる直前に『モーゼと一神教』を出版したのは偶然ではないだろう。そもそもフロイトは一九三〇年以降、自身とユダヤ教とのつながりについて自問していた。「ユダヤ民族のヘリテージをすべて捨て去ったお前のなかに残っているユダヤ的なものとは何だろうか？　まだ多くのものが残っている。おそらくは本質的なものが」。この本質とはおそらく、八〜九歳のころから父親の意向にそってフロイトが学んでいた、ユダヤ教祭司フィリップソン師編纂の聖書のことであろう。三五歳の誕生日に父親から贈られたこの聖書は、かなり特殊なつくりであった。左側のページはドイツ語で、右側のページはヘブライ語、という体裁の対訳であり、ページの下部はフィリップソン師による詳細な注釈にあてられている。フロイトにとって、この聖書を勉強することは翻訳と文献解釈の良い訓練となり、夢解釈にも影響をあたえることになる。同時に、十戒とその意味するところのすべてがフロイトに深く浸透しなかったはずがない。

最後に、出発点である疑問に立ち戻ろう。なぜ、政治がからむと人間はこうまで残酷になるのだろうか？ 百科全書の「責め苦（Supplice）」の項目を執筆したルイ・ド・ジョクール——「残酷さ」の項目の執筆者でもある——は、次のように記している。「野蛮で残虐な行為にかんする人間の想像力がかくも大きいのは、説明がつかぬ現象である」。本書が、この現象をいくらかでも説明することができれば幸いである。

第一部

古代からキリスト教およびイスラーム世界まで

1 古代ローマ人は残酷だったのか？
剣闘士の伝説と現実

エリック・テシエ

画家のジャン＝レオン・ジェロームが有名な「Pollice verso（下に向けられた親指）」を描いたのは一八七二年のことだ。古代を題材にした作品で才能を発揮していたジェロームがこの絵に反映させた幾《いく》つかの不正確な知識は、その後も先入観として根強く存続することになる。第一の先入観は、一敗地《いっぱいち》に塗《まみ》れた剣闘士の苦悶と「親指を下に向けて」敗者の死を要求する巫女たちが象徴するローマ人の残酷さである。今日でも、ジェロームが考案したこのジェスチャーは、血に飢えたローマ人の嗜虐性《しぎゃくせい》のシンボルとして通用している。この絵は完成直後から、剣闘士について語るときにかならずといってよいほど引き合いに出されてきた。しかも、歴史本のイラストとして使われるだけでなく、映画界にも影響をあたえている。一九一三年、エンリーコ・グアッゾーニ監督はローマ時代を舞台とした作品「クォ・ヴァディス」の一シーンでこの絵の構図をほぼそのまま踏襲した。それから一世紀以上もたっても、剣闘士が登場するハリウッド映画やテレビドラマは毎回のように、ローマ人たちは剣闘士たちの苦しみと死を眺めて楽しむために闘技場にやってきた、という陳腐なイメージを受け売りしている。だが剣闘試合の実態は、ヘモグロビンが大好きなプロデューサーたちがあたえる血塗れのイメージとはかなり異なり、それほど単純なものではなかった。

剣闘の原形

そもそも、剣闘は何世紀にもわたり、大部分の古代社会に存在した複雑な現象であった。このため、剣闘にはさまざまな形態があり、いくつもの段階をへて進化した。原初の剣闘は、葬儀の一部をなしていた。高名な死者の名誉を讃えるために武器を持った男たちが決闘する習わしがあったのだ。これを文学として描写したもっとも古い例は、『イーリアス』の第二三歌に見ることができる。ホメロスはここで、盾と槍を持った大アイアースとディオメデスが儀式としての闘いにのぞむ様子を描いている。パトロクロスの霊を慰めるための競技会のクライマックスである。故パトロクロスの親友であったアキレウスが主催したこの競技会では、勝者に豪華な賞品が約束され、戦車競走、徒競走、砲丸投げ、槍投げ、拳闘、格闘の強者たちが技量を競い合った。武器を手にした決闘はこの競技会の華であり、息をのむ対決だった。対峙《たいじ》する二人は、だれからも闘うことを強制されていない。みずからの意志で参加するのであり、故人の名誉を讃えるのと同時に、われこそが陣営のもっとも優れた勇者であると誇示することが目的だった。どちらかを殺すことが目的ではなかったが、死の可能性は認識されており、二人のどちらもこれを受け入れていた。いずれかの死で試合が終わる可能性があるからこそ、この決闘の第三の重要なプレイヤーである観客には「そこまでだ」と止めに入る権利があった。ここに見られる特徴――儀式の要素、当事者二人の自由意志による参加、栄誉を目指す心意気、賞品、観客の役割、主催者の役割――はすでに、ローマ時代の剣闘の基盤をなすいくつかの要素にぴったりと符合していた。

イーリアス以降、この種の闘いは地中海沿岸地域の他の文明にも登場する。もっとも明白な証拠として挙げることができるのは、パエストゥム［イタリア、カンパーニャ州。ギリシアの植民地だった］の墓所の壁に描かれた、追悼剣闘の絵である。南イタリアのギリシア植民地で実践されていたことが明らかな追悼剣闘試合は、エトルリア人［イタリア半島中部を支配していた民族］に採用され、前三世紀にはついにローマ人に引き継がれた。「ローマで初めて剣闘試合が開催されたのは、アッピウス・クラウディウスとマルクス・フルウィウスが執政官をつとめていた時代であり、場所は〝牛の公共広場（forum boarium）〟であった（前二六四）。主催者は、故ブルートゥスの息子であるマルクスとデキムスであり、亡父に敬意を表することが目的であった」（ウァレリウス・マクシムス『有名言行録』）。ローマ市民に提供されたこの初の剣闘試合に登場した剣闘士は三組のみだったが、時代をへるにつれてその数はふえ、カエサルの時代には何百人もの剣闘士が出場することもあった。それまでの三世紀において、ローマ人は剣闘試合の基本概念、すなわち武具一式のコンセプトを発展させた。

共和制ローマの「エスニックな」剣闘士

armaturaはしばしば「甲冑（armure）」と訳されているがこれは誤訳であり、中世後期の騎士と同じような甲冑をまとった剣闘士、という間違ったイメージをあたえてしまう。「武具一式」と訳すほうが正確であろう。他のarmaturaとは互換性のないさまざまな武具で構成された、一貫性のあるセットである。このarmaturaという概念はローマの発明ではない。前三一〇年に、カプアで登場している。歴史家ティトゥス・リウィウスによると、ローマとその同盟都市であるカプアはこの年、金銀で飾られた盾をふくむ見事な武具で身を固めたサムニウム人戦士の軍勢を打ち負かす大勝利をあげた。この戦勝のあと、ローマ人はサムニウム戦士の遺体を神々に捧げたのに対して、カプア人は彼らの武具を別の用途にあてた。「カンパニア［カプアはカンパニア地方にふくまれる］人たちは、サムニウム人に対する軽蔑と憎しみにかられ、［彼らの武具を］祝宴に登場する剣闘士を武装させるのにもちいた。以降、こうした武具を身に着けた剣闘士はサムニウム闘士と呼ばれることになった」

当時の剣闘試合は追悼儀式の性格を残していたが、新たな意味合いがくわわった。闘士たちは祝祭の華々しいスペクタクルの一部として登場したからだ。さらに、演出を凝らして敗者サムニウム人の武具を披露したことは、これらの試合に記念行事の性格をあたえた。こうして「サムニウム戦士」の武具一式を採用したのち、ローマ人はサムニウム人とならぶ不倶戴天《ふぐたいてん》の敵であったガリア人の風体を模倣した「ガリア闘士」というスタイルを考案した。前二世紀の終わり、ローマ軍団がオリエントに遠征するようになると、三つ目の「エスニックな」闘士、「トラキア」闘士［トラキアはバルカン半島南東部の古称］が誕生する。こうして剣闘士のタイプがかなり厳格に規格化されていたことを、映画界はほぼ無視している。ジェロームは、例の絵を制作するにあたって本格的に歴史資料を渉猟し、ポンポイで発見された兜や防具を参考にして剣闘士の武具を描いたが、ハリウッドのプロデューサーや監督は時代考証にはまったく頓着《とんちゃく》しない。だからスクリーンには、勝手な想像の産物もしくは他の時代から借り受けた武具を身に着けた剣闘士が登場している。武具一式のシステムを理解することは重要である。〝残酷なローマ人を楽しませるためだけにあらゆる武器を手にして闘う剣闘士〟という幻想を打ち砕いてくれるからだ。各闘士は、一貫性があって細部まで決められた武具一式を身に着けていただけでなく、つねに、自分と同じようにコードにのっとった武具一式で身を固めた相手と戦っていた。

はるか古代と同じく、この頃の剣闘試合は高名な人物の葬儀にともなって行われたが、「愛国的」な意味がくわわった。「サムニウム」人にせよ、「ガリア」人にせよ、「トラキア」人にせよ、ローマの覇権に抵抗していた蛮人たちは今や、ローマ市民を喜ばせる見世物となったのだ。この時代になると何千人もいた剣闘士はもはや、アキレウスの時代のように志願して闘っていたのではない。ますます遠方に触手を伸ばすローマが新領土を征服するごとにローマにつれてこられた戦争捕虜であった。前二世紀、剣闘試合は大規模な興行となった。イタリア半島各地に、「剣闘士学校」が次々と開設された。こうした学校で訓練を受ける奴隷たちは、自分たちにとって死は不可避である、と悟っていた。この点で、前二世紀の「エスニックな」剣闘試合は残酷だと現代人には思われるかもしれない。だがこうした処遇は、敗軍の戦士は殺されるか奴隷にされるかのどちらかであった古代の戦争の慣習を逸脱しているわけではなかった。闘技場で闘うよう強制することで、勝者は敗者に処刑を猶予していたに過ぎない。しかも、闘士には奴隷身分から逃れるチャンスもわずかながらあった。優秀な闘士は自分たちが習得した技術を後輩に伝える指導者（doctores）となることができたのだ。とはいえ、剣闘士をこれほど多数かかえている状況はローマ市民にとってなんの危険もない、とはいえなかった。前七三～七一年、トラキア出身の剣闘士スパルタクスは、ローマにとって最悪の奴隷の反乱を引き起こした。何も失うもののない百戦錬磨の剣闘士数百名を核とするこの叛乱は、三番目でかつ最大の奴隷戦争に発展した。カプアの剣闘士学校から始まったこの災厄は、一〇回ものローマ軍団敗北、イタリア半島各地の掠奪をへて、二年の歳月をかけてようやく収まった。

初期ローマ帝国の「プロ」剣闘士

スパルタクスの乱をへて、ローマ人たちは蛮人剣闘士の危険を自覚するようになった。征服や内戦を背景にして、武器の扱いに長《た》けた死刑囚である奴隷を何千人も国内にかかえることはもはや危険すぎる。理性的に考えれば剣闘試合を廃止するという結論に達してもおかしくなかったが、プラグマティックなローマ人たちは志願剣闘士を採用することで問題を回避することにした。金持ちも貧乏人も、貴族も平民も、市民権をもたぬ外国人も解放奴隷も、自分の意志で剣闘士という職業を選べることになった。志願者たちは、法律上の特権のすべてを放棄し、数年のあいだ剣闘士チームのオーナーである剣闘士教練士（lanista）の事実上の奴隷になることを受け入れる。この手の志願剣闘士は、アウクトラトゥス（auctoratus、自分を売ることを許された者）と呼ばれた。アウクトラトゥスが結ぶ契約の手続きは、法律できっちりと決められていた。事前に司法官に申請し、剣闘士教練士とともに署名した契約書の有効性を認めてもらう。契約と同時に、アウクトラトゥスは特別手当（pretium）を受け取ることができる。次に宣誓するが、これにより、その身分は一時的に社会階層の最底辺に落とされる。この宣誓のなかで志願剣闘士は、自分はすべての事情を承知したうえで危険な仕事につく、と明言する。どのような文言が使われていたかをセネカが伝えている。「もっとも高貴な誓いにも、もっとも不名誉な誓いにも、次の文言がふくまれる。火も、刃も、剣による死も受け入れる」

こうして、前一世紀の終わりに、「プロ」剣闘士によるスペクタクルが「エスニックな」剣闘試合に置き換わった。これを背景として、試合をより多様なものとするために武具一式（armatura）もしだいに変化した。たとえばユリウス＝クラウディウス朝時代に一番人気だった剣闘士の組み合わせは、ムルミロ闘士とトラキア闘士の対決だった。ムルミロ闘士は、ガリア闘士とサムニウム闘士の進化系であり、スクトゥム（湾曲した大盾）と短くてまっすぐな剣、短いオクレア（脛当て）で武装している。対するトラキア闘士は、アウグストゥス時代後も生き延びる唯一のエスニック風剣闘士である。まったく異なる武具一式を身に着けたトラキア闘士は、ムルミロ闘士にとって理想の好敵手だった。トラキア闘士は、パルマ（大きく湾曲した小型盾）、長い脛当て、シーカ（オリエント起源の湾曲した刀）によって誰の目にもすぐに見分けがついた。ムルミロにもトラキアにもそれぞれファンがいて、両闘士のそれぞれが持つ盾の名から、ファンたちはスクタリ、パルムラリと呼ばれた。この二つの呼称は、ムルミロ闘士とトラキア闘士のテクニックの違いをきわだたせる盾がいかに重要な武具であったかを物語る。

一世紀に花形剣闘士として鳴らしたムルミロとトラキアと比べると、他の剣闘士たちはやや影が薄い。そのなかで、エクエスは騎馬で闘うという点で特異であり、トゥニカ（上着）を着用して闘技場に姿を現わす唯一の剣闘士だった。これはおそらく、エクエスの大部分が貴族出身の志願剣闘士であったためだと思われる。兜飾りのない兜《かぶと》、円形の平たい小型盾、槍と剣で武装したエクエスは、はじめは騎馬で闘い、最後は下馬して決着をつける。プロウォカトルは、短い剣、兜飾りのない兜、中程度の大きさの盾を特徴とする。プロウォカトルは自分か相手が死ぬまで戦うことも可能であるが、今日まで伝わっている数多くの図像を見ると、多くの場合、彼らの剣の先端は尖《とが》っていない。プロウォカトルは、剣闘士のキャリアの第一段階だったのだろう。他の武具一式を扱えるようになる前に、新規参入者が基本のテクニックを習得するために通らねばならぬ第一関門だったと思われる。なお、ローマ軍団の兵士たちもプロウォカトルの武具一式をまとい、引退した剣闘士の指導のもとで訓練を受けていた。以上で分かるように、剣闘試合はかならずしも血生臭いものではなかった。多くの試合では、剣先に「たんぽ」がつけられていた。剣闘試合はなによりも武芸だったからだ。死の危険がともなうのは、地方都市で政治家が、もしくはローマで皇帝が主催する大がかりな試合（ムネラ）の場合にかぎられていた。

その他のタイプの剣闘士の存在も明らかになっている。アンダバタは目隠し状態で戦った。パエナリは鞭と棍棒で闘い、クルペラリは重い鎧を身に着けていた。しかしながら、これらの剣闘士に言及する資料はごくまれで、高度な武芸を披露するムルミロ等の剣闘士とくらべて観客の人気を勝ち取ることができず、短期間で舞台から消え去った。これに対して、女剣闘士は少なくとも二〇〇年は活躍していた。彼女たちは固有の武具を持っているわけではなく、プロウォカトルやトラキア闘士の武具一式で闘った。以上のさまざまな剣闘士のタイプは前一世紀から後一世紀にかけて、既存の武具一式をベースとして、もしくはまったく新しい武具一式の導入によってしだいに進化した。剣闘士修練士や指導者たちはかなり多様性に富んだ試合のテクニックを磨き上げ、数世紀のあいだ観客を熱狂させることができた。ローマ人たちを夢中にさせたのは剣闘士の死や苦しみではなく、彼らのテクニックと勇気だったのだ。

きわめて明確なコードに従うスペクタクルとしての剣闘試合

剣闘士のタイプと同時に、戦場での闘いとはまったく異なるスペクタクルとしての剣闘にふさわしいように武具一式も進化した。たとえば、カエサルの時代より、剣闘士の兜は工夫が凝らされ、豪華にもなった。幅のある縁《ふち》が採用されると同時に、面頬《めんぼお》が漸進的に大きくなったことで、剣闘士の頭部や顔面の保護はますます高まる傾向をみせた。こうした変化により、各自がばらばらな保護具を身に着けている兵士と剣闘士の違いが決定的になった。後一世紀の半ばごろ、剣闘士の顔を保護する面頬の適合化は進んで、顔面をすっぽり覆うようになった。こうした改善・改良は人道的な配慮によるものではない。指導者たちは、重い傷から守ることで、育成に金のかかる剣闘士が短期間で消耗するのを防いだのである。それよりもなによりも、顔面が保護されていることにより剣闘士は以前よりも危険を冒すことを厭《いと》わなくなり、より攻撃的な動きを観客に見せることができるようになった。こうした武具の技術的改善とスペクタクルとしての面白さという二つの追及が、もっとも有名な剣闘士の組み合わせ、レティアリウス（網闘士）対セクトル（追撃闘士）がローマ帝国の中～後期に生まれるきっかけとなった。

網闘士は、戦場で闘う兵士の世界とはなんのかかわりももたないという点で例外的な剣闘士である。武器は三《み》つ又《また》槍、網、短刀であり、盾は持たず、兜も脛当ても身につけていない。誕生したのはアウグストゥス帝時代の初期であるが、惜しいことに、特殊かつ手強いこの剣闘士にふさわしい相手はなかなか現われず、ウェスパシアヌス帝時代（六七〜七八）まで待たされた。

新たな好敵手、すなわちセクトルは、大型の盾を持ち、左足に小さな脛当てを着けており、一瞥《いちべつ》しただけではムルミロと混同しがちだ。見分けるための唯一の特徴は兜である。セクトルの兜は縁《ふち》なしである。顔面保護のための格子《こうし》は、二つの丸い穴が開いている厚い青銅もしくは鉄の板に置き換えられている。そして、この兜には、横から見ると半月形をしているきわめて薄い兜飾りがついている。こうした兜の特徴は、レティアリウス（網闘士）の三つ又槍の攻撃に耐え、完璧に狙いを定めて投げられたのでないかぎり、網を被《かぶ》せられてもスルリと抜け出すことを可能とする。

「追撃する者」を意味するセクトルの名で呼ばれるこの剣闘士とレティアリウスの試合は、剣闘試合の図像として最も数が多い。他のタイプの剣闘士の存在をすっかりかすませてしまったわけではないが、レティアリウスとセクトルの対決は四世紀に「プロ」剣闘試合が終焉するまで絶大な人気を誇った。二世紀にこの組み合わせが大人気を博し、スターとしてもてはやされた要因は、両闘士のなみはずれた技術の高さと人目を釘づけにするショーとしての面白さである。

下に向けた親指…近代の空想の産物

剣闘士は死を正面から見すえることができるように訓練されていた。しかしながら、スパルタクスの時代とは異なり、観客に満足を与えたのであれば、敗れた剣闘士もキャリアを継続することができた。帝政ローマの剣闘試合は、映画で通常描かれているような「凄惨な殺し合い」ではなかったからだ。それどころか、映画でおなじみの血の海を見たら、ローマの観客たちは不快感を覚えただろう。闘技場の階段席に陣取った剣闘試合の大ファンたちが求めていたのは、サスペンス、闘士たちの勇気と闘いのテクニックであった。ハラハラ、ドキドキは、観客の一人一人が、自分は敗北を喫した剣闘士の運命を左右している、と感じる最後の瞬間まで続く。ここで、剣闘試合にまつわるもっとも有名なお決まりのイメージを否定せねばならない。一九世紀の絵画に始まって映画やテレビドラマで何度も何度も描かれてきた「死のジェスチャー」は史実と乖離《かいり》しているのだ。

負傷もしくは疲労困憊した剣闘士が負けを認めて命ごいをするとき、ローマの観客は誰一人として親指を下もしくは上に向けたりしなかった。今や全世界に知れわたっているこのジェスチャーの由来は、ローマ時代の風刺詩人ユウェナリスのたった一つのテキストの誤った解釈である。解釈を誤った画家ジェロームが、これにもとづいて制作したのがかの「Pollice verso（下に向けられた親指）」である。ついで、映画がこの親指の知名度を高め、世界中に広めた。しかし、少し考えれば分かることだが、コロッセオにつめかけた五万人の観客の何人が親指を上に向けているか、何人が下に向けているかを集計することなど現実的ではない。だが、主催者は敗者を生かすか殺すかを決めるにあたって観客の意向を無視できない。帝政期の剣闘試合は、エヴェルジェティスム（évergétisme）現象の一つであった（エヴェルジェティスムは、二〇世紀にフランスの歴史研究者のアンドレ・ブランジェとアンリ＝イレネ・マルーがギリシア語から作った新語。ギリシアやローマの富裕な著名人が、公衆へのご馳走《ちそう》の提供、インフラ整備への資金提供、入場無料の剣闘試合などのスペクタクルの主催等で、市民に自分の富の恩恵を分け与えることを意味する)。ばくだいな費用がかかる剣闘試合を市民に提供して太っ腹なところを示す主催者は、経費を負担するのは自分でありながらも、観客の意向を無視して負けた剣闘士の生死を決定することはできない。一般に考えられているのとは逆に、ローマの観客が死を要求することは少なかった。この点にかんする唯一の情報源は、ポンペイの壁に描かれた剣闘試合の結果である。これによると、殺された剣闘士の割合は平均で一〇〜一五%を超えることがなかった。

健闘した末の負けである場合、観衆の温情ははっきりと分かる形で示された。すなわち、観客は布切れを振ることで、死んではいない敗者を助けるよう主催者に求めた。現在でも闘牛の世界で、闘牛士に褒美をあたえるよう求めるときに観客は同様のサインを送っている。試合の後にどれくらいの白い布が振られているかを目算することは、上を向いている親指と下を向いている親指のどちらが多いかを見きわめるよりもずっと容易で、観衆の判断が生死のどちらに傾いているのかを知ることができる。これは重要なポイントである。主催者の最終決定は、観客が表明する意図と一致している必要があるからだ。観客が助命を望む剣闘士がとどめを刺されたら、主催者は残酷だと見なされてしまう。皇帝カリグラが典型例だ。観客が死を望む剣闘士を助けたとしたら、吝嗇《りんしょく》だと思われてしまう。プロの剣闘士を殺すことは高くつくからだ。どちらの場合も、観衆は自分たちがもっているはずの決定権を奪われたと感じ、不当な仕打ちだと恨めしく思う。

観客が生死のどちらを選んだかが明白になれば、主催者はこれを勝者に伝える。主催者が手を広げて指を敗者の方に向ければ、死を意味する。勝者は研ぎ澄まされた短刀を敗者の胸に突き立てる。主催者が拳をにぎれば、敗者の命が助けられることを意味する。敗者は生きたまま退場する。古代ローマがわたしたちに残した膨大な数の絵で明らかなように、ローマ人をもっとも熱狂させたのは、敗者がとどめを刺される瞬間ではない。約一六〇〇もの剣闘士の絵が現存しているが、その大多数は紀元後一〜二世紀に描かれたものである。これだけ数があっても、敗者の死の瞬間、もしくはとどめを刺される寸前の様子を描いたものは一〇にも満たない。いずれの絵においても、真のプロとしてジタバタすることなく観客の判断がおりるのを待つ敗者の潔《いさぎよ》さが強調されている。

勇気のお手本、政治広報の手段

剣闘士は血を商売道具にしていることで軽蔑されていたが、ローマの哲学者たちからはよき見本として取り上げられた。たとえばセネカだ。「わたしは、実に勇敢な剣闘士を目撃した（…）負傷したのち、彼の勇気に感銘を受けて助命を求めた観客の方を振り向き、腕の動きで、自分は何もしていない、自分はだれからも褒められたくない、との思いを伝えた」。セネカは時として、ローマの観客は残酷だと考えた。そして「剣闘士たちが喜んで死を受け入れないと腹を立て、侮辱された、バカにされたと思い、雰囲気や行動や執拗さによって観客から処刑人へと変わる」ローマの民衆は不公正である、と難じた。しかし、帝政初期にそのような感想を持ったのはセネカだけだった。カッシウス・ディオの言を信じるのであれば、ローマの民衆は皇帝よりも寛大であった。「ある日のこと、剣闘試合において観衆は（ハドリアヌス帝に）熱心に助命を求めたが、皇帝は受け付けなかった」

実際のところ、ローマ人の残酷さについてわたしたちがいだいているイメージとは逆に、極端な残酷さは人々から明白に糾弾された。たとえばカリグラ帝の場合がそうだ。カッシウス・ディオは、カリグラ帝が主催した剣闘試合について次のように語っている。「顰蹙《ひんしゅく》をかったのは殺された闘士の数ではない。その数は破廉恥なほどに多かったが。そうではなく、闘士が殺されるの光景を（カリグラが）隠そうともせずに楽しんでいることだった」。クラウディウス帝も、スエトニウスによって同じように非難されている。「剣闘士の健闘ぶりがいかなるものであっても（…）（クラウディウスは）殺すように命じた。闘士が足を滑らせてたまたま転んだ場合でもそうだった。とくにレティアリウス（網闘士）に対して容赦なかった。彼らが息絶えるときの顔を眺めることが目的だった」

剣闘試合は盲目的な殺戮とはほど遠く、政治広報の道具ともなった。その傾向はとくにフラウィウス朝（後六九～九六年）において強く、ティトゥス帝は「トラキア闘士が好みであることを堂々と標榜し、しばしば本物の贔屓《ひいき》として、民衆とともに声や手ぶり身振りで面白がったが、その尊厳が傷つくことはなく、公正さをそこなうこともなかった」。ティトゥス帝はこうして、自分は「ふつうの人と変わらぬ」ローマ市民であり、観客の意向を喜んで受け入れる、とのメッセージを五万人のローマ人観客に直接送ることができたのだ。スエトニウスも次のように強調している。「（ティトゥス）はあらゆる機会をとらえ、民衆に対して大いなる敬意を表明した。ある日のこと、剣闘試合開催を告げ、自分の意向ではなく、観衆の意向に沿ってすべてが進められるであろう、と宣言した」

ティトゥス帝とは逆に、その弟でフラウィウス朝最後の皇帝となったドミティアヌスは、カリグラ帝の嘆かわしい先例にならい、剣闘試合の際に残忍性を発揮した。ドミティアヌスは、トラキア闘士をひいきにしていたドミティアヌスは、あるローマ市民の発言に立腹した。「試合の最中にある一家の父親が、トラキア闘士はムルミロ闘士と同じ価値があるが、皇帝では相手にならない、と叫んだ。ドミティアヌスはこの父親を席から引きずり出し、闘技場に引き出して犬どもに噛み殺させ、立て札に〝不敬な物言いの、小型盾持ち支持者〟（小型盾持ちは、トラキア闘士をさす）と書かせた」。ドミティアヌスが暗殺されて五賢帝時代が始まると、良き君子のイメージ醸成《じょうせい》のためにトラヤヌス帝はすぐさまウェスパシアヌス帝やティトゥス帝にならった。手練《てだ》れの将軍で本物の戦闘を知り尽くしていたトラヤヌスにとって、剣闘試合は勇気を学ばせる場、皇帝の気前の良さを示すイベントであった。プリニウスはこれについて、「以降、剣闘試合は、懶惰《らんだ》や腐敗の見世物ではなく、負傷しても威厳を保ち、死を恐れないことを教えるスペクタクルと見なされた。（…）そして、観客は自由に応援できるようになった！（…）以前のように、特定の剣闘士を支持しなかった、という理由で不敬だと宣告される者は皆無だった」

剣闘試合の終焉

したがって剣闘は、ローマ人のいわゆるサディズムだけで説明できるような単純な現象ではなかった。特有のコードを持つイベントであり、ローマ社会の結束にとって重要なセメントの役目を果たしていた。勇猛な戦士を貴《たっと》ぶ価値観——「軍神マルスの子孫」だと自負していたローマ人の文化基盤——を背景として、剣闘はローマ帝国のすべての人々の心を一つにして燃え上がらせた。地中海沿岸には、二五〇を超える石造りの円形劇場が建てられた。アフリカからスコットランドまで、スペインからシリアまで、帝国のすべての民は円形劇場に集まり、共通の趣味である剣闘に夢中となることで一体感を味わった。彼らの剣闘熱を満足させるため、各都市の高官やローマ皇帝は莫大な額の金銭を負担した。禁欲的なストア哲学に傾倒していたマルクス・アウレリウス帝さえも、剣闘試合の残酷な面を減らそうと努めつつも、臣民の剣闘熱に譲歩せざるをえなかった。「(マルクス・アウレリウス帝は)流血を嫌ったので、ローマにおいて帝が臨席する剣闘試合は、競技会の格闘技と同じように危険と無縁だった。(…)剣闘士は全員、たんぽを被《かぶ》せたのと同じように危険のない、切れ味の鈍い武器のみをもちいて闘った」

剣闘試合は自分にとって退屈である——「どの試合も、代わり映《ば》えしない」——と告白していたマルクス・アウレリウスだったが、一七七年に、剣闘試合に課せられていた税金をすべて廃止した。名士たちが費用を負担していた、属州での剣闘試合が維持されるための配慮だった。折も折、ローマ帝国は深刻な歳入不足に苦しんでいたのだが。マルクス・アウレリウスの息子であるコンモドゥス帝がだれよりも剣闘に熱中していたことは知られている。好きが高じて、みずから闘技場におり立ち、本物の武器を手にして闘った。ただし、相手をつとめることになった闘士が持たされていたのは木製の剣だった。この剣闘のパロディ——実態は卑劣な殺人である——によってコンモドゥスは民衆の人気をえるどころか軽蔑され、数週間後に絞殺された。剣闘好きの皇帝を手にかけたのは、…一人の剣闘士であった。

こうした職業剣闘は三世紀に入ると少しずつ衰退した。剣闘消滅の原因となったのは、剣闘のどす黒い伝説の形成に寄与したキリスト教徒たちによる非難や断罪というよりも、ローマ帝国の経済・政治危機であった。もともと、大規模な剣闘試合の開催の舞台はほぼ都市にかぎられていた。費用を負担していたのは、市民たちから尊敬されることを望む都市の富裕な名士たちであったから、綿密な準備と組織が必要なこのスペクタクルは三世紀の混迷に耐えられなかった。都市の縮小が剣闘士学校や属州の円形劇場の閉鎖をもたらすのは必至《ひっし》だった。ローマとイタリア半島のいくつかの都市では、剣闘試合はしばらくのあいだ存続したが、四世紀の剣闘は以前と同じではなかった。高い技術を競うプロによる剣闘という性格は失われ、より野蛮で血生臭くなり、スパルタクスの時代のように、戦争捕虜を戦わせるようになった。こうした末期的剣闘は、武芸と戦闘テクニックを愛好する共通の熱い思いを軸としてローマ帝国の人々の一体感醸成に貢献していたスペクタクルとは似ても似つかぬものだった。皇帝から末端の奴隷にいたるまで、何世代にもわたってすべてのローマ人を魅了していた剣闘は終焉した。その後、異教徒とその慣習を難じるキリスト教徒の著作が、ジェロームをはじめとする画家に影響を与え、残酷な面のみが強調され、現代の剣闘観を形作った。

初期キリスト教徒たち――おそらくは、実際に見物したことは一度もなかったであろう――による終末期の剣闘の描写が、絵画や文学作品を経て、現代の映画監督の想像の養分となった。一世紀のローマ人に剣闘士が登場する映画を観せたら、なんと野蛮な、と眉を顰《ひそ》めることだろう。でたらめな武具を身に着け、プロとしてのテクニックを何一つ披露せずに殺し合っているようすに驚くことだろう。約二〇〇〇年後の自分たちの子孫は残酷だ、と嘆くに違いない。現代のスクリーンを赤く染める大量の血は、親指を下に向けて敗者の死を要求したことなど一度もなかったローマ人の残酷さよりも、わたしたち現代人の残酷さを映し出している。

2 中世における複数権力の併存と残酷さ

イヴ・サシエ

　中世には悪いイメージが貼りついている。戦争や虐殺、あらゆる形での残忍な行為が日常茶飯事で、最悪の暴虐をふくめての暴力が権力行使につきもので、暴力と権力が一体化していた時代、と描写されることが多い。中世がきわめつきに荒々しい時代であり、極端な暴力がかなり一般的であった、という印象はおそらく、当時の欧州大陸が王国間の争いの場であったのにくわえ、中世と呼ばれる一〇〇〇年のいくつかの時期において、これらの王国の多くで複数権力が併存したことで暴力も複数化した、という事実に起因する。国や地域ごとにその程度は異なっていたものの、この複数権力併存は一般的な現象であり、暴力手段にほかならない兵力をもつ強大で戦闘的な貴族階級の存在と密接に結びついていた。こうした貴族階級はだれからも掣肘《せいちゅう》されない自由を主張し、領民を支配する権限の行使を当然視していた。しかし、長い中世も終わりに近づくと、生活のすべての面で従属を強いられていた領民たちは自由と自治権を要求――その程度は地方によってさまざまだった――するようになる…

すなわち、中世ヨーロッパの大部分の社会は、時代や地域によって差があるのは確かだが、ほんとうの意味での国家が成立しておらず、司法や警察や収税や軍事力の独占といった至上の機能をそなえた中央権力が不在であった。中世において、キリスト教西欧を構成する国々の内部でほぼたえまなく戦争――内戦と混同してはならない――が起きていた。これは、構造的な現象であり、戦争当事者たちはこれを自分たちの権利と見なしていた。第一にあげることができるのは、家名が受けた恥辱をそそぐためや、口論を決着させるための貴族同士の私的な戦争であり、武装対決のフェーズと妥協によって紛争を解決するフェーズが交替で訪れて続いた。さらには、典型的にはフランク人の王国における、ほぼ君主に近い王族同士の戦争も、主として一二世紀からのイタリアを舞台とする自治体制をほぼ確立した都市同士の戦争もあった。大きな王国の内部では、顕著な例外はあるものの、国王としての大権をもつ者の支配権は何世紀ものあいだ脆弱で、公権力の特権も、マックス・ヴェーバーが呼ぶところの「正当な暴力装置の独占」も手にしていなかった。

権力にかんするキリスト教の伝統にしたがい、神の僕《しもべ》としてすべての君侯がになう特別な使命――罪に報《むく》いをあたえる、すなわち罪を犯した者を罰し、善良な人を救い、人々の安寧を保証する使命――に結びついた暴力の形態を、ここでは「正当な暴力」と呼ぶ（この呼称を中世にあてはめるのは時代錯誤であることは認める）。この君侯に課せられた使命の根拠となっているは、新約聖書の『使徒パウロのローマの信徒への手紙』の一節である。「君侯は、善事をなす者には恐怖ではなく、悪事をなす者にこそ恐怖である。あなたは権威を恐れないことを願うのか？　そうであるなら、善事をなすがよい。されば、権威から褒められるであろう。権威は、あなたに益をあたえるための、神の僕《しもべ》である。しかし、もしあなたが悪事をなせば、恐れるがよい。権威はいたずらに剣を帯びているのではない。権威は神の僕であって、悪事をなす者には怒りをもって報いるからである」

古代終末期の聖職者も中世の聖職者も、君侯は臣民に恐れられねばならない、と強調しており、彼らの著作のなかでは、いずれも「恐れ」を意味するラテン語の三つの単語、metus、timor、tremor が頻出《ひんしゅつ》している。少なくともマキャヴェッリにいたるまで、権力について考察した者たちは、〃君侯は恐怖と愛の二つを臣民にあたえねばならない〃と繰り返し説いていた。君侯は、悪事をなす意図をもつ者、実際に悪事をなす者がつねに怯《おび》えと恐怖を感じるようにつとめねばならないのだ。暴力は悪人に対してのみ行使されるべきである。このことは、君侯には、臣民のだれが善人で誰が悪人かを識別する能力があることを前提としている。識別に欠かせないのが、全臣民に向けた君侯の dilectio（細やかで、かつ適切な距離を保った愛）である。

なかんずく二人の人物が著作や書簡を通して影響をあたえ、「正当な暴力」にかんする西欧思想の定着に貢献した。聖アウグスティヌスとセビーリャのイシドールスである。聖アウグスティヌスは書簡一五三において罰や刑罰について語り、「悪人の行動を抑止し、善人の安寧を守る恐怖」をあたえることで社会を保護する刑罰の役割、罪を犯した者を懲《こ》らしめて悪を予防する機能、見せしめの抑止効果に言及している。『神の国』の第一九巻（一六章）で、アウグスティヌスは次のように説く。「罪に異を唱え、これを罰するのは無辜《むこ》の者の義務である。罰せられる者が罰によって懲らしめられ、他の者がこの戒めに恐れおののくためである」。セビーリャのイシドールスは、七世紀前半に次のように述べている。「神はかくして僕《しもべ》となる者と主人となる者をおつくりになった。僕が気ままに悪《あ》しき行いに走るのを、主人の力によって抑制するためである」。「恐怖をもちいて、臣民が悪から身を遠ざけるよう強いる」、これは異教徒の国においてさえ君侯や王の唯一の存在理由である。一方、教会の内部においては「聖職者が教義の誓約によって実行できないことを権力が規律の恐怖によってでも達成できないとしたら、権力は無用であろう」（イシドールス『命題集』）。

ここで複数権力の併存に話を戻し、一つの点を明確にする必要がある。九世紀末から一五世紀までは、正当な暴力を行使する権利を主張していたのはもはやカロリング朝由来の国王たちに限定されていなかった（そもそも、この期間の初期であっても、カロリング系国王たちが暴力行使の権利を完全に独占していたことは一度もなかった）。国王以外のあらゆる権力者――公爵、伯爵、城主――は、自分は不正のそしりを一切受けることなく暴力を行使できると思っていたし、これについて国王等から監督される謂《いわ》れはない、と考える者もいた。これが中世の特殊性であるが、権力と暴力行使の関係で言えば、聖アウグスティヌスといった神学者たちが君侯に求めた「何か悪で何が善であるかを識別、認識する能力」を数多い権力保持者の一人一人がもっていることが前提であった。むろん、現実はかならずしもこの前提の通りではなかった。

以上をふまえ、まずは、大多数が神学者であった思想家たちが説く、すべての君侯が社会の安寧を保つための義務として行使する「正当な暴力」と、古代ローマの人々も当時の人々も「残酷」と呼んでいたもう一つのタイプの暴力を分ける境界線は何なのかを明らかにしてみたい。次に、明らかな残酷さのいくつかの例にもとづいて、わたしが残酷さを焚きつける「外部要因」と位置付けるもの――残酷さを生み出す状況や出来事、そうした外部要因のコンビネーション、残酷さを生み出す個人や集団の行動――について考察しようと思う。

「正当な暴力」対「残酷さ」

王権とは何か？　七～八世紀より大変に長い期間にわたってキリスト教ヨーロッパ全土で読まれていた著作、『命題集』と『語源』のなかでセビーリャのイシドールスは、古代にさかのぼる語源に立ち戻り、国王を「reges a recte agendo vocati sunt（国王は、公明正大に振る舞うのでこのように呼ばれる）」と定義している。Regere（統治する）は、recte agere（正しく振る舞う）ことを意味する。これは、統治者に義務づけられた行《おこな》いの規則の遵守――法と臣民の尊重、節度――に基づく王権の定義である。イシドールスは、王権をregimen（正しく、善良な政体）とも定義したのち、これとは正反対のもの（これは「暴政」のことである。イシドールスはここでは暴政の名を出していないが、他の箇所では出している）の描写へと移り、crudelitas（残酷さ）がその重要な基準である、と述べる。「ある者は、このregimenが意味するところから逸脱し、残酷で悍《おぞ》ましい性格を帯びる。彼らは権力の頂点に立つとたちまち変節し、驕《おご》り高ぶり、自分に服従する者と自分を比較し、前者を軽蔑するようになる」。そして、人間のあらゆる営みの空しさを説く『伝道の書』［旧約聖書］の教えに言及し、君侯は傲慢を自戒し、統治下にある人々と自分は同等であると心得《こころえ》ねばならぬ、と論じている。

キリスト教の神学者たちはもれなくこのテーマを取り上げ、よき君侯とは、自分は神ならぬ人間であることを忘れず、行き過ぎ、他者の軽視、残酷な行為、暴政を生み出す驕《おご》りといった悪徳に引きずられない者である、と説いた。神学者たちの多くは、暴政について語るときにほぼ例外なく、crudelitasという言葉を最初にもちだしている。このことは、神学者たちが、キケロをはじめとする古代ローマの多くの思想家と同様に、暴政と残酷さは一体だと考えていたことを示唆する。だが、crudelitas以外にも多くの言葉が暴政と結びつけられている。elatio（驕り）、supervia（尊大）、impietas（不信心）、injustitia（不正義）、luxuria（贅沢《ぜいたく》）、obscenitas（猥褻《わいせつ》）、voluptas（肉欲）、livor（羨望）、odium（憎しみ）、avaritia（吝嗇《りんしょく》）、ira（怒り）などだ。他方、暴政とは正反対のregimen（よき政体）を形容する言葉として登場するのは、ratio（理性）、iusitia（正義）、temperantia（節制）、modestia（謙虚）、misericordia（慈悲）、clementia（仁慈）、magnificencia（気前の良さ）、magnanimitas（高潔さ）、humilitas（謙遜）である。

要するに、七つの大罪のすべて、もしくはほぼすべてを犯すこと、もしくは大罪と折り合いをつけることは、残酷さと暴政の真髄そのものである、と神学者たちはみなしていたのだ。中世の年代記のなかで、残酷さと暴政という二つの言葉が大小さまざま権力の持ち主に適用されることが多いのは、年代記作者の多くが聖職者であったことで説明がつく。彼らは、教会財産を虎視眈々《こしたんたん》と狙う世俗の有力者たちの支配欲に直面していた。複数権力の併存が中世の特徴であることから、国王に始まり、末は城を構えている騎士や領主の代理裁判官に至るまで、権力の持ち主の数は多かった。騎士や代理裁判官は、臣従している領主の権威の一部を預かる、もしくは代行していたのだが、これを濫用し、教会や修道院に属している地所や民衆を支配しようとしてなみはずれて暴力的な手法に訴えることが多かった。

つまり、受け入れることが可能な暴力というものはある。悪人を罰するという、あらゆる権威者が引き受けるべき使命――主として司法を通して果たされる使命である――に結び付いているからだ。Justitia severa est（司法は厳格である）との表現でイシドールスは司法の性格を説明している。この表現はまた、君侯の司法活動のあるべき姿を教会の思想家がどのようにとらえていたか、初期教会の教父たちもお墨付きを与えた〝恐怖を与えて悪を抑《おさ》え込む〟戦略がいかなるものであったのかを如実に物語っている。中世の全期間を通して教会はたえず、聖ヒエロニムスが考案した〝医師の隠喩〟をもちいて君侯を教え諭《さと》そうとした。医師は、患者を治すために、まずは、作用が穏やかな治療をすべて試すべきだ。そして、万策尽きたのなら、患者の命を救うために、手足の切断といった、もっとも厳しい治療に踏み切らねばならない。教会はこの手法を採用するよう君侯たちに強く求めつづけた。説得や穏やかな罰だけでは十分でなかった場合に、より厳しい制裁をくわえねばならない、と。

『マタイによる福音書』第五章によると、イエス・キリストは、「わたしが律法や預言者を廃するためにやってきたと思ってはならない。廃するためではなく、成就するためにきたのである」と語っている。だがイエスは同じ五章において、ユダヤの律法にふくまれる有名な同害報復律「目には目を歯には歯を」（旧約聖書『出エジプト記』）を否定し、「片方の頬を打たれたら、もう片方の頬を差し出しなさい」と述べている。中世の神学者たちは、この二つの教えの折り合いをつけようとつとめ、〝もう片方の頬を差し出す〟ことは、他人の不当な仕打ち対して復讐心や個人的な利害にもとづいて反応することなく、赦《ゆる》しに置き換わる措置を選択することを意味する、と解釈した。すなわち、君侯が悪を制裁する使命を果たす場合は、キリストの同害報復律禁止は適用されない、との解釈だ。罰は犯した罪に見合ったものであるべきで、多くの者にとって恐ろしいものであるべきだ。

九〜一四世紀の一般的な傾向が、制裁手段の増加であったことは確かだ。先立つ八世紀と九世紀において、いくつかの犯罪（殺人、放火、傷害、拉致、盗み、強盗）を撲滅しようとしたカロリング朝はもはや、被害者もしくはその家族に犯人が支払うべき贖罪《しょくざい》金の金額を定めた国内法を適用するだけでは満足していなかった。王国の法律が変化し、それまでは非自由民のみに適用されたいた刑罰が自由民にも適用されるようになった。手足の切断や死刑である。この傾向は次の世紀にはさらに強まった。フランスでもドイツでも、自治都市の憲章や慣習法の幾つかは、鋭利な武器による傷害を犯した者は手や足を切断される、と定めた。領主を裁判官とする司法の慣行を起源としている推測される地方レベルの慣習法の幾つかは、軽微な窃盗を手や耳の斬り落としで罰した。フランスの王権は、とくに聖王ルイ［ルイ九世］の時代において、こうした過剰な刑罰をやめさせようと努力した。「国王は、トゥレーヌのバイイ［地方行政を担当した国王代官］裁判管区では、領主からパン一個もしくは鶏一羽、または少量のワインを盗んだ男や女は、盗みの事実が証明されると手足を斬り落とされる、という悲しい慣習があることを知った。国王陛下はこの慣習を廃止させた」（国王法廷判例集Olim）

異端制裁も厳罰化し、一一世紀に始まった火刑は一三世紀にはあたりまえになる。そして一二〜一三世紀になると、ジョフロワ・ドセール、アラン・ド・リル、ベルナール・ド・フォンコードといった神学者、民法学者、教会法学者たちが異端者に対する刑罰について考察し、火刑という極端な刑罰には根拠がある、と結論づけた（少数ながら、この結論に同調しない者もいた。そのうちで有名なのは、法律集『デクレトゥム・グラティアーニ』を編んだイタリアの法曹家グラツィアーノ、一二世紀末のパリで活躍した聖書釈義学者ピエール・ル・シャントルである）。シトー会修道士らを筆頭に、一部の者は異端者を、信徒の群れを襲う野獣にたとえ、羊の皮を着た狼（アラン・ド・リル）、主《しゅ》の葡萄畑に侵入して荒らす狐（ジョフロワ・ドセール）だと述べた。異端者を獣や怪物と同一視するならば、彼らを野獣と同じように扱っても構わないことになる。死刑一般にかんしていえば、だれもが知る通り、多くの地方において罪人の処刑が凝りに凝ったものとなり、残忍性がました。

刑罰の厳しさという段階を超え、純粋の残酷さのレベルに達した、と言えようか？　正義をつかさどる君侯の正当な暴力と、残酷さとのあいだに境界線を引くことは簡単ではない。当時の著述家たちがたえず主張していたところによると、サディスティックな喜びや罪人に対する憎しみや恨みにかられてではなく、必要性や義務に応じ、ほぼ心ならずも刑罰を科すのであれば、法の権威のみに従い、公正であることを心がけ、公共の利益を考えて判決を下すのであれば、裁き手は境界線を越えて残酷さの域に入ったとはいえない。たとえば、ソールスベリーのジョンは次のように記した。

「裁き手はゆえに、公共の利益や公正さに仕《つか》える僕《しもべ》であり、法律違反、あらゆる者が引き起こす損害やあらゆる犯罪を公明正大に罰することで公人としてふるまう。（…）裁き手の盾は、強者の盾というよりも傷病人の盾、無辜《むこ》の人々のために悪人の槍を力強く跳ね返す盾である。彼の務めは、もっとも弱い人たちにもっとも有益であり、害をなそうとする者たちにもっとも厳しい。彼が剣を帯びているのにはもっともな理由がある。彼はその剣によって血を流すが悪意はなく、冷酷無比な人間ではない。彼はしばしば人を殺すが、殺人者や犯罪人と呼ばれないのには、もっともな理由があるのだ

（…）これは、鳩の剣なのだ。彼は憎悪を抱かずに闘い、怒りを覚えずに剣を振り下ろす。闘っているときも、少しの敵意も覚えない。ゆえに、法律が人を憎むことなく過ちと闘うように、君侯は犯罪者をこれ以上ないほど公正に罰する。何らかの怒りに駆られてではなく、慈悲深い掟《おきて》の命ずるままに罰するのだ」

　医者も時として心ならずも患者にとって辛い治療法を採用するではないか、と指摘したのち、ソールスベリーのジョンは言葉を続ける。「同じように、卑しい者の悪徳をやさしく手当するだけでは不十分な場合に権力者が傷口に大きな痛みを与えることは正当であり、善人の救済に心を砕きつつ、敬虔な残酷さを手段として悪人を罰するのである」

　以上の精神にもとづくのであれば、許容範囲を超えて都市の安寧や教会の一体性をかき乱す者に与えられる罰は、それが極めて厳しいものであっても本当の意味では残酷ではない。ソールスベリーのジョンは「残酷さ」という表現を用いているが、これに「敬虔な」という形容詞を添えることで、司法に求められる厳格さに近いもの、と見なしている。

刑罰の厳しさと、その残酷さの主観的な認識

　一〇二二年、敬虔王と呼ばれたフランス国王ロベール二世は、裁判官の説得にもかかわらず正しい信仰に立ち戻ることを拒絶した約一〇名の異端者を火刑に処した。キリスト教西欧の歴史上初めての異端者処刑であった。この処刑にはなんの法律の裏づけもなかった——唯一の例外は、ビザンティン

の皇帝ユスティニアヌス一世が編《あ》ませた『勅法彙纂《ちょくほういさん》』（Codex Justinianus）のなかにある基本法であるが、これもイタリアのいくつかの地方できわめてまれに適用されただけで、ほぼ死文化していた――ため、法体系から逸脱していたのだが、この前代未聞の出来事について多くの証言を残した者たち（全員が修道僧だった）のだれからも批判されていない。こうした修道僧の一人は、異端者の処刑が尋常ならざる事態であることを言外に匂わせているが、残酷だ、とは一言も言っていない。他のだれの記録も、この点では同様である。これは、国王が下したこの刑罰は行き過ぎではない、と彼らの目に映っていたことを物語る。彼らは処刑された者たちの信仰の逸脱を厳しく批判しており、国王が決定した厳罰は、異端者の逸脱の深刻度、異端によってキリスト教共同体がさらされる危険度に見合っている、と判断したのだ。教会の体（corpus ecclesiae）の一部をこうして切り落とすことは、一二世紀や一三世紀の何人かの聖職者が強調するように、教会の健康を守ることに貢献する、と見なされた。その後の、すなわち一三世紀に入ってからのアルビジョワ十字軍［南フランスで盛んとなり、異端とみなされたカタリ派を成敗するために結成された十字軍］以降の、異端審問等をめぐる刑罰観の変化にはここでは触れないでおく。ただし、アルビジョワ十字軍にしろ、異端審問にしろ、目的はロベール二世による異端者処刑と同じであった。以上から、残酷な悪徳と呼べる刑罰であるかどうかの判断基準は、刑罰そのものの種類や性格だけでなく、これを下す者の主観的認識であった、と言えよう。当時の文献もこれを裏付けている。ただし、当時の神学者は、刑罰を下す者の主観的認識に特に重きを置いていた。

こうした判断の好例が、ピエール・デ・ヴォー＝ド・セルネが著わした『アルビジョワの歴史

（Hystoria Albigensis）』――異端カタリ派に対する十字軍派遣を擁護する側の論理を知るための代表的資料――である。シトー会修道士であったピエールは、カタリ派異端者たちと、彼らを保護している、もしくは彼らと異端信仰を共有している南フランスの領主たちは残酷であると見なし、数多くのディテールを添え、何度も何度もcrudelitasという単語を使い、彼らの非道ぶりを徹底して数え上げている。その反面、カタリ派の悲劇の幕を切って落としたベジエ住民の残忍な皆殺しは一切告発していない。十字軍兵士たちによる「赤子から年寄りまで」の虐殺には、ほんのわずかな紙幅《しふく》しか割《さ》かず、批判らしい批判はしていない。ピエールに言わせると、十字軍を指揮していた貴族たちが知らぬまに、兵士たちが自発的に行《おこな》ったことである。これは、同じくシトー会修道僧であったカエサリウス・フォン・ハイシュテルバッハが約一〇年後に書き記した内容とは食い違っている。カエサリウスによれば、教皇特使のアルノー・アモリは、「全員を殺害せよ、神はだれが自分に従う者であるかを知るであろう」と言って、ベジエの住民の皆殺しを許可した。「神はだれが自分に従う者であるかを知るであろう」は、使徒パウロの『テモテへの第二の手紙』第二章一九の文言である。なお、カエサリウスの証言は長いあいだ信憑性が疑われていたが、四半世紀前にジャック・ベルリオーズが行《おこな》った優れた研究のおかげで、真実である可能性が高まった。ピエールは、教皇特使の殺害許可に一言も触れておらず、虐殺者たちを断罪していない（この点では、カエサリウスも同じであるが）。それどころか、神の摂理の実行者であるのように描いている。十字軍に攻囲されたベジエが陥落したのはマグダラのマリアの聖名祝日であり、虐殺の主な舞台の一つがマグダラのマリアに捧げられた教会であったことについて、ピエールは次のようにコメントしている。「神の摂理のなんたる至高の正義！　先にも述べたように、異端者たちは福者であるマグダラのマリアはキリストの同棲相手であった、と主張していた」。ピエールによると、住民らが殺されたこの教会では四二年前に、彼らによって、もしくは彼らの親たちによって、ベジエ子爵が殺され、司教が傷を負わされた。従って、彼らが殺されたのは因果応報、正義なのだ。

ピエールはアルビジョワ十字軍の話をさらに進め、ミネルヴォワの某領主から奪った城塞を守っていた一〇〇人ほどのカタリ派にモンフォール伯シモンがどのような懲罰をくわえたかを伝えている。彼らは目を抉《えぐ》られ、鼻を削《そ》がれた。ピエールにとって重要なのは、モンフォール伯の主観的認識である。「伯爵がこのように命じたのは、そのような身体棄損に喜びを覚えたからではなく、敵方が先例を示したからである。残虐な殺人者である彼らは、捕虜となった当方の兵士たち全員の身体の一部を斬り落としたり削いだりしたのだ。自分たちが掘った穴に彼らが落ちるのは正義にかなっている。高貴な伯爵は、残酷な行為や他者の苦しみに少しも喜びを覚えなかった。伯爵はだれよりも温厚であり、オヴィディウスの詩句〝彼は罰することに慎重で褒美を与えることに躊躇《ちゅうちょ》しない君主であり、やむをえず厳しさを示すときには苦痛を覚える〟(『黒海からの書簡』一章二)が当てはまる人物である」

ピエールは、『マタイによる福音書』五章においてキリストが同害報復律「目には目を歯には歯を」を否定していることを無視し、「殺人者が同害報復の罰を受けることは、このうえもなく正義にかなっている」と述べる。憎しみにかられたのではなく、状況によって厳しさを示すことを余儀なくされた伯爵は、残酷に振る舞うほかなかった、というのがピエールの主張だ。懲罰の厳しさと、その対象になった者たちの人数の多さ——同害報復ということになっているが、彼ら全員が十字軍捕虜の虐待にかかわったという証拠は皆無である――により、客観的に見て伯爵の行為は、カタリ派による捕虜虐待と比べて、同じくらい、もしくははるかに残酷であるのだが。ピエールの語りとレトリックは、懲罰の厳格さと残酷さの境界線の引き方があいまいで、中世後半の学のある聖職者たちの矛盾に満ちた態度を如実《にょじつ》にあぶり出している。残酷さを批判する場合に重視すべきはおそらく、行為そのもの残酷さというよりは、行為者の意図と精神状態だったのだ。しかし、残酷な行為の動機を分析するとなると、動機以外の要素が絡《から》んでくる。行為の当事者が、信仰や信念、社会における役目や立場、生き方において、同時代において支配的で許容されていた価値観と合致しているると見なされるのか否かで、判断は違ってくる。犠牲者がどのような人物であるかによっても違ってくる（犠牲者本人も残酷であった、犠牲者は異端なので野獣と同等である、犠牲者は異端を保護したので異端と同等である…）。同時代の政治・宗教のコンテクストにより、他のコンテクストであれば残酷であると指弾される行為がやむをえないと見なされ、最終的に残虐行為の真の動機が分かりにくくなり、その激しさゆえにどう考えても残酷と呼ぶしかない行為が許されてしまう。

時代背景と残酷行為への踏み切り

こうした残酷行為の時代背景を手短に分析し、「外的要因」――残酷行為を生み出した状況や出来事――を振り返り、残酷さの源泉もしくは表出としての個人や集団の行動を考察してみよう。これは本来ならば多くのページを割くべきテーマであることをお断りしたうえで、異端弾圧の特殊な背景についてもあえて触れないでおく。当然ながら、残酷行為の「外的」要因の一つは、君侯のあいだの戦争、言い換えるなら、中世を特徴づける私的戦争という構造的現象である。こうした戦争の犠牲者は多くの場合、戦闘員というよりも農民であった。たとえば、現代の歴史学が指摘するところによると、ノルマンディーに拠点を築いたバイキングによる侵略の時代（九世紀〜一〇世紀末）が終わり、敗れた側の戦闘員と住民が残虐な扱いを受けることがなくなる（ただし、一一世紀末〜一二世紀、キリスト教徒とイスラーム教徒のあいだの戦争においてこうした残虐行為は再び起こった）と、貴族たちは互いに殺し合うことは控え、敵を捕虜として生かしておき身代金を受け取る傾向を強めた。これは騎士道の新たな倫理観の誕生と呼べるが、例外はそれなりに存在した。アルビジョワ十字軍の戦闘で捕虜となった騎士たちは虐待、虐殺されたし、一一世紀にトゥアール子伯はリュジニャン領主の城を攻め落とし、同城を守っていた騎士たちの手を斬り落とし、同じく一一世紀にアンジュー伯は戦闘において敵を大量殺戮することで有名だった。当時のイングランドと北フランスで起こった似たような例を、マシュー・ストリックランド［中世史を専門とするグラスゴー大学教授］がいくつも数え上げている。

もう一つの外的要因は、広大な領地や公国の支配をめぐっての、王族間の権力争いである。こうした争いは、常識を踏み外した行為の舞台となったが、ここでは、残虐性の内なるメカニズムを掘り下げることなく、一例のみを挙げることとする。厳格、残酷と呼ばれる神聖ローマ帝国皇帝ハインリヒ六世――フリードリヒ一世（バルバロッサ）の息子で、ホーヘンシュタウフェン朝最後の皇帝となるフリードリヒ二世の父親――の例である。妻がシチリア王女のコスタンツェであることを理由に、自分にはシチリアを領有する権利があるとかねてから主張していたハインリヒ六世は、ライバルのタンクレディが自然死したことで念願のシチリア王国を手に入れる。タンクレディの遺児であった八歳のグリエルモ三世は殺されなかったが、目を潰《つぶ》され、去勢された。この残酷な処遇の政治目的は明らかである。ハインリヒ六世がわがものとした王位を、グリエルモ三世本人やその子孫が要求する可能性の排除である。この行為の裏にある心理に分け入るまでもなく、一二七〇年頃にトマス・アクィナスが残酷さの本質を語るときに引用したセネカの言葉「atrocitas animi（心の残虐さ）」がハインリヒ六世にあてはまることを示す事例は他にもある。たとえば、シチリアの王権を求めて反乱を起こしたある伯爵は、きわめて象徴的な意味をこめた残虐な手法で処刑された。ハインリヒ六世は、この伯爵を熱く熱した鉄の王座に座らせ、彼の頭に王冠を釘で打ちつけた。

権力闘争にならぶ外的要因の一つは、複数の政治勢力の組み合わせで機能していた国――例えば、合議制、市民参加で権力が行使されていたイタリアの都市国家――における勢力のバランスの崩れである。こうした状況は、権力を守るためなら手段を選ばない、という風潮を生み出した。中世末期の北イタリアの年代記作者たちは、権力を奪取した一族の一代目、二代目あるいは三代目が暴虐のかぎりをつくしている様子を描いている（ただし、そうした作者たちはいずれかの対抗勢力に肩入れしているので、完全に中立、客観的とはいえない）。その主《おも》な目的は、恐怖を煽って権力の座にとどまることであり、年代記作者たちは、行き過ぎや悪徳の特徴である残酷さを帯びている、と書くことを躊躇《ためら》わない。教皇派と神聖ローマ皇帝派の争いに引き裂かれていた一三世紀半ばのヴェローナでは、皇帝派の頭目であったエッツェリーノ・ダ・ロマーノが、自分の権力に従おうとしない者たちを根絶しようと残虐な迫害を加えた。ミラノでは、年代記作者たちが淫乱、享楽家、残酷と評しているガレアッツォ・マリーア・スフォルツァが、一人の司祭を餓死させ、一人の敵対者を四枚の板のあいだに閉じ込めて生き埋めにし、別の敵対者の両手を斬り落とし、かつての寵臣を去勢した。

さらにもう一つの外的要因は、残酷な行いで知られる暴君の失墜であり、元暴君は同害報復律（目には目を、歯には歯を）を文字通りに適応しての処罰の対象となる。ときには同害報復律の論理を逸脱して、処罰がより残酷となることもある。こうして残酷によって残酷を罰することの裏にあるのは、処罰を下す者——暴君を倒した君侯、徒党、民衆——の憎悪と復讐心であろう。典型的な例は、一三世紀に起きた、辺境領トレヴィーゾで残酷で専制的な権力を行使していたアルベリコ・ダ・ロマーノの失墜と処刑である。なお、アルベリコの兄は、大量殺戮と箍《たが》のはずれた残酷さの上に権力を築き、ヴェローナに接する辺境領を恐怖で支配した、既出のエッツェリーノ・ダ・ロマーノである。兄と同様に、ヴェネツィアを首班とする教皇派都市国家連合に敗れたアルベリコは、死ぬまで馬に引きずられてトレヴィゾの街中を引きまわされた。それ以前に、アルベリコの息子たちは全員、腕と脚を切断され、アルベリコと妻は息子たちの斬り落とされた腕と脚で殴打された。妻と娘たち——そのうちの何人かは一〇歳未満であった——は、公衆の面前で焼き殺された。申命記［旧約聖書］は「子は父ゆえに殺されるべきではない。おのおの自分の罪ゆえに殺されるべきである」と定めているのに、復讐心に燃えるトレヴィゾの人々はこれを無視したのだ。

最後にあげる外部要因は、一四～一五世紀のフランス王国で起きた農民の叛乱、都市住民の暴動や蜂起である。それらのうちのいくつかで反乱側が犯した残虐行為については年代記等に証言が残っているが、筆者たちは集団の狂気とも呼べるこうした行為の裏にある大きな理由——敗戦、農産物の不作、飢饉、戦争による農村の荒廃、貧窮、国税の重さや領主から強要される使役に対して民衆が感じていた絶望――を無視しがちである。たとえば、年代記を残したジャン・ル・ベル、およびジャンが語ったエピソードの多くを採録したフロワサールは、一三五八年の農民一揆の参加者たちが城や館を襲って、騎士階級の一族に嘗《な》めさせた苦しみを事細《ことこま》かに描写している。どこそこの騎士は妻の目の前で殺されて串刺しで炙《あぶ》られ、妻は夫の肉を食べることを強要され、挙句の果てに強姦されて殺された、といった具合である。

一五世紀の初めの三〇年間、フランスを混迷に陥れたブルゴーニュ派とアルマニャック派の争いは、本物の「内戦」であった。これは、シャルル五世があげたいくつかの勝利によっていったん遠ざけられたイングランドの脅威が再燃した、という百年戦争のコンテクストを背景とする新しいタイプの戦争であった。ブルゴーニュ派とアルマニャック派は、聖王ルイ九世の時代に制度設計が始まったフランス王国の在り方をめぐって対立する二つのヴィジョンを体現する二つの党派であった。精神疾患のために国王シャルル六世が政務にたずさわることが難しいこともあり、王国の政治は二つの党派のあいだで揺れ動いていた。アルマニャック派は国家の権威を高めることをめざしていた。彼らがとくに主張していたのは、王国の公益に必要であれば王権は臣民から税金を徴収することができる、その際に理由を説明したり民意を探ったりすることは不要である、との原則であった。対するブルゴーニュ派は、前世紀に少しずつ形成され、狂王シャルル六世の時代に入ってから初代～二代目のブルゴーニュ公の支持によって力をつけた党派であり、王権の基盤は臣民の賛意である、と主張していた。すなわち、国王が恒常的に臣民の代表者たちと対話を交わすこと、代表者たちが国政の決定を下す会議にも、主として課税について審議する三部会にも参加することを前提としている。

要するに、国家観をめぐる深刻な対立が存在し、一四〇七年一一月にオルレアン公［狂王シャルル六世の弟、アルマニャック派の始祖］が暗殺されるとフランス王国を荒廃させる内戦が燃え上がった。深刻な経済危機を背景として内戦がもたらすであろう悲惨な状況を、クリスティーヌ・ド・ピザン［シャルル五世と六世の時代のフランス宮廷で活躍した、イタリア出身の女性文筆家］は『フランスの災厄にかんする嘆き』（一四一〇）の中で、ほんのいくつかの文で驚くほど明晰に予告している。「それにともなって財の散逸と濫用が起こり、農地耕作が不可能になることによる飢饉。その結果、私兵や傭兵といった兵士に苦しめられ、物品を乞われ、掠奪された民衆の反逆が起こるでしょう。財政の必要性のために市民や住民にのしかかる税のあまりにも重い負担が誘発する都市の暴動。そしてなによりも、運命がそのように望むのならイングランドはフランスの挫折と敗北を決定的なものとするでしょう。そして、これを原因とする混乱と強い憎悪が心に深く根を下ろし、やがて表出するでしょう」

クリスティーヌが予告したことは、まもなく到来した。とくに「混乱と強い憎悪」が。パリや王領のいくつかの大都市では、前例のない市民社会のコンセンサス危機が生じた。パリでは、商人や職人が二つの陣営に分かれた。絶対王政的な傾向に対する反発から、ブルゴーニュ公が唱える政治改革を支持する陣営（きわめて強力な食肉業者ギルド、食品関係の職業別ギルドが中心だった）。これに対して、より上位の社会階層に属する市民（事業を手広く展開している者たち、水商人、布や貴金属の商人、多くがこうした町人富裕層出身の国家官僚）は中央集権的王制がもたらす経済発展を支持し、ブルゴーニュ派が求めている国家公務員削減に不安を抱えていた。暴力や残酷さを最初にもたらしたのは、二つの党派の頭であるブルゴーニュ公とアルマニャック伯が雇った傭兵であった。掠奪に慣れっこのこれらの兵士たちは、都市の周囲にある農村を荒らしまわった。封建制時代の伝統的な戦争がもっていた最悪の側面のいくつかが蘇《よみがえ》った。真っ二つに割れてしまったパリ社会の内側でも、散発的ながら、同じような暴力が発生した。ブルゴーニュ派とアルマニャック派がパリの世論を操作しようと策謀していたし、社会の絆の深刻な危機にともない、共同体の均質性、連帯、ともに生きるための仕組みが揺らいでいた。オルレアン公暗殺の二年前にあたる一四〇五年にクリスティーヌ・ド・ピザンがシャルル六世の妃であるイザボー・ド・バヴィエールに宛てた手紙が今日まで伝わっている。この中でクリスティーヌは王妃に、「国内の和平」を取り戻すためにできるかぎり迅速に行動してください、と懇願している。クリスティーヌは「内戦」という言葉は使っていないが、嘆願の口調は、フランスがいやおうなく落ち込もうとしてる混沌の重大性を認識していたことを示している。

この内戦を特徴づける二つのもっとも重大なエピソードは、虐殺などの混乱の挙句の果てにブルゴーニュ派がパリから駆逐されてアルマニャック派の勝利に終わる一四一三年の暴動「カボシュの乱」と、一四一八年六月のブルゴーニュ派によるパリ奪還である。後者のエピソードを特に血生臭いものとしたのは、アルマニャック派が徴収した税金の重さに憤っていた民衆による大規模なアルマニャック派狩りである。当時の年代記作者たちによると、約四～六万人のパリ市民――この人数は誇張されたものであろう――が斧《おの》や棍棒《こんぼう》や槍《やり》を手にして、アルマニャック派のリーダーたち、徴税官、アルマニャック派シンパが閉じ込められていた牢獄を手分けして襲った。そして道すがら、アルマニャック派だと指さされた者たちを殺した。前世紀の農民一揆を語った年代記作者と比べると、アルマニャック派狩りを伝える年代記作者たちの筆には抑制が効いているものの、ここでは凄惨な殺しの詳細を引用することは控え、「パリの町人」の日記の一部のみを紹介する。なお、この町人はブルゴーニュ派であったものの、六月の大虐殺を寓話風に語って批判している。「そのとき、悪しき顧問団の塔にいた不和の女神が起き上がった。女神は、熱狂した怒りの女神、貪欲の女神、激怒の女神、復讐の女神を起こし、全員であらゆる種類の武器を手にして、きわめて恥ずかしいことだが、理性、正義、神の記憶、節制と決別した」。一四一八年六月にパリ市民が見せた集団的残忍性は、冷静に決定した戦略にもとづくものではなかった。「パリの町人」の言葉を信じるのであれば、だれからの指図もないまま突発的に始まった。パリを奪還したばかりのブルゴーニュ派の責任者たちも不意を突かれ、殺戮を止めることができなかった。この事件は、これに先立って起こった、もしくはその後にも起きる、集団による突発的な残虐行為と同様に、どのような行為が残酷で、どのような行為が残酷でないかの明確な基準がもはや分からなくなった状況において、社会の一体性の亀裂がどこまで人々を暴走に駆り立てるのかを物語り、背筋が寒くなる。

3　カトリック教会、異端派、異端審問

エリック・ピカール

　残酷性の政治的側面を探ろうとする本書だが、ここでは宗教にかかわるテーマを取り上げねばならない。しかも、慈悲を、とくに和解と許しを実践することを求められているカトリック教会、そして異端審問の「許さない、憐れまない」姿勢が主題だ。これは難しい――不可能とさえ言えるかもしれない――テーマである。陥穽《かんせい》だらけで、激しい論争の的である。これにかんしてカトリック教会を擁護する声はまれであるが、多くの場合は時代考証に誤りがある。そして数字の信憑性はきわめて低い。犠牲者の数は何千万人だと主張する者もいれば、アメリカのカトリック原理主義者たちに言わせれば九五人であり、ある元カトリック神学教授は五〇人という数字をあげている。それとも数千人？　歴史研究家のディディエ・ル・フュールはつい最近、「異端審問といえば、暴力と行き過ぎの時代、狂信的な宗教家が先導して恣意的な審判を下した時代の話であり、審問官たちは最悪の拷問、このうえ

もなく邪悪な拷問をくわえ、被告を火刑に処すこともあった、というイメージが一般に共有されている。拷問や火刑は、いつの時代も、残酷さのもっとも原初的な形だから」と指摘している。ル・フュールに言わせると、「強固な伝説が出来上がっていて、拷問にかんする荒唐無稽な空想が現実離れした文学作品を生み出し、これによって残酷性、幻想、エロティシズムが入り混じった数多くの紋切り型イメージが一般に広まった」

すなわち、異端審問にかんしては伝説、しかも黒い伝説が存在する。啓蒙時代の反教権主義、反カトリック主義と無縁ではないこの黒い伝説は、一九世紀と二〇世紀にフランスとスペインという二つの国を中心に増幅した。ドイツ、イギリス、アメリカのプロテスタントによる反カトリックプロパガンダにとって、これは願ったりかなったりだった。ハリウッドは、迷信深く暗黒の中世、すなわち異端審問が不吉な影を投げかけている時代を舞台とする多くの映画を制作した――この手の映画は数十本作られ、公衆の頭に一定のイメージを焼きつけた。フランスも負けてはおらず、二〇一二年には中世スリラーのテレビドラマシリーズ『Inquisitio（異端審問）』が放映された。二〇一九年三月からは『薔薇の名前』をテレビドラマ化したシリーズ（全八回）の放映が始まったが、前宣伝では、ジャン＝ジャック・アノー監督がメガホンをとった映画版（一九八六年）よりも残酷なシーンがふくまれる、と告知された。多くの雑誌も、しばしば異端審問特集を組む。たとえば雑誌「リストワール」の二〇一九年二月号の冒頭を飾ったのは『魔女の異端審問。女性殺し?』である。のちほど触れるが、大半の「魔女」は世俗司法で裁かれたし、プロテスタントの国々はカトリックの国々と少なくとも同程度に魔女狩りを行《おこな》った。『リストワール』の認識不足はそれだけでなかった。アメリカ同時多発テロの衝撃が冷めやらぬ時期に発行された二〇〇一年一一月号のトップ記事は『神の名によるテロリストたち』であったが、なんと二四ページは『邪悪な異端審問』に割《さ》かれ、キリスト教徒もふくむテロリストたちにあてられたのはたった八ページだった。

だから、異端審問をもう少し正確に理解することにつとめようではないか。まずは異端審問の前史から始め、異端派に対する残酷な弾圧を生み出した文化背景、政治と宗教の「エコシステム」の把握に努めよう。

異端審問以前の教会と異端派

異端（仏語ではhérésie、英語ではheresy）の語源は、「可能な選択肢からの自由意志による選択」を意味するギリシア語のαἵρεσιςである。初めて「誤った道を自由意志で選んだ」のは、『創世記』に登場するアダムとエヴァであり、二人は神の言葉ではなく、蛇の姿をとったサタンの言葉に従うことを選択した。その結果は二人にとって厳しいものとなり、天国を追われた。聖書の次のような文言が、異端者と魔女に対する厳しい弾圧の根拠とされた。まずは、『申命記』の偶像崇拝に対する警告だ。そして『出エジプト記』の「魔法使いの女は生かしておいてはならない」、『レビ記』の「口寄せ、または占いをする男または女は殺されねばならない。彼らは石で撃ち殺されねばならない。彼らはみずからの血を浴びるであろう」である。以上は旧約聖書だが、新約聖書でもイエスは併せて五〇回ほど、『永遠の劫火《ごうか》』を筆頭として、悪人に下される罰に言及している。

初代のキリスト教徒の時代から、信徒のあいだに見解の相違、分裂が生じていた。『ペトロの第二の手紙』の中でペトロは、「偽の教師」が持ち込む「滅びにいたらせる分派」に警告を発している。パウロは『コリント人への第一の手紙』において「あなた方が教会に集まるとき、お互いのあいだに分裂があることを、私は耳にしている（…）試練に打ち勝つ徳が明白になるためには、あなた方のなかに分派があることも必要である」と述べている。原典であるギリシア語の聖書において、分裂はσχίσματαであり、分派はαἵρεσιςであり、それぞれラテン語でscissuras［キリスト教の文脈では教会分裂を意味する］、haereses［キリスト教の文脈では異端を意味する］と訳される。ちなみに、分裂と異端はしばしば混同されている。

oportet esse haeresesとラテン語で引用されることが多い、上記のパウロの有名な言葉「分派があることも必要である」は、分派すなわち異端を容認している、と解釈することが可能である。分派の存在は、真実を見分けて理解を深め、誤りを排斥するのに役立つからだ。古代キリスト教史の専門家であるサラミトは次のように述べる。「異端／分派が提起する問題は、教会の知的な理論形成に貢献する。答を見つけようとする過程で思考が深まり、聖書のもともとのメッセージの意味が豊かになる」。すなわち、異端は正統の錬成に有益なのだ。そもそも、異端が明白にマイナスのイメージを帯び、ユスティノス、ヒッポリュトス、エイレナイオス、テルトゥリアヌスといった神学者の登場により、神学の専門分野としての「異端研究」が登場するのは二世紀に入ってからである。それでもまだ、異端は口頭もしくは書面による論議や反論の対象であった。教会は異端者が正統に立ち返るように説得につとめたのであり、強制はしていない。そもそも、初期キリスト教徒たちが、ローマ帝国伝統の宗教慣習の実践を強制しようとする当局に求めていたのも、強制されない自由であった。当時の教会は、良い種［よき人の譬え］も毒麦の種［悪しき人の譬え］も、芽を出して育つままにしておけばよい、収穫の時に毒麦は集められて火で焼かれるのだから、と譬《たと》え話を通じて放任を勧めたイエスに従い、性急に異端を正そうなどとは考えていなかった。

だが、パウロの政治神学は、その後の異端への対応にとって重要な意味をもつ考えを提唱している。「君侯は、あなたが善行をなすよう導くための神の僕《しもべ》である。あなたが悪事をなせば、恐れるがよい。彼はいたずらに剣を帯びているのではない。彼は神の僕であって、誤りを正し、悪事をなす者を厳しく罰する」。パウロはさらに、コリントの信者への手紙の中で「悪人を、あなたがたの中から除いてしまいなさい」とも奨めている。

大きな変化が訪れたのは、ローマ皇帝がキリスト教徒となり、キリスト教がローマ帝国の国教となった四世紀である。キリストの神性を父なる神よりも下位に位置づけるアリウス派の教義がもたらした混乱――キリストには神なのだろうか、人間なのだろうか？――を収拾するため、ローマ皇帝コンスタンティヌス一世の招集により第一ニカイア公会議が開催された（三二五年）。その裏には同帝の政治的思惑があった。帝国の一体性、そしてなによりも秩序を守るにはキリスト教世界の分裂は避ける必要があったのだ。公会議では、父なる神と子なるキリストと聖霊は一体である、とする三位一体の主張が通り、アリウス派は異端として断罪、破門された。重要な転換期が訪れたのは、皇帝テオドシウス一世がテッサロニキ勅令によって、キリスト教を帝国の唯一の合法的宗教と定め、三位一体否定を恥ずべき異端と断じ、異端者には「神の御心《みこころ》に導かれて懲罰を下す」、と宣告した三八〇年である。ここで、哲学史研究家レミ・ブラーグの、宗教の名による暴力の研究の方法論にかんする次の指摘を考慮に入れる必要がある。「宗教的要素をこうした暴力の唯一のファクターと考えて、その他の側面を無視することは避けるべきだ。その他の側面は、国や時代を問わず常に暴力現象につきまとっていたし、要因としての重みはそれなりに大きく、多くの場合、〝宗教的要素〟を上まわっていた。宗教的要素は他の要素が入り込んでいない純粋な状態で存在したと見なされているが、そのように認識されるようになったのは歴史の上でかなり遅い」。実際のところ、そのように認識されるようになったのは、いわゆる宗教戦争の後《のち》である。

たとえば、三八五年に皇帝マグヌス・マクシムスは、三位一体否定論者だとして告発されたグノーシス派アビラ司教のプリスキリアヌスを異端として処刑したが、これはトゥールのマルティヌスやミラノ司教アンブロジウス、教皇シリキウスというキリスト教世界の重要人物三人の反対を押し切っての処刑であった。教皇レオ一世が「この世の君侯たちは、この冒涜の狂気を忌み嫌い、その張本人を公法の剣で撃ち殺した」と述べて、世俗権力による異端処罰にお墨つきを与えたのは四四七年である。この考えが定着した結果が、教会法を体系化した『グラティアヌス教令集』（一二世紀半ば）の中の有名な一文、「A principibus corrigantur quos ecclesia corrigere non valet」（教会が正すことができぬ者たちは、君侯たちが正すべし）である。これにより、異端の処罰は公権力、世俗の司法にゆだねられることになった。有名な法諺《ほうげん》「Ecclesia adhorret a sanguine」（教会は血を嫌う）の通りに、教会はみずからの手で血を流すことに否定的だったのだ。教会から汚れ役をまかされた世俗の公権力は、公認の信仰の拒絶によって自分たちの権力や社会の安定が揺らぐのを防止しようとするときは、「君主の権威に対する大逆」を罪状として掲げた。

こうした新たな状況を物語る有名な例を一つあげてみよう。聖アウグスティヌスは論理の力で、すなわち説得によって異端者を正統に引き戻そうとつとめていたが、ドナトゥス派の説得はむずかしかった。四〇七～四〇八年、アウグスティヌスは司教ウィンケンティウス宛の長い書簡のなかで、異端（ドナトゥス派）――魂の永遠の救済を危うくする悪――の問題を解決するうえで、皇帝ホノリウスの介入が望ましい効果をあげた、と指摘している。そして、『ルカによる福音書』が伝える、宴会「神の国を意味する」に招待されたのに来ようとしない人の譬《たと》え話の一節、compelle intrare（入るように強制しなさい）を引用する。アウグスティヌスの考えによると、「重要なのは、だれかが強制されたかのかどうかではなく、何を強制されたのか、善きことを強制されたのか悪しきことを強制されたであるる」。さらに、四一六年のドナトゥス派聖職者に宛てた書簡のなかでは、次のように語っている。

「あなたが意図的に、自由意志で、死を求めて井戸の中に身を投げたとしましょう。神の僕《しもべ》たちが、あなたを死から救うのではなく、あなたが自身の悪しき意図に身をまかせるのを放置したならば、残酷だと言われても仕方ないでしょう。そのような僕《しもべ》を非難せず、信仰を欠いていると見なさない人などいるでしょうか？　あなたは自分の意志で水の中に飛び込んで死のうとしたのですが、彼らはあなたの意志に反してあなたを水から引き上げました。あなたは自分の意志で行動したのですが、それはあなた自身の破滅につながる行為でした。彼らはあなたの意志に反する行動に出ましたが、それはあなたを救済するためでした。だれかの肉体の命を、その人を愛している者たちが当人の意志に反して救わねばならないとしたら、魂の命が永遠の死の危険に直面しているときにこれを助けるのは、なおのこと理《り》にかなっているのではないでしょうか？」

聖アウグスティヌスは以上のように、「永遠の救済の危機、永遠の死の恐れ」があるなら強制的に救済せねばならないと説いているものの、生涯を通して異端者の処刑に反対していた。「彼らの罪がいかに大きくとも、死刑は避けてください」

「強制的な救済の必要性」を説く聖アウグスティヌスのテキストは、カトリック教会においてもプロテスタント教会においても、異端者への強制を正当化するのに使われた。ただし、強制は回心〔神の道にたちかえる、ほんとうの信仰にめざめること〕の手段として教会が定めた指針ではなく、あくまでも一つの可能性もしくは心惹かれる一つの方法であった。すでに洗礼を受けた者たちが後もどりせず、受洗のときに誓った約束を遵守するよう仕向けるために力を使うことが許される場合がある、というスタンスであった。信仰は神の贈り物であると同時に、自由意志による選択でもある、との原則に変わりはなかった。『グラティアヌス教令集』も「Ad fidem nullus est cogendus（何人も、信仰を強制されない）」との表現で、これをはっきりと認めている。クレルヴォーのベルナルドゥス〔聖ベルナール。一二世紀フランスの優れた神学者〕も「信仰は強制してはならず、説得するべきである」と述べているし、トマス・アクィナスも、信仰は自由意志で選ぶもの、と断言している。ゆえに、説得によって信仰を受け入れさせ、必要に応じて厳しい手法で信仰を守る、というのが教会の一貫した考えであった。では、異端審問の役割とは？

複数の異端審問――残酷性と拷問？

異端審問というのは一つしかない、というのが一般的なイメージであるが、現実は異なる。中世の異端審問、スペインの異端審問、ローマの異端審問を分けて考える必要がある。この三つ異端審問は、広大な面積、少なくとも六〇〇年という長い年月をカバーしており、時代と場所によって当然ながら相違点があった。いくつかの例外的で耳目を集めるケースのみに注目することは、歴史研究とはよべない。しかも、詳しい資料が残っていて研究も進んでいるケースはあるものの、多くのケースにおいて史料は穴だらけだ。本書の趣旨に従えば、ここで注目すべきは拷問だ。異端審問の手続きは長く、そのうちのほんの一部が自白を引き出すことに当てられ、ときとしてその手段が拷問であった。拷問が行われたことは事実であるが、これを問題視する声もあがっていたし、禁止される場合もあった。

中世の異端審問

中世の異端審問の背景となるコンテクストは、一一世紀中ごろに始まった、教皇グレゴリウス七世による教会改革である。グレゴリウス改革によって教皇庁の権限は強化されたが、同時に西欧の国々の王権も強まっていた。さらに、簡素な暮らしや厳格な規律を重んじるシトー会、フランシスコ会、ドミニコ会といった新たな修道会の発展等に代表される宗教的、霊的な新たな息吹が生まれるだけでなく、キリスト教もしくは反キリスト教の異端、すなわちアルビ派とも呼ばれるカタリ派（カタリ派の信者は自らを「よき人」もしくは「よきキリスト教徒」と呼んでいた）、ヴァルドー派等々も誕生した。こうした異端は欧州各地に広まり、当初は司教区裁判所と国家司法が、ついで教皇庁裁判所が取り締まりに当たることになり、この三つの司法が異端審問と呼ばれる仕組み――信仰にかんする取り調べ――となって一体化する。中世研究家のレジーヌ・ペローは異端審問の精神的・文化的枠組みを次のように説明する。「その是非はともかくとして、異端審問は、現代人にとって健康の維持が重要なのと同じくらいに信仰の保全が重要だと考えていた社会の防御反応であった」

異端審問は一二世紀に手探り状態で誕生した。教皇ルキウス三世の勅令『Ad abolendam』によって、一一八四年に司教区異端審問所が設立されたのが始まりだ。司教の要請にもとづき、世俗司法が動員された。教皇インノケンティウス三世のもと、一一九九年から教皇庁が異端審問へのかかわりを強め出した。異端を大逆罪と同じように重大だと考えたインノケンティウス三世は、司教たちが異端の取り締まりにかならずしも熱意を示さないため、六名のシトー会修道士の力を借りた。教皇庁がかかわる異端取り締まりはイタリア外で、南仏のカタリ派を成敗《せいばい》するアルビジョワ十字軍の形を取った（一二〇九〜一二二九）。教皇グレゴリウス九世のもと、過去の勅令をまとめた勅令『*Excommunicamus et anathesimus*』によって中世の異端審問が本格的に誕生したのは一二三一年のことであった。世俗の司法に引きわたす前に異端者を裁く排他的権利が教会にはあることを強調しているこの勅令は、教皇庁から欧州のすべての司教に送られた。その目的の一つは、民衆や世俗権力から嫌われて盲目的な暴力の対象となっていた異端者を司法機関、すなわち異端審問所に託すことだった。この裁判所で審判を担当するのは、体系的に編纂された手引書を持たされ、順法を心がける法学の専門家である。くわえて、他の司法機関にはない特色をいくつもそなえていた。その一つが審査である。秘密裡に行われる糾問主義の審査であり、噂や告発（偽りの告発は厳しく罰せられた）を出発点として、調査と尋問を通して真理を追究する。完全で絶対的な真実にたどりつくため、物的証拠や証言にくわえて自白を引き出すことが重視されていた。そのために、一二五四年に拷問が認められ、そのルールが定められた。拷問には現地の司教の許可が必要であり、一四歳以下のこども、妊婦、年寄りは拷問を免除された。被告が死ぬかもしれない危険な拷問は認められず、体の一部を斬り落とすことも許されない。拷問で引き出した自白は、数日後に被告が自由意志でこれを再確認せねば無効となる。だから、拷問がすべての被告に適用されたわけではないのだ。予防拘禁として牢獄に閉じ込め、固いパンと水だけを与え、沈黙と孤独という精神的拷問をくわえる、といった、被疑者に圧力をかける方法は他にもあるのでなおさらである。拷問はにせの自白を引き出すので効果がない、という理由で批判されもした。テンプル騎士団の自白が良い例だが、拷問で締め上げられた者はありとあらゆる自白をする。より正確にいえば、審問官が聞きたがっていることを自白する。だから拷問の乱用が罰せられることもあった。

迷える羊の過ちを取り除いて救済し、元の群に戻すことを目的とする異端審問は、強制的だが羊飼いのように注意深く、強圧的だが薬草のように効き、罰しつつ清めるものとされた。裁く側が慈悲と赦しを与えることは可能であったし、奨励されてもいた。被告が過ちを告白して自分を救うことができる一五〜三〇日の恩恵期間には特に奨励されていた。過ちの自白、すなわち告解は慈悲の対象となり、罪は許され、改悛のための罰（巡礼や祈祷や寄進）が科せられる。正式な裁判の最後を飾るのは、宗教的な教訓を一般の人々に与えるための公開儀式である。総括的な説教が行われ、罪人への刑罰（投獄、財産の没収、国外追放、火刑に処すための世俗司法への引き渡し）を言いわたすことで、信仰と教会の一体性の回復を宣言する。なお、再び異端の罪に陥った者には死刑が言いわたされ、世俗司法に引きわたされる。聖アウグスティヌスおよび聖ベルナルドゥスが言ったとされる「errare humanum est, perseverare diabolicum」の通りに、「過ちを犯すのは人間的だが、同じ過ちを犯しつづけるのは悪魔的」だからだ。異端審問をへて世俗司法によって処刑された有名な例はいくつかある。そのうち、一三一〇～一三一四年に処刑された、総長ジャック・ド・モレーをはじめとするテンプル騎士団の団員たちと、一四三一年に処刑されたジャンヌ・ダルクは世俗権力の思惑による、政治の犠牲者であった。

近年、中世の異端審問にかんする歴史研究が進んでいるものの、全体像を総括し、異端者として審問の対象となった者の人数を確定することは困難であり、推計といくつかの具体例で満足するほかない。一三世紀のラングドックにおける異端審問は、一〇〇年間で一万五〇〇〇～二万人を取り調べた。同地方の各世代の人口は八〇万人と推定されるので、一〇〇年だと四世代で三二〇万人となり、そのうちの〇・五～〇・七％が異端として訴追されたことになる。ラングドックのカタリ派は人口の五％と推定されているので、当然ながらこどもは計算外としても、カタリ派のごく一部が異端審問にかけられたことが分かる。当人たちが述べていることだが、カタリ派の大多数は、信仰面でも――純粋で完璧な信者――、社会的地位から見ても――小貴族やブルジョワ――、エリートであった。こうしたエリートに対する一般民衆の大きな反発は、異端審問にとって有利に働いた。言い渡された刑罰は多種多様であり、トゥールーズの異端審問所の長であったベルナール・ギーは一三〇八～一三二八年間に九〇七人に判決を言い渡した。二七四人が減刑となり、六三三人がさまざまな刑罰を受けた。二七六人が自宅軟禁、三一人がパンと水だけをあたえられて牢獄で数年を過ごす禁固刑に処せられ、四一人が処刑のために世俗司法に引きわたされた。一部の神学者は、苦しみが長く続く禁固刑は死刑よりも辛い、と見なした。要するに、異端審問の対象となったのは人口比でごく少数であり、訴追された者のうちで有罪判決を受けた者も少数であり、有罪判決を受けた者のうち死刑を宣告されたも少数（一～三％）であった。中世異端審問では全体として数千人の男女が拷問をふくむ取り調べを受けたのちに、世俗司法に引き渡されて処刑された、と推測される。

スペインの異端審問

スペインの異端審問にかんしては、異端審問によって何百万人もが殺された、となんの躊躇《ためら》いもなく主張するジュール・ミシュレ［一九世紀のフランスの著名な歴史家］よりも、バルトロメ・ベナサールといった近年の史学者の研究を参考にしたい。一四七八年、教皇シクストゥス四世は、スペインのカトリック両王［イサベル一世と夫のフェルナンド二世］の求めに応じ、スペインが独自に異端審問を行うことを認可した。だが、この新設異端審問はたちまち教皇庁のコントロールから逃れ、その方針に反対する、もしくはその権限を抑えようとする教皇の試みは毎回のように挫折《ざせつ》した。教皇から委任された異端審問の権限を一手ににぎったのは、スペイン異端審問の実質的なリーダーであったフェルナンド二世によって審問所長官に選ばれたドミニコ会修道士トルケマダだった。審問所の最高機関である評議会（スプレマ）――議長はトルケマダである――は、中央集権化を進めていた王室が設けたさまざまな諮問会議のなかで特異な地位を占めていたために、原則としてスペイン領土をくまなく掌握することができた。審問所の運営に必要な資金は基本的に国費でまかなわれ、財務の自主管理が認められていたが、ほぼ常に資金不足に悩まされた。

裁判手続きそのものは中世の異端審問をほぼ踏襲し、世俗の補助要員である捕吏（ファミリアレス）の力を借りた。ファミリアレスは警察の補助要員であると同時に、密偵、密告者であった。多くの場合、一二歳以上の者による告発をきっかけとして異端審問の手続きが始まり、ただちに被疑者の捜索が始まった。ときには、「正直で、まっとうな考えをもった」人物が〝ほんとうだ〟と請け合っていることを条件として、噂話だけで審問手続きが開始した。密告が受理されると、異端とされた者は秘密裡に、期限を定めずに投獄され、証人と被疑者本人が尋問を受けた。スペイン異端審問のその他の特徴は、被疑者にかけられた嫌疑や証人の発言内容が秘密にされたこと、および、ことに厳しい判決が下されたことである。

拷問の手法にかんしては次のように言っておこう。一八～一九世紀の荒唐無稽な文学作品にインスパイアされた現代のさまざまな著作や多くの「拷問博物館」は、神学を弄《もてあそ》び、ありもしない犯罪を想像して疑いをかけた異端審問官の妄想と同じくらいに信用ならない。カスティーリャでは一三世紀より、拷問は法典シエテ・パルティダスによって認められ、その実践が廃止されたのはアンシャンレジームの終わりである。頻繁に採用されたのは、吊り落とし（腕を背中に回して縛られた状態で吊り上げられ、乱暴に落とされる。滑車が使われる場合はガルーチャとよばれる）、トカ（布製の漏斗を使って水を無理やり飲ませる水責め）、ポトロ（拷問台に寝かせ、足首と手首を縛ってくくりつけ、靭帯が切れるまで体を引き延ばす）であった。

異端審問の調書には、被疑者のうめき声や、審問官たちが被疑者にあたえる自白のアドバイスまで

も が記載されていて、尋問の残酷度を知ることができる。セビーリャの審問所は一六三五年から一六九九年にかけて、キリスト教に改宗したがユダヤ教を捨てきっていないと疑われる四五二のケースを裁いたが、そのうち二九〇で拷問が使われ、一三四のケースでは使われていない。平均で一〜二時間続く拷問は残忍であった。一番長かったのはある女にくわえられた責め苦であり、女はこれに三時間半も耐えた末に自白した。しかし、拷問をくわえられた者の半分以上が自白を拒否している。研究によれば、他の審問所の数字はずっと小さかった。異端審問はスペイン全土のいずこでも同じではなかったのだ。

スペインの異端審問は、コンベルソ（改宗者）が秘密裡に元の信仰を守っているのでは、という一五世紀を通じてくすぶっていた疑惑から生まれた。異端審問があやしい改宗者としてもっとも強い疑惑の眼差《まなざ》しを向けたのはユダヤ人であり、次は一四九二年にグラナダ制圧で完結するレコンキスタ［キリスト教徒による、イスラーム教徒からのイベリア半島奪還］の過程で次々とキリスト教国の支配下となった各地にとどまってキリスト教への改宗を強要されたモリスコ（ムーア人）であった。一六世紀には、以上の二つのカテゴリーにくわえて、プロテスタントと、その他の異端の罪（神の冒瀆、重婚、魔法、魔術）を犯した者も異端審問にかけられるようになる。

スペイン異端審問が始まった当初は、バルトロメ・ベナサールが「初期の残酷性」と呼ぶように、異端を根絶することを目的として被疑者が集団でてっとり早く裁かれた。対象は原則として、受洗した元異教徒だった。有罪と認定された者は火刑に処された。死後に有罪が認定された者は墓から掘り出された遺体、または彼らをかたどった人形が焼かれた。有名なトルケマダが異端審問長官をつとめていた一四八三年から一四九八年にかけては、この種の手荒な裁判が行われた時期であり、一四九二年にはユダヤ教徒追放令が出された。スペイン史を専門とするヘンリー・ケイメンによると、第一波の異端審問で約二〇〇〇人のユダヤ人が処刑された。その後に審問の数は減るが、このことは、ユダヤ人の次にターゲットとされたモリスコ［ムーア人］に対する弾圧が比較的ゆるやかだったことを意味しない。宗教（イスラーム）だけでなく、風俗習慣や言語の違いのため、問題はより複雑だった。少数派であったモリスコは弾圧に対して一五六八年の反乱でこたえた。問題の最終解決策として選ばれたのは、一六〇九年のモリスコ追放令であった。次に異端審問の対象となったのは、ユダヤ教やイスラーム教とのつながりのないキリスト教徒であり、バルトロメ・ベナサールの『スペイン異端審問』の副題「恐怖の教え、言葉と行動の規律、思想のコントロール、体制順応主義の王国」が示すように、魂と行動のコントロールをめざした。

判決には幅があった。全財産没収を伴う死刑判決（世俗司法に引き渡して処刑してもらう）、教会からの永久追放、赦免《しゃめん》、無罪判決。赦免や無罪判決はごくまれで、被疑者が自分を讒訴《ざんそ》したのがだれであるかをつきとめて冤罪である根拠を説明できる場合にかぎられた。赦免は、異端審問所の誤りを認め、異端者有罪の原則を断念することを意味し、収監経費（拘束とともに被疑者の全財産は没収されていた）の回収はあきらめねばならない…。そのため、有罪にもさまざまなレベルがあり、それぞれのレベルに応じて罰金が徴収された。祈祷や贖罪のための精進や苦行等が命じられる霊的な罰、異端公式放棄宣言——de leviと呼ばれる軽微な異端と、de vehementiとよばれる重大な異端が区別された——、鞭打ち、さらし刑。異端審問所にとってもっとも好ましい判決は「教会復帰の赦免」であった。

この場合、被告は判決を受け入れて異端を放棄するが、全財産は没収され、終身拘禁される。ただし、異端審問用語における「終身」は最長で四年を意味した。しかしながら、一六世紀初頭を境として、死刑判決の数は格段に減った。また、拷問の活用も減ったようだ。

三世紀半続いたスペイン異端審問は一二万五〇〇〇〜一五万のケースを裁き、そのうち二%に死刑判決が下され、被告は世俗司法に引きわたされた。処刑の前には、公開の場でおおがかりで厳粛なアウト・デ・フェ〔異端者や背教者の悔悟の儀式〕が行われた。活動が時間とともに減退したとはいえ、一八世紀に異端審問が実質的に消滅したとはいえず、フェリペ五世以降の時代における釈放件数はごくわずかだった。異端審問は、王権が教会よりも優位に立つべきという思想や哲学の新思潮のうちに新たな「異端者」を見出し、王制改革に賛同する大臣や著名人に狙いを定めて審問した。一五五九年にトレド大司教が投獄された時代から何も変わっていない、国王より下位の者は誰であれ異端審問所の監視から逃れることができない、と知らしめることが目的だった。一七八九年以降、フランス革命に影響された政治思想がスペインにも浸透すると異端審問所は突発的に強く反応したが、あまり効果はなかった。

第一回の異端審問廃止令を出したのは、一八〇八年一一月にマドリードを占拠したナポレオンであった。一八一三年、フランス帝国のスペイン支配に反旗を翻し、カディスに逃れた国民議会のリベラルな議員たちも異端審問廃止を決定した。だが一八一四年、ナポレオン敗北後に復位した絶対王政主義者のフェルナンド七世は異端審問を復活させた。こうして、スペインが異端審問の維持と廃止のあいだで揺れ動く時代が始まった。すなわち、リベラルな風潮が強まった一八二〇年には再び廃止が決まり、一八二四年には懲罰的な監視体制に戻り、その後に異端審問による最後の処刑が行われ、一八三四年に最終的に廃止された。

ローマの異端審問

ローマの異端審問所は、パウロ三世が異端審問枢機卿会（検邪聖庁）を創設した一五四二年に誕生した。取り締まりの対象は主として、プロテスタントの教義に共感している可能性がある聖職者であった。一五七二年には、悪書を摘発して著者を処罰する禁書目録聖庁の協力を得るようになった。例えば、異端だと宣告されて一六〇〇年に火刑に処されたジョルダーノ・ブルーノの著作は禁書目録にくわえられた。なお、一般に広まっている根強い誤解とは異なり、ガリレオ・ガリレイは一六三三年に拷問をくわえられていないし、火刑に処せられてもいない。一六世紀末より、イタリアにおいてプロテスタンティズムがカトリック教会を脅かす危険はもはや不在となったので、異端審問は主として、瀆神《とくしん》の言動、重婚、魔術といった軽罪を対象とするようになった。たとえばヴェネツィアの異端審問は一五四七年から一七二四年にかけて何千ものケースを裁いているが、死罪を宣告されたのは二六人のみである。一八世紀以降、検邪聖庁はしだいに活動を縮小し、一九六五年の第二バチカン公会議で公式に廃止が決まった。

今や魔女がブームとなり、父権社会に反旗を翻した女性の象徴として讃える向きもあるので、本章を閉じるにあたって魔女に軽く触れておこう。長いあいだ、教会は魔女に関心をいだいていなかった。中世を専門とする歴史研究者のジャック・シフォローは次のように述べる。「司教たちが、女呪術師、自分は夜になると空を飛ぶと主張する老婆、媚薬の製造者に懸念をいだいたことはほんとうである。しかし、こうした悪しき信者たちは迷信好きに過ぎない、もしくは、邪悪な幻想にとりつかれただけだ、と見なされていた。一三世紀に、当時としては最も詳しく悪魔学を集大成したトマス・アクィナスは、魔法使いや魔術師を裁くことを奨めなどしなかった」

教皇アレクサンデル四世は一二五八年に魔術の取り締まりを許可したが、異端がからんでいる場合にかぎる、との条件つきだった。とはいえ、魔術と異端の違いは微妙であり、見分けるのは簡単ではない。例えば、使われている液状の、もしくはドロドロした「魔法の薬」の原材料を調べねばならない。蝿、蜘蛛、蛙を使うことは、聖香油や聖体を使うよりは罪が軽い。次の段階として、一三二六～一三二七年に魔術は異端と同一視されることになった。反教会と反社会の大元《おおもと》である悪魔は、地上に悪を広めるために偶像崇拝の魔法使いと同盟を組んでいる。彼らは背教者、すなわち異端者であり、夜のサバト［悪魔崇拝のための祭礼］で悪魔と接している。以上の理由で、フランスでは一三五〇年まで、教会と国家が魔術使いを殊《こと》に厳しく取り締まった。しかし、たちまちのうちに、世俗司法が異端審問に替わって取り締まりの主役となった。一三四八年のペストの大流行、西欧の教会大分裂（一三七八～一四一七）を背景として、この世の破滅をもたらそうとする悪魔とその手下が大規模な陰謀を企《たくら》んでいる、という妄想が広まり、一四世紀後半にはいわゆる「魔術使い」を取り巻く環境は厳しくなった。

もっとも苛烈な弾圧の波が訪れたのは近代に入ってからであり、取り締まりを担当したのは世俗司法の裁判所、すなわち非聖職者の判事たちであり、異端審問の手法が効果的と判断されて採用された。

中世史を専門とする大学教授のマルティーヌ・オストレロは「魔女狩りは、当時の人々の思い込みの強さだけで説明するのではなく、政治的な文脈で考えるべきだ。君侯たちが魔術の実践を大逆罪として取り締まったのは、自分たちの司法権と権力を強化する手段であった」と述べる。ジャック・シフォローによると、「魔法使いが異端と同一視されたことにより、中世中期に生まれた諸制度の重要な部分、とくに異端審問が、建設途上にあった近代国家の管轄下に移ることを可能とした。一五八〇年から一六四〇年にかけて――魔女狩りがもっとも盛んだった時期に相当する――、欧州では世俗の司法が約一一万件の魔術関連裁判を実施したが、被告の七五％が女性であり、六万～七万人が処刑された。犠牲者の数は、プロテスタント国とカトリック国とで、少なくとも同程度だったことは確かだ。

異端審問というテーマをめぐる拙文を閉じるにあたり、何が言えるだろうか？　第一に、史料が分散しているうえに内容がバラバラであり、欠落部分も多いために、異端審問全体を総括した研究はまだ存在していない。第二に、多くの先入観が根強く残っている、と指摘したい。わたしの考察はすべてを網羅しているとはとうていいえないが、集団記憶の一部となっている黒い伝説と一線を画し、歴史の真実の探索を始めることは可能である、と伝えることができたら幸いである。

4　ジハードの残虐性

アントニオ・エロルサ

イスラーム教徒に課せられる宗教上の義務、ジハード。それは残酷な行為に訴えることを奨励しているのだろうか？　非礼な質問に聞こえるかもしれない。しかしこれから述べるように、教義としても事実としてもその答えは「しかり」だ。クルアーン（コーラン）のマディーナ（メディナ）期における啓示には、ジハードにおける残虐行為を正当化する根拠となる文言がいくつかある。それは信者と異教徒を分かつ深淵に根差しており、次に示すクルアーンの九章七二節から七四節に見ることができる。

「アッラーは信仰者の男にも女にも、河川が流れる楽園に永遠に住まわせてやろうと約束された。（…）預言者よ、不信仰者や偽《にせ》の信者たちと一心に戦い、彼らには手厳しくせよ。彼らの行き着く先はゲヘナ［地獄］だけだ。なんとおぞましい行き先であろうか。（…）もし彼らが改悛するのなら、そのほうが彼らのためになる。だが、もし背を向けるのであれば、アッラーは現世でも来世でも恐ろしい罰で彼らを懲らしめようぞ。そうなると、この地上には彼らを庇護したり援助したりする者はだれもいないのだ」

ここに、さらに残酷な懲罰の描写を加えることもできる。「われらの神兆を信じない者は燃えさかる火で焼いてくれよう！　皮膚がすっかり焼けてしまうたびに新しい皮膚に取り替えてやり、懲罰をじっくりと味わわせてやるのだ」（クルアーン四章五六節）。不信心者と偽善者にはゲヘナ、つまり地獄が、そして信仰者には楽園が待っている。前者は「現世でも来世でも」罰せられなければならず、予防措置として罰をあたえなければならないのだ。多くの実例がこの残虐性を裏づける。もっとも象徴的なのは、預言者ムハンマドが処罰を命じたウクル族の八人の男の例だろう。ムハンマドが彼らを厚遇したにもかかわらず、彼らはラクダを盗んだ。一説では信仰を棄てたともいわれる。アル＝ブハーリーはハディース［預言者ムハンマドの言行録で、クルアーンに次ぐ第二聖典とされる］の中で、次のように語っている。「ムハンマドは盗人たちの手足を切断し、目を焼き、太陽の下で（渇きで）死ぬまで放置した、とアナス・イブン・マーリクは語った」

アッラーの力を見せつけ、「正しく導かれたカリフ」［正統カリフ］を模範とした正当な報復（キサース）の在り方を示すために、残虐行為を教育的にもちいた好例である。これにならった教育的用法はジハードの歴史全体を通じて見られるが、近年の例としてはイスラーム国における公開処刑とその動画の公開にプロパガンダの要素を見ることができる。イラクの聖戦アル＝カーイダ組織の創始者であるアル・ザルカウィが生み出した、犯罪まがいのサラフィー・ジハード主義［イスラーム教スンナ派のなかの、初期イスラームの時代への回帰を主張する思潮］と技術的現代性をないまぜにしたのが、自称カリフのアル＝バグダディが取った戦術だ。その残忍性の原点は、神聖な書物とそれを補足する古典的なイブン・タイミーヤ［中世シリアのイスラーム法学者でサラフィー主義の祖ともいわれる］に見ることができる。ハディースは、預言者ムハンマドに由来する正当性を証明するのに都合のよい情報源なのだ。

マッカ（メッカ）で説教していたころのムハンマドの教義は明確に暴力の行使を否定していた。ところが、ヒジュラ［聖遷］と呼ばれるヤスリブ（現在のマディーナ）への移住の直前にアッラーの命令がムハンマドに下るや、暴力を行使することが義務となった。神の使徒（ラスール）を自認していたムハンマドは、武装し征服する預言者（ナビー）となったのだ。ジハード主義勢力とイスラーム国によれば、それは文字どおり厳密に従うべき模範であり、その目的は当初から、預言者ムハンマドとその直系の後継者が採用した制度の厳格な再現によって、イスラームの支配を確実に拡大することだった。技術は当然近代化するとしても、その目的論的次元において、またその形態や象徴、行動手段においても、ムハンマドに忠実な戦略なのである。イブン・イスハークによる原典をイブン・ヒシャームが校訂した、ムハンマドの最初の伝記（シラ）に残された記述をたどれば、イスラームの勝利にあらがうすべてのものに向けられた、抑えがたい暴力が発動されるさまが見えてくる。唯一の帰結は、クルアーンの二章一九三節で次のように規定されているとおり普遍的な勝利であり、それがジハード主義の基点となっている。「そして、(マッカを支配していたクライシュ族がイスラーム教への最初の改宗者に仕かけた誘惑のような)試練がなくなり、宗教がアッラーのものだけとなるまで、彼らを相手に戦い抜くのだ」

これらの前提条件を、ムハンマドは言動で示し、これが模範とされた。第一は、信仰者と不信仰者の本質的な対立という、その中間での歩み寄りがありえない二元論的ヴィジョンを厳格に適用することだ。第二に、アッラーの敵を打倒する以外に許容される帰結は存在しない。そこに人道的な配慮はないのだ。というのも、人のアッラーへの服従が絶対だからである。第三に、あらゆる手段は善である。アッラーの大義のための闘争には規則や形式上の制限はない。なぜなら、それこそが神聖なる存在の模範的な行動だからだ。クルアーンによれば、クライシュ族はムハンマドを攻撃しようとしたが、「彼らは策謀したが、アッラーはそれを失敗させた。策謀ということでは、アッラーにかなう者などいないのだ」(八章三〇節)。ムハンマドは、不信仰者を殺すか捕えるためには「あらゆる計略」を民に勧めている(九章五節)。第四は、利用できるあらゆる手段をもちいることと規定しており、プロパガンダの側面に注意をはらうことが前提となっている。信仰者の良心に働きかけて戦闘をうながすだけでなく、不信仰者の良心にも働きかけて、誤りに固執した場合に待ち受ける運命を悟らせる行動も奨励されているのである。これが八章六〇節の主張であり、アッラーの敵の絶滅は、クルアーンではここでのみ使われる「恐怖に陥れる」を意味する動詞をもちいて表現される。「できるだけの軍勢と馬を準備して警戒せよ。それでアッラーの敵、汝らの敵、それに汝らは知らないがアッラーだけは知っておられる敵を恐怖に陥れるのだ」。「恐怖に陥れる」とは破壊することではない。不信仰者に改宗か死かというジレンマの受け入れを強要して、その士気に決定的な打撃をあたえることである。

残虐性が出現するのはここだ。残虐行為は善であるムスリムと悪である不信仰者との対決の直接の結果であり、そこではアッラーに呪われた者に対してムスリムが心の中で感じる軽蔑をすべて見せつけなければならない。バドルの戦いのエピソードはそのような訓話に富み、ユダヤ人のオアシスの町ハイバルを奪取した際のサフィーヤの話もまたしかりだ。一方、残虐性は独自の価値を獲得する。アッラーの力の峻厳な性格とアッラーの呼びかけに耳を貸さないことの危険性を他者に示すために、暴力の行使が強化されたのだ。イブン・イスハークによって事細かに語られた新たな一連の訓話は、ジハード本来の教義と経験における残虐性の重みを物語る。これらの先例は、通常は「不可解な野蛮行為」と形容される、イスラーム国によるジハードのエピソードの意味を解き明かしてくれる。なぜならその起源は、武装した預言者とその直系の後継者である「敬虔な先祖たち」の、模範とされる行動の中に容易に見つけることができるからだ。

残虐性の年代記

公式の解釈によると、ムハンマドが暴力肯定へ転向した動機は、彼が受けた不当な扱いや遭遇した危険、マッカにおける改宗者への迫害や誘惑の試みである。それまでは暴力に訴えることなく、クライシュ族を改宗させよという神の指示に従っていた。マッカでの論争にあたり、アッラーはその使徒にこう命じていた。「不信仰者の言うことに耳を貸してはならない。（メッセージをもちいて）彼らと全力で闘え」。元の文言は次のように非常に正確だ。「Falâ tuti-il-kâfirîna wa jâhidhum-bihî jihâdanka-bîrâ」。これは「ジハード的にジハードする」とでもいうようにほとんど翻訳不可能な表現だが、マッカ啓示の章でジハードの非暴力的な意味を強調している。それは、剣ではなくメッセージによって精力的に「ジハードする」ようつとめよ、というものだ。

新たな信仰者たちへの迫害は、アッラーが実施した新戦略の一環だった。これはイスラームの将来を決める根本的な転機であり、曖昧さは一切排除された。すなわち、真の宗教が確立され、この地上から誘惑がなくなるまで、つまりいかなる信仰者も棄教を強要されることのない日が来るまで、同胞を守るために闘いつづけなければならなくなったのだ。とつぜん、弾圧された同胞を守ることが権力の要求となった。そのため、イブン・イスハークによる伝記の言葉を借りれば、「この地上で我々が力をあたえた者たちは祈りの言葉を定め、貧者に施しをし、そして不公平な行為を禁じるだろう」――すなわち、信仰者たちは自分たちの宗教と生活の規範を人類すべてに課すようになるのである。ヤスリブ（マディーナ）に移住してクライシュ族との闘いの本拠を置くようにという神の命令は、イスラームがこうして戦闘的になったことを示す第一のサインであった。

暴力の形はアッラーの命令ではまだ定義されていないが、カーバで初めてクライシュ族と対立してアッラーが反応した時点で明らかになった。クライシュ族に侮辱されたムハンマドは次のように応じる。「聞け、クライシュの男たちよ、お前たちはわが手にあるこの剣で喉を切り裂かれて死ぬのだ。わが命をその手ににぎるおかたにかけてこれを誓う」。ヒジュラ後には時を移さずヤスリブの諸部族と協定を結び、戦争への合意を取りつけた。そして預言者ムハンマドにこの誓約を実践する機会がめぐってきたのは、のちに勝利するバドルの戦いで、マッカの隊商に対する最初の大きな襲撃の最中だった。命令の言葉に曖昧さは微塵もなかった。アッラーは、敵があらかじめ唯一神を信仰する宗教を受け入れた場合を除いて敵の壊滅を望むのだ。「（アッラーと他の神々を）結びつける者たちは見つけしだい殺せ。彼らを捕らえよ、封じ込めよ、またあらゆる罠を仕かけて待ち伏せせよ」（クルアーン九章五節）

バドルではマッカ軍の将兵の多くが喉を切り裂かれるか、身代金を得るために捕虜にされた。戦闘中の暴力のほかにも残酷なエピソードが多々あった。そのひとつは、戦死して墓穴ひとつにまとめて投げ込まれたクライシュ族の死体にムハンマドが非難の言葉を浴びせた、というものだ。戦士たちの勇猛さはいっさい認めず、彼らがいつわりの神々の庇護のもとに攻撃をしかけてきたと非難したのである。残酷さがさらに露骨なのは、マディーナへ戻る途中、ムハンマドが死刑を宣告した囚人が問いかけたのに対する答えだ。「わたしの子どもたちはだれが面倒をみるのですか？」と死刑囚はたずねた。ムハンマドは答えて言った、「地獄だ」。人々に模範を示すという意図と同様に、不信仰者である犠牲者を苦しめようとする傾向も明らかである。

この残酷さは、六二八年にユダヤ人のオアシスの町ハイバルを征服した戦いでまたも示された。バドルの戦いの勝利とウフドの戦いの敗北のときからゲームのルールはすでに決まっていたのである。つまり死者の役割はあらかじめ、呪われて殺される不信仰者たちと、自動的に殉教者となるイスラーム教徒の死者たちに振り分けられていた。この不均衡な闘いに人間的な基準はない。死における克服しようのない二元性は、生きているうちに前もって示されなければならない。それゆえ信仰者には、カーフィル［ムスリムが非ムスリムや自分と考えの異なるムスリムを罵倒するのに使われる、不信仰者を意味する言葉」に対し、彼らが「アッラーの敵」であるために喚起されるあらゆる憎悪と軽蔑を明らかに示し、地獄で彼らを待ち受ける懲罰を前もって課す義務があるのだ。

ハイバルに仕かけた攻撃のエピソードは、ハンダク（塹壕）の戦いに勝利したのちにムハンマドがおこなった征服戦争において重要な出来事だ。フダイビーヤの和議による停戦でクライシュ族の脅威はなくなり、城塞に守られたハイバルの住民に対して彼は全兵力を集結させることができた。この土地の豊かな農産物が目当てだった。何の口実もなく容赦ない攻撃を仕かけるのに、バドルの戦いのときのような天使ガブリエル［アラビア語ではジブリール］の加勢は必要なかった。攻撃はムハンマドの叫びとともに始まった。「アッラーは偉大なり！　ハイバルは破壊される。警告を受けた者にとっては無残な朝となるだろう！」

ハイバルの住民たちは自分たちの壊滅を告げる「勝利者よ、殺せ、殺せ」という叫びを聞いた。そして不信仰者であること以外になんの落ち度もない自分たちがイスラーム教徒に襲撃されようとしているのを知って慄然とした。それはまさに耕作地での農作業のために城塞から出ていこうとしていたときだった。侵略者たちは次々に砦を襲い、そのたびに大虐殺をくりひろげた。勝利者たちは戦利品を手に入れ、生き残った者たちには服従と、今後は収穫量の半分を差し出すことを強要した。イブン・イスハークの伝記によれば、「ムハンマドはこの提案を受け入れたが、望むときに彼らを追放する権利は留保した」。だが結局、ウマルのカリフ時代のごく初期のうちに住民たちは追放されている。

西洋人がイスラームの歴史を語る場合にはハイバルはそれほど重要視されないが、イスラーム教徒の歴史的記憶におけるこの戦いの位置づけはまったく異なる。この戦いはユダヤ人に対する初めての大勝利だった。二〇〇六年のイスラエル・ヒズボラ戦争ではまさにこうした意味で引き合いに出され、ヒズボラはその最新型中距離ミサイルを「ハイバル1」と命名した。また「ハイバル」という雄叫びはイラク侵攻に反対する反米デモで早くから使用され、最近ではエジプトやガザ、チュニジアでも使われた。ヨーロッパでも、二〇一七年一二月にスウェーデンのマルメとイタリアのミラノでおこなわれたパレスチナ人のデモで、参加者が「ユダヤ人よ、気をつけろ、ムハンマドの軍隊が帰ってくる!」と声を上げた。二〇一三年にいくつかのアラブ国営チャンネルで放送された、シリアのテレビシリーズの「ハイバル」では、ハイバルのユダヤ人虐殺を見習うべき模範として思い出す必要性が強調されたのである。

六二八年、ハイバルはただちに二つの意味で教訓をもたらした。そのひとつは、ファダックのような他のオアシスのユダヤ人が考えたように、たとえ搾取されても生きのびるほうがよいこと。一方でアラブ諸部族には、異教徒や啓典の民［クルアーンのように神から啓示された聖典をもつ宗教を奉じる人々、とくにイスラーム教徒から見たキリスト教徒やユダヤ教徒をさす］の土地の征服に力を入れれば利点があることがわかった。それを、ムハンマドはアッラーの名において攻撃を命じる直前の祈りの中ではっきりと口にしている。「主よ、天とそこにあるすべてのものの主人よ、どうかこのオアシスとその民と財のうちでより良いものをわれわれにお与えください」。イスラームの勝利と捕虜——とくに女性——や敗者の所有物といった戦利品は、ムハンマドの構想では不可分に結びついていたのである。

パトリシア・クローンが解説するように、イスラーム教徒の拡大とアラビア半島のイスラーム化が推進されたのはおそらく次のような神の言葉が刺激になったからだろう。アッラーは「アラブ人に告げた、彼らには他者から妻や息子、そして土地を奪う権利がある」。「そしてそれを遂行する義務があり、聖戦の核心は服従することである、と。こうしてムハンマドの神は諸部族の攻撃性と貪欲さを最高の宗教的美徳に昇華させた」と、クローンは結論づけている。ハイバル以降、アラブ諸部族がさまざまな説教よりもまずムハンマドのメッセージに熱狂的に賛同したのは、彼の語りの宗教的なヴェールに包まれて正当化された、この利害一致に反応したためだった。捕食はアラブ諸部族の習慣においても切り離せない要素だが、ムハンマドのおかげでそれは彼らの神聖な義務となり、歴史上類を見ない拡大の原動力となったのだ。

このような暴力の神聖化は、ハイバルで非ムスリムを壊滅させたときにその力を存分に発揮した。勝利の絶頂にあるムハンマドの神格化は、戦いで敗れて喉をかき切られたユダヤ人のイメージと対照をなす。サフィーヤの物語が示すように、彼らに対する人道的な感情はすべて退けられた。まずは慣例に従い、「捕虜となったハイバルの女たちはイスラーム教徒にあまねく分配され」、ムハンマドは「戦いで死んだユダヤ人たちが横たわるなかを二人の女をともなって通り過ぎた」。そのとき、女の一人が「泣き崩れ、みずからの顔をかきむしり、その髪が土まみれになった」。ムハンマドは間髪を入れず叫んだ。「この悪魔じみた狂女を追い払え！」　彼の目には、同胞の屍を前に絶望をあらわにするのは異教徒の側に執着し続けるのと同じだと映った。そこに人間的な感情など微塵《みじん》もなかった。アイスキュロスのギリシア悲劇「ペルシア人」とはあまりにもかけ離れた人物像である。

ムハンマドに選ばれた女性は名をサフィーヤといい、父と家族はすでに虐殺されていた。ところが夫は、ユダヤ人のバヌー・ナディール族の有力者でマディーナから追放されていたが、まだ生きていた。彼がこの部族の財務責任者だったため、財宝の隠し場所を知っているはずだと口実を設け、「ムハンマドはズバイル・イブン・アウワームに命じて、この夫が秘密を漏らすまで拷問させた。ズバイルは火打石と糸芯を使って男の胸を炙《あぶ》り続けたが、効果はなかった。キナーナ［サフィーヤの夫の名］が息もたえだえになったのを見た預言者ムハンマドが、ムハンマド・イブン・マスラーマに男を引き渡すと、彼は男の首を切り落とした」と、イブン・ヒシャームの伝記は語る。さらに殺害の新たな口実さえ見つかった。サフィーヤは以前、月が彼女のもとに来る夢を見ており、それは彼女がムハンマドを欲しているという意味だと解釈した夫がサフィーヤに平手打ちをくらわせたのだ。もうひとつだけ問題があった。ムハンマドは妊娠中の捕虜の女に近づくことを信者たちに禁じていたが、サフィーヤはまさに妊婦だったのである。ところが、天使ガブリエルが天から現れて許可を与えでもしたのだろう。障害はやすやすと取り除かれ、ムハンマドは彼女と一夜を過ごすことができた。翌朝、彼はこの美しい未亡人に「信仰者の母」という呼び名を授けた。この話のなかの数々の非人道的行為をなかったことにするために、物語の最後に神聖化が戻ってきたのだった。

残虐行為の教育的な意味合いは、不信仰者との戦争による対決にかぎったものではなく、この武装した預言者の軌跡に散見する個人としての攻撃にも表われる。こういった場合にはムハンマドがみずから決断を下しているうえ、戦略的動機が見られないのは驚きだ。彼は仲間を数人集めて敵対者の殺害を提案し、問いかける。「だれがこのアッラーの敵を取り除いてくれるのか？」一人の志願者が名のりを上げ、策を弄して、あるいは力ずくで殺人を実行して栄誉を称えられる。もっとも重要なのはその効果なのだ。つまり殺人は被害者が属する社会集団に恐怖を植えつけ、改宗にさえかりたてる。こんにちでも同じ意図がジハード主義に沿ったテロ行為の戦略を正当化する。犠牲者が不信仰者側に属しているという事実は、非道徳的あるいは非人道的であるといった反対の声をいっさい消し去ってしまうのだ。

最初のテロの標的は、ムハンマドに抵抗してバドルで殺されたクライシュ族の犠牲者を賛美する詩を書いた、マディーナに住むユダヤ人だった。ムハンマドはだれかこの男を始末できる者はいないかと同胞たちにたずねた。一人が志願し、友人たちの助けを借りて、男の陰部を短刀で一突きして殺すことに成功した。良心の痛みなどまったくなかった。ちょうど祈りを捧げていたムハンマドが襲撃者の一人の傷口に唾を吐きかけると、瞬く間に傷が癒えた。こうして狙ったとおりの成果も得たのである。翌日、カブ・イブン・アル・アシュラフの死を知ったユダヤ人たちは恐怖に慄き、だれもが命の危険を感じはじめたのだった。

それもそのはず、なぜならバドルの襲撃以前からマディーナのユダヤ人部族との対立は激化の一途をたどっていたのだから。彼らはイスラームへの改宗を受け入れず、ムハンマドの意向にも従おうとしなかった。バドルの戦いでムハンマドが自陣の軍事力を見きわめるや否や、バヌー・カイヌカ、バヌー・ナディール、バヌー・クライザの三大部族にはますます大きな圧力がかかるようになった。バヌー・カイヌカ族は、ある部族の頭目がイスラームに忠誠を誓っていたおかげで、ムハンマドからなんとか存続を許された。ムハンマドを受け入れたマディーナ側がウフドの戦いで敗北すると、今度はバヌー・ナディール族の砦が包囲され、ヤシの木に火が放たれて燃やされた。まさに「神は彼らの心に恐怖の種をまく」のである。降伏した彼らはすぐさま追放された。そして彼らはのちにハイバルでふたたびムハンマドとあいまみえる。バヌー・クライザ族の運命はもっとずっと過酷だった。

ムハンマドはある日同胞たちに言った。「どんなユダヤ人でも出会ったら殺せ！」あるユダヤ人と商売上の取引があったムハイイサという男は、そのユダヤ人を殺し、次にその異教の弟のところへ向かった。兄を殺された弟は激しく非難したが、ムハイイサは悪びれるどころかきっぱりと答えた。「おまえの首を切り落とせ、と預言者が命じればそうするだろう！」それを聞いた弟は「人々にそこまでする気にさせる宗教は驚くべきものだ！」と言い、すぐに改宗した。ムハンマドの命令と同じ響きが、アル・ザワヒリがアメリカ同時多発テロ事件当日の二〇〇一年九月一一日のあとで出した、以下の命令の言葉にも受け継がれている。「アメリカ人やユダヤ人を追いつめるのは不可能ではない。拳銃の銃弾一発、ナイフの一突き、爆薬の混合物、あるいは鉄の棒で殴るなど彼らを殺すことは不可能ではない。（…）簡単に手にすることができる手段で、小規模な集団であってもアメリカ人やユダヤ人のうえに凄まじい恐怖をばらまくことができるのだ」

マディーナのユダヤ人に対するムハンマドの攻撃は、クライシュ派による包囲が失敗した直後のバヌー・クライザ族の絶滅で最高潮に達した。ムハンマドは今度は天使ガブリエルにうながされ、無条件降伏するまで攻撃を続けると決めた。一か月間抵抗したものの皆殺しを確信した一族のメンバーは、バヌー・カイヌカ族がそうしたように、同盟関係にあるムスリムの一部族の頭目の仲介を求めた。しかし、この頭目はユダヤ人に好意的ではなく、男たちは皆殺し、財産は分配、女と子どもは奴隷の境涯に落とすべきだという考えだった。「そなたの判断は神の判断である」とムハンマドは答えた。

六〇〇人から九〇〇人の男たちが次から次へと斬首された。バヌー・クライザ族のユダヤ人指導者はみずからの抵抗の申し開きをしようと、ムハンマドに向かい、「イスラエルの息子たちには一冊の書物、一つの決定、そして一つの虐殺があると告げられていた」と諦念をにじませて言った。彼の首は即座に切り落とされた。預言者ムハンマドは部族を完全に消滅させるまで彼らの喉を切り裂くことを止《や》めなかった。

ハンダクの戦いとバヌー・クライザ族の最期ののち、個別のユダヤ人への襲撃はふたたび勢いを増した。例外として、アブ・ラフィーという男の襲撃はもともとムハンマドの命令によるのではなかった。アッラーの使徒「ムハンマド」の敵を絶滅させるにあたり、貢献度で他の部族に負けたくない、ある部族の対抗意識から起こったのだ。襲撃のさなかに「ユダヤ人の神に誓って、やつは死んだ！」と呼ばわる仲間の声を聞いた襲撃者の一人は、「これまで耳にした言葉のなかで最高に甘美な響きだ！」と叫んだ。

凶暴な殺戮、恐怖によるプロパガンダ、そしてそれに続く、犠牲者をとりまく人々の改宗、これがユダヤ人に対する定石だったが、ムハンマドの思想や行動に果敢に異を唱える者にもこの方式がもちいられた。そして、どんな場合でも預言者は彼らを処刑するために人を送り込んだ。そのなかには、軍事行動を準備しているのではないかと疑われたイブン・スフィヤーン、ムハンマドが命じた殺人を批判した詩人アブー・アファク、そして五人の子の母親でアブー・アファクの殺害とムハンマドの権力のいきすぎを非難した女流詩人のアスマ・ビント・マルワーンがいた。

ある夜アスマの家に侵入した、アッラーに仕える暗殺志願者は彼女を殺し、それを彼女の息子たちに勝ち誇って伝えた。アスマの部族はそれまでイスラーム教を好ましく思っていなかったが、この殺害の効果はてきめんだった。イブン・イスハークの伝記によれば、「アスマ・ビント・マルワーンが死んだ翌日、バヌー・ハトマ（彼女の部族）の男たちはイスラームの力をまのあたりにしてイスラーム教徒に改宗した」。あえて預言者を批判する者は、自分の死刑執行令状に署名したも同然だった。こんにちでもアルカイダの指導者の指令は、メディアやインターネットを通じ、不安を拡散するメディアに恐怖を植えつけ、社会を退廃させる者の士気を下げるために、信者やムジャヒディン［「ジハード戦士」の意］に「敵」との戦いに積極的に参加するよう呼びかけている。

預言者の死後もイスラームは同じルールに従って拡大した。それはカーディシーヤで勝利することになるサーサーン朝ペルシアとの戦いに先立って、預言者が信徒たちにこう宣言したこととも一致する。「これはあなたたちの遺産であり、主が約束されたものだ。あなたたちはそれを育て、それを食べるのだ。住人は殺し、税金を課し、捕虜にするのだ」。新たな征服者に服従することしか生存を保証される道はなく、しかもこれら「庇護民」［「ズィンミーと呼ばれ、イスラーム政権下で一定の保護をあたえられたキリスト教徒やユダヤ教徒などをさす」］は人頭税を支払う側に貶められた。「アッラーを信仰せず最後の審判を信じない者、アッラーとその使徒が禁じたことを宣言しない者、また啓典を授かった民の中で真の宗教に従わない者に対しては、彼らが［イスラームの支配に］従属し、その手で人頭税（ジズヤ）を納めるようになるまで戦いなさい」（クルアーン九章二九節）。ここで述べられているのは宗教的な説教ではない。むしろ、勝利すれば抵抗勢力の男性には死、女性には性奴隷と同義の捕らわれの身が待つ、そういった戦闘につねに身を捧げよという呼びかけだ。そこにはすでに、恐怖をことさらに見せつけて降伏せざるを得ない状況に追い込む、イスラーム国のやり方が見てとれる。パキスタンのある将軍は、ムハンマドの戦略をこう説明する。「敵の心を襲う恐怖はたんなる手段ではなく、それ自体が究極目的だ。敵の心臓に恐怖が注入された時点ですべてはもう達成されたも同然なのだ」

六三〇年から六四〇年までの年代記は、宗教を隠れみのにしておこなわれたイスラーム教拡大における軍事・経済・心理の「総力戦」という特徴を強調している。エデッサのテオフィロス［アッバース朝に仕え、バグダードの宮廷にギリシア占星術を伝えた学者］は征服者であるイスラーム教徒たちに仕えていたが、彼らの手法を「攻撃し、荒廃させ、略奪する」と描写している。六三四年、エルサレム総主教のソフロニオスは「サラセン人［中世ヨーロッパでイスラーム教徒全般をさす］」が「突然われらに対して反乱を起こし、残虐で野蛮なひどい略奪行為におよんでいる」として、ビザンツ帝国皇帝の助力を嘆願した。アルメニアの六四〇年頃の年代記には「荒廃をもたらすイシュマエル人の軍隊」の記述がある。そしてイスラーム教徒の年代記編纂者たちも同様に、犠牲者を不意打ちして「火を放ち、壊滅させる」という命令をある軍事指導者が預言者から受けたと話した、と書き残している。つまりムハンマドが確立した戦争の原則を適用していたにすぎないのだ。

それからおよそ一〇〇年後、ムハンマドが没した当時に確立されたモデルがいかに強力でありつづけたかが、アラブ人によるイベリア半島征服によって明らかになった。ただ、スペインではこのような見解を述べるのは容易ではない。なぜなら、研究者たちのイスラーム好きにくわえて、古参のファランヘ党［スペインのファシスト政党］党員の碩学イグナシオ・オラグエが一九六九年の著書『アラブ人はスペインを侵略しなかった』［仮題、未邦訳］で流布した自説には、フェルナン・ブローデルやベルナール・ヴァンサンが擁護したこともあり、いまだに根強い支持があるからだ。一方、このいささか俗説的な流れとは対照的なのが、イスラーム勢力拡大の一環としてのアラブ人の征服を記録した重要な文献である七五四年のモサラベ［イスラーム支配下のイベリア半島を中心とした地域におけるキリスト教徒］手稿本で、作者不明だがキリスト教徒、おそらくは修道士が書いたものだ。

この写本が語っているのは、ターリクとムーサーに率いられたベルベル人が平和的にイベリア半島に上陸し、西ゴート族とイスパノ・ローマ人の野蛮な王国に文化をもたらした、などという牧歌的なおとぎ話ではなく、この年代記作者に絶望を味わわせた火と血による征服である。「これほどの惨禍を言葉にできる者がいるだろうか？　これほどの予期せぬ破壊を？　たとえ手足がすべて舌となったとしても、人間はスペインの崩壊も、これほどの害悪も伝えることができないだろう」。モサラベの年代記はこの絶望を次のように表現している。「征服者たちは町を焼きつくし、わずかに生き残った人々を飢餓で苦しませ、有力者や権力者を処刑し、若者や子どもを殺し、こうして町を明け渡させて住人を山岳地帯へと追いやった」。恐怖は征服の保証となった――「恐怖ですべてを刺激していたのだ」。コルドバにイスラーム教徒の王国の首都が置かれた、という記述にさえも「残酷な王国」という表現が使われている。

しかし、このような恐怖と残酷の戦略はイスラームの発明ではない。すでに旧約聖書のモーセ五書で、ユダヤ民族が歴史的地位を確立するには暴力という手段を選んで敵を怯えさせるべきだ、という思想が浮き彫りにされていた。ヤーウェはモーセに言った。「わたしはあなたの先に恐れをつかわし、あなたが到着する前にその民を打ち破り、すべての敵に逃げることを選ばせるだろう」（出エジプト記二三章）。この言葉は、モーセによって出エジプト記一五章で「ヤーウェよ、あなたの右手が敵を打ち砕くのです」と歌われて確認されている。この教義の実践は、エリコの戦いで角笛が吹き鳴らされるとともに「そこにいたすべての者」がヨシュアによって虐殺された、というエピソードの全体を通じて示されている。また申命記二〇章では、勝利者となったユダヤ人に、女、子ども、家畜といった分捕り品を戦利品として所有する権利を与えている。こうしたヤーウェの言葉は往々にして、ただの助言ではなく、背けば恐ろしい罰を受ける覚悟をもって従わなければならない命令なのだ。もっとも、暴力は例外的な権利であり、戦時には適用されるものの、平時は「殺すなかれ」という戒律によって阻止される。クルアーンはモーセに託された任務を引き継ぎ、「人を殺した、または地上で悪事をなした、という理由もないのに他人を殺すこと」（クルアーン五章三二節）を厳しく非難している。ただし理由の二つ目は全般的な規範を巧みに無効にしている。というのも、不信仰は明らかに「地上で悪事をなす」ことの根源だからだ。

権力と服従の神学

イスラームの成功の鍵は、初期のムスリムたちの軍事行動を支配していた権力と略奪への欲望と、信者たちのかぎりない暴力に与えられた神の承認とが結びついたことだ。敵を征服すること、あるいは不信仰に固執して征服を受け入れようとしない敵を滅ぼすことは、信者にとって疑いようのない義務だった。良心の問題はことごとく排除され、この義務を果たさなければその信者自身がアッラーの罰を受ける。道はすでにモーセ五書によって敷かれていた。ユダヤ人が敵を排除する義務を忘れたら、ヤーウェは敵を赦すことで自分に背く者を「復讐の剣」で滅ぼす、という。イスラーム教においては預言者も信者も、「ひとたび地獄に行く者だとはっきりした」（クルアーン九章一一三節）不信仰者のためにアッラーに赦しを請うことさえできないのだ。

モーセ五書を土台として、クルアーンによって確立されたイスラームのこの二元論的ルールによれば、人類は二つの集団に分かれて苛烈に敵対し続けることになる。一方が体現するのは善で、他方は悪だ。また一方は神への信仰で、他方は神の否定あるいは不在で、いずれも罪深い。もちろん、アッラーはその民の勝利と敵対者の制圧の保証人だ。各人の選択はゲーム理論の適用に基づく。クルアーンの九章一一一節から一一三節で述べられるように、信者がアッラーの大義のために戦闘（キタール）で戦うなら、アッラーは彼らにポジティブサム・ゲーム［ゲーム理論で、参加者全員の利益と損失の総和がプラスになる場合のこと］を用意する。信者は生き延びて勝利の戦利品を手に入れるか、死んでも殉教者として天国に行ける。だが不信仰者にはゲヘナ、すなわち地獄しかないのである。

このようにイスラーム教の原理はきわめて単純な定義に沿うもので、かつ徹底的な二元論を保証する。この点で、三位一体の教義をめぐるキリスト教の複雑さとは大きく異なる。さらにシャハーダ（イスラーム教の信仰告白）は、イスラーム教のもとになったユダヤ教のサマリア教団の信仰告白をなぞったに過ぎない。サマリア教団の根本は、神の一体性や他の神々に対する優位性にとどまらない、神の唯一性の原則である。サマリア教の信仰告白は「唯一の神以外の神は存在しない」である。シャハーダも同じく唯一性を宣言するが、「ムハンマドはその使徒である」と続き、預言者でありヤーウェの使徒であるというサマリア教におけるモーセの概念と完全に一致する。唯一神と使徒（モーセとムハンマド）、神の託宣（モーセ五書とクルアーン）、サマリア教の復讐と報いの日に対してイスラーム教の審判の日の天国と地獄のジレンマといった軸を中心として、この一連の合致はサマリア教がムハンマドに与えた影響を示している。サマリア人の神はすでに身体的属性を持たない全能の創造主であって純然たる霊だが、その唯一性を称える呼び名は多い。律法、すなわちモーセの五書はヤーウェの本質、つまり「命の書」であり、これはのちに別の意味でクルアーンがアッラーの力を人間の命に投影するのと同じだ。そしてムハンマドのモデルとなるモーセはヤーウェの啓示の唯一の仲介者である。モーセはまた、クルアーンの中で、分裂した民衆の先頭に立って輝かしい政治的・宗教的共同体を創設する宗教・軍事指導者の原型と位置づけられている。

唯一性という教義は、他の信仰とは根本的にあいいれないという感覚を強め、好戦的な姿勢につながる。そして偽りの教義とその信者の消滅をめざすようになるのだ。彼らが死ねば、この破壊は地獄で成し遂げられることになる。四世紀のサマリア人神学者マルカが著した『マルカのことば』にある神の裁き、「大火が彼らの肉体を焼き尽くしても、神は彼らを哀れまないだろう」は、クルアーンに描かれる裁きと言っても通じるほどだ。信者の態度は、唯一神によるこうした無慈悲な扱いを先取りするものでなければならない。憎悪や侮蔑、残酷さといった概念は、こうした敵のイメージと絡まり合い切り離せなくなる。こういった厳格な一神教のすべてが行き着く先を、ジャン・ボッテロは次のように説明した。「自分が信仰する神への熱狂的で排他的な礼賛」、「戦闘に対する熱狂的な愛、敵に対する残酷さ（…）」、これらの精神的要素はすべて、力の論理および信者の利益の完全な充足に役立っている。

イスラーム教は原初よりイデオロギーの中核を強化する要素を備えていた。それは出発点が社会的事実で、帰結が神学と信者の権利の正当化にかかわっているという点だ。発生論の観点から見れば、アッラーの誕生は、ユダヤ人の神をそのまま流用することができなかったために偽装して流用した結果である。だからヤーウェであった全能の神をアラブ化し、その神を統一という必要性に順応させて、分断されたアラブ社会を統一して活性化しようともくろむムハンマドの征服の企みに寄与させることが必要だった。

モーセ五書、なかでもモーセその人の消すことのできない影響の痕跡をクルアーンのマッカ啓示の章に残しながらも、ムハンマドは神聖さの形式上の置き換えを難なくなしとげた。彼の使命は、それまで特段の意味を持たなかった部族の神アッラーに唯一神という固有の意味内容を割り当てることだった。アラブ世界の分散した勢力の統一に必要な決定的役割を果たさせるために、アッラーは「闘争心や民族的な誇りといった部族的アイデンティティの特徴を身にまとい、品格を与えられた」のである。そして、そのアッラーの政治的役割がきわめて大きな効力をもつようになったのが、ムハンマドがマディーナで武装した預言者になったときだった。「彼は征服しなければならず、その信奉者たちも征服を望み、そして神は彼に征服を命じた。それ以上に何が必要だというのか？」（パトリシア・クローン）。唯一欠けていたのが、外部に起源をもつこの神性と現実のアラブ社会とのつながりだった。預言者ムハンマドが選んだ道は、他の一神教の神々をその威光で凌駕するこの神を頼るように見せつつも、卑近な出発点から築き上げてきた宗教の輪を閉じることだった。アッラーを称揚することで、この神の概念が奴隷制度という特定の社会制度の上に成立していることを隠蔽できたのだ。

あらゆる一神教信仰を定義づけるのは創造主と被造物との間に成り立つ関係である。キリスト教は二元性の上に成り立っているが、この二元性は神の人間への転換［神の姿に似せて人間が創造されたこと］によって象徴されるのと同時に、キリストの犠牲［キリストの十字架上での死］によって凌駕される。キリスト教信仰ではヤーウェの人間に対する優位性は絶対だ。だが、こうした非対称の関係が契約にもとづくことや、ヨブ記が示すように人間が全能の神に抗議することを妨げるものではない。一方、イスラーム教信仰では二元性は絶対で、信者はそれを無制限に認めるしかないし、また人間は神に似せて造られてもいない。ユダヤ教徒の契約とは異なり、神への完全な服従という人間の本性を規定する契約は世界の創造より前から存在する。人間にはこの契約に疑いをさしはさむ余地はなく、それを知らずにいることさえ罪となる。なぜなら、アッラーはその存在を否定しようのない形で人間に示しているからだ。

奴隷や隷属は神との関係を定義する制度である。人間はアッラーのしもべ（アブドゥッラー）となるが、「支配と被支配」の関係に意味を与えているのはアッラーではなくしもべである、と言ったほうが正確だろう。というのも、この関係においてアクティブな役目を果たすのは、アッラーへの無制限の従属――霊的レベルでの全面的服従――を受け入れ、現実的な対価を受け取る信仰者、つまりしもべだからだ。この服従は主人と奴隷の関係を定義するが、この関係は司法の上でも、また性行為も含めた生活の上でも、すべてにおいて奴隷を所有する側が支配する。主人は妻や妾との関係のような制限を受けることなく奴隷との情交を享受でき、女性の捕虜もまたこのように貶められる対象だ。無力な奴隷と、権力を有しアッラーの恩恵を享受する人間には類似性はなく平等でもない。主人に対する奴隷の無制限の服従は、神に対する信者の服従をすでに示しているのだ。

実をいえば、主人だけが人間なのだ。神への信仰が主人に権力の独占を許すからである。信仰者には、自分の奴隷だけでなく不信仰の道を選択し人間であることを放棄した人々や女たちに対しても絶対的な所有権が保証され、神への服従が埋め合わせられる。女性と不信仰者に対してはムスリム男性に神の力が委譲される。それが、女性が不従順であった場合に懲罰を与える権利と、アッラーの敵である不信仰者が真理、すなわち神の宗教に逆らった場合に死刑に処する権利なのだ。

したがって神を絶対化するのは有利な取引をすることだ。なぜなら、信者の力には神の力が無限に投影され、信者の利益と行動に神の承認が与えられるからだ。アッラーへの信仰告白により他者より優れた存在となった男性信者の欲望や情熱は、こうしてアッラーの偉大さによって正当化される。暴力行為、襲撃、殺人、略奪、財産の横領、女性の拉致、残虐行為――ホメイニの拷問からカショギ記者の殺害［二〇一八年にトルコのサウジアラビア総領事館でサウジ人記者ジャマル・カショギが殺害された事件］にいたるまで――はすべて、ジハードについて神の使徒ムハンマドが定めた行動規範の中に含まれている。こうして神を称揚することによって信者の共同体（ウンマ）に委譲された絶対的な力を行使できるようになる。その共同体の利益と行為は、それが我々の目にいかに野蛮に映ろうとも合法となり、それらに抵抗する人々を罰して苦しめるために神から委ねられた任務となる。これこそ、イスラーム国が厳格に従った論理である。つまり、暴力と残酷さは宗教という仮面の下では完全に容認されるものなのだ。

5

版画に見る「戦争、虐殺、騒乱」
トルトレルとペリッサン（一六世紀フランス）

ステファヌ・ブロン

本章では、一六世紀フランスの宗教戦争の図像記録を通して、残酷さのテーマを考察する。歴史家ドニ・クルーゼの論考以来、当時の暴力とそれに付随する残虐性の背景は広く分析されている。カトリックとプロテスタントが入れ乱れて手を染めたおぞましい行為や惨状を記述すべく、歴史家はさまざまな人物や目撃証言を引用している。このように文書を通した分析は十分だが、図像の検討は不十分なままだ。この時代を解明する手掛かりとしては、画家ジャック・トルトレルとジャン・ペリッサンが一五七〇年に出版した絵入り年代記という重要な史料がある。彼らの版画は、フランスにおける最初の宗教紛争の歴史に重要な位置を占めている。これらの版画はアンリ二世、フランソワ二世、シャルル九世治下の重大事件を描いたものであり、結果として衝撃的な記録となっている。一九世紀末、マザリーヌ図書館の司書アルフレッド・フランクランによって発掘・収集されたこれらの版画は、膨大な図像の宝庫であるにもかかわらず、それ自体が研究対象となることはほとんどなかった。それが一九九二年のピエール・ボノールの論文以来、多くの研究が行われるようになった。フランス国立歴史学研究所名誉教授、ジュネーヴ大学宗教改革史研究所講師、フィリップ・ベネディクトによる二〇〇七年の文献研究は、これらの図像の起源、制作、利用を詳細に検討している。この種の画集は芸術、歴史、信仰、イデオロギーなど、さまざまな面から解釈が可能であり、全体像を理解するのは容易ではないが、これらの画像が、残酷さの図像表現や暴力の概念に基づいた言説を物語るものであることは明らかである。本章ではそのことを明らかにするため、制作の背景を分析し、そこに描かれた強烈なドラマの数々を分析していくことにしよう。

プロパガンダ作品

テオフィル・デュフールの先駆的業績やその後の研究にもかかわらず、これらの版画を制作した画家の生涯は今も謎につつまれている。ジャン・ペリッサンはリヨン出身で、おそらく一五三〇年代に生まれた。一五六六年から一六〇八年の間にリヨンにいたことは、同市文書館所蔵の複数の文書から確認できる。一五六九年までには、おそらく宗教上の理由からジュネーヴに移住した。フランスに戻ると、一六一六年ないし一六一七年に亡くなるまでリヨンで活動した。ジャック・トルトレルもリヨン出身で、第三次宗教戦争における迫害を受けて、ペリッサンと同じ理由でジュネーヴに移ったが、本作以外の作品は知られていない。本作品は、カトリックとプロテスタントの政治的・軍事的対立が半世紀続いた後の一五六九年、この二人の画家に発注されたものである。依頼主はアントウェルペン出身の二人のプロテスタント毛織物商、ニコラ・カステランと義弟ピエール・ル・ヴィニョンだった。一五六九年七月八日、公証人の前で結ばれた契約によれば、版画集の制作はジュネーヴの印刷業者ジャン・ド・ランの手で行われるものとされていた。七月一四日、カステランは市参事会に「われわれの時代にフランスで起こった事柄の歴史を絵で表現したので、完成した日から三年間の特権つきで、これを印刷する許可を得るための請願書」を提出した。一五六九年七月二三日、ジュネーヴの公証人エメ・サントゥールは、版画家トルトレルとペリッサンとの新しい取引を以下のように記録し、これが本作品の本格的なスタートとなる。

「当該日、リヨンの誠実なるジャン・ペリッサンとジャック・トルトレルは、本ニコラ・カステラン氏に約束・許可した。すなわち同氏のために、同氏が同意した銅版およびエッチングにて、当該カステラン氏が彼らに提供・提示したすべての歴史を彫ること、またこの仕事を放棄することなく完遂すること、その見返りとして一点につき四エキュ（一〇フラン相当）を、この仕事の進捗に従って受け取ることを約束した。証人・住民、ヴァンサン・ド・ラノワおよびフランソワ・リヴェ」

この版画集は、プロテスタント陣営から生まれたプロパガンダ作品であり、印刷術の発達という文脈のなかにあった。プロテスタント改革派は印刷術を大いに活用し、画期的なイメージ戦略を展開していた。さらにピエール・ボノールは、この作品が「一五四五年から一五六五年にかけてジュネーヴ出版界も協力し、萌芽期にあって弱体だったフランスのプロテスタント教会の誕生をうながし、その存在を確立するためにもちいられた武器」の一つであり、出版戦略の一環であったと考えている。全部で三九の事件を取り上げ、発注から一年後の一五七〇年には出版されており、芸術家および出版社の双方の技量を示すものだ。スイスの出版元は、フランスの検閲や禁令を回避すべく、リヨンの虚偽の住所で出版した。巻頭の標題紙は以下のように出版目的を簡潔に記している。「第一巻、近年、フランスで起きた戦争、虐殺、紛争にかんする、記憶すべき四〇の多様な図版（事件）を収録。これらはすべて、実際にその場に居あわせた人々や、それらを目撃した人々の証言にもとづいて収集されたものであり、真実の肖像である」

以上には、芸術家たちの手法や、制作に必要な情報収集についての説明はふくまれていない。ピエール・ボノールによれば、ターゲットとする読者に合わせて、どのような絵柄を選ぶかが決められた。「ジュネーヴのフランス難民が、フランスに残った同宗の人々のために企画し、彼らの遠からぬ過去と生々しい現在のありさまを、本義にも転義にも示したこの画集は、フランス初の宗教紛争の証言である」。標題紙には「真実の肖像」、同時代の目撃者の証言などと記されているが、具体的な出典は記されていない。またペリッサンの手になると思われる素描や下絵の原典についても疑問は残るが、確認できない。「読者へ」と題された断り書きには、この作品『四〇点の版画 *Quarante tableaux*』が制作された状況や、画像の持つ実証性が述べられている。

「近年フランスで起こった驚くべき出来事の真相を多くの人が知りたいと願っていることに鑑み、これらの真相が埋もれたり、忘れ去られたりすることなく、後代の人々がこのことについて正しい知識をもつのに役立つため。私は（読者貴君）、これほどの重大事が末長く貴君の目に触れるよう、これらの小さな図版を貴君に示さずにはいられなかった。そしてこれほど多様で驚くべきものであるから、判断を誤ったり、特定の感情によって真実を曲げたりしがちである。だからなおさら、わたしは大変な苦心と労力を払って、目撃者であり、いかなる感情に流されることなくすべての状況や出来事を忠実に語った人々の証言にもとづき、このような多様性をていねいに表現したいと願った。手はじめに貴君にお見せしたいと願ったこれらの図版が、貴君のお気に召したならば（そう願うが）、そのことに励まされ、記憶に価するであろう残りの図版をも、近いうちにお見せしたいと思う。アデュー（さらば）」

どの版でも、標題紙の代わりにこの断わり書きが使われた。標題紙では第一巻とされていたが、結局はこれが唯一の巻となった。これには二つの理由がある。発注者のル・ヴィニョンが一五六九年、カステランが一五七一年にあいついで亡くなったこと。さらに一五七〇年八月には、サン＝ジェルマン＝アン＝レー和約を受けて二人の画家がフランスに帰国したと思われ、編集作業が中断した。版画集の中には、歴史画を専門とするルーアン出身のプロテスタント、ジャック・ルシャルーが制作した木版画もふくまれている。だが大半の図版はペリッサンとトルトレルによる銅版エッチングで、彫り込みの署名ないしモノグラムが図像内に表示されている。第四の芸術家、ジャン二世・ドゥ・グルモンが複数の木版図に関与している。

『戦争、虐殺、騒乱』との副題がついたこの作品は、一五五九年六月一〇日のオーギュスタン修道院での水曜会議から、一五七〇年三月二八日のローヌ河畔ル・プーザンの戦いまで、一連の事件が年代順に並べられる構成となっている。この期間は宗教戦争の序曲にあたり、和解の試みが失敗し、両陣営の暴力がエスカレートしていった時期である。最も大きく扱われているのは、第一次戦争が始まった一五六二年と、第三次戦争で衝突が繰り返された一五六九年であり、それぞれ一二点と九点を数える。これらは最も多くの戦闘が起こった年でもある。逆に一五六四年から一五六六年にかけては、一五六三年三月一九日のアンボワーズ勅令を受けた平穏な時期であるため描かれていない。そもそも、平和は著者たちの関心事ではなかった。全部で三九点の版画は、以下の四つの期間に分けられる。

・一五五九年から一五六一年まで。対立の始まりから戦争へ（九点）
・一五六二年から一五六三年まで。第一次宗教戦争の出来事（一六点）
・一五六七年から一五六八年まで。第二次宗教戦争の出来事（四点）
・一五六九年から一五七〇年まで。第三次宗教戦争の出来事（一〇点）

「長広舌より［よくできた一枚のスケッチ］のほうが価値がある」というナポレオンの名言通り、この版画集は全頁が画像からなる。上述した扉の二頁をのぞけば、一五六一年一月に開かれたオルレアン三部会を描いた版画（図1）のような体裁で全体が統一されている。版の大きさは約五〇センチ×三二センチ。各頁上部の細長いスペースに、出来事名と日付が記されている。画像そのものは頁の四分の三を占める。

下部のスペースは少し幅が広く、ここにキャプションが記され、画像内の文字と参照できるようになっている。たとえば一五六二年三月一日の「ヴァッシーの虐殺」（版画11）には、事件の経過を説明する、以下の一〇のキャプションが付されている。

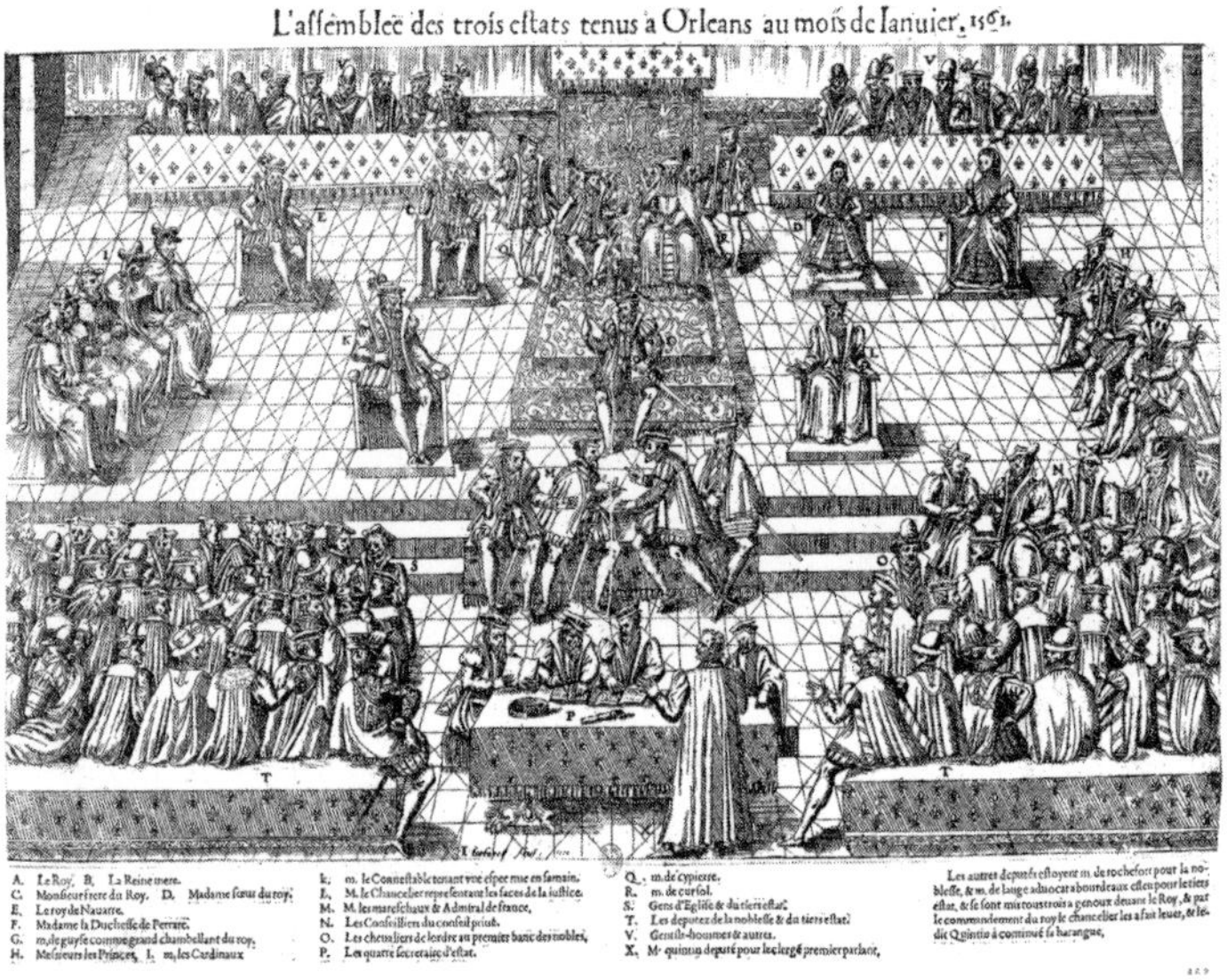

図1　オルレアン三部会（1561年1月）（版画8）、フランス国立公文書館パリ館。RESERVE QB-201 (5)-FOL p. 18.

A. 説教が行われた納屋には約一二〇〇人がいた。

B. 指揮を執るギーズ公。

C. 説教壇で神に祈る牧師。

D. 助かると信じる牧師は複数の傷を負い、剣が二つに折れなければ殺されていた。

E. 教区墓地にもたれかかるギーズ枢機卿。

F. 逃れようと屋根を壊す説教の聴衆。

G. 城壁から身を投げ、畑に逃げる人々。

H. 屋根の上に逃れようとした人々が銃撃される。

I. 哀れな人々の胴体が引きちぎられる。

K. ラッパが二度鳴った」

画像は版による異同はなかったが、タ

イトルとキャプションはフランス語、ラテン語、イタリア語、ドイツ語の表記ルールに従って変更している。またごくまれな例外として、一五六二年七月一四日のプロテスタントによる「モンブリゾンの占領」（版画15）のように、参照番号付きキャプションでなく、要約を使っている例もある。「レザドレ男爵とポンスナ殿はモンブリゾンを攻撃し、さしたる抵抗も受けず侵入した。レザドレ男爵は貴族であるか兵士であるかを問わず、捕虜を塔から突き落とした」。フィリップ・ベネディクトによれば、数多くの変更には「制作者の試行錯誤」がうかがえ、それは版画が五月雨式にバラバラに制作されたのち、セットとして合本されたからだろうという。一冊の画集として出版されるだけでなく、できれば国際的に対象読者を広げるため、バラ売りもされたのだろう。総部数を確定するのはむずかしいが、フィリップ・ベネディクトは用紙の納品量に基づく概算として、「この紙の消費量からして、彼（カステラン）は版画集を最大六三六〇部ていど制作した可能性がある」としている。これは当時としてはかなりの部数である！　一五七〇年以降、トルトレルとペリッサンの版画は他の画家によって盛んに複製された。たとえばフランドルの画家フランス・ホーヘンベルフ（一五三五‐一五九〇）の複製は点数を減らし、彩色をくわえており、逆にこちらがオリジナルと見られることも多かった。

テーマが多様なため、扱われる事件は地理的にも広く分布している（付録2）。これはカトリックとプロテスタントの衝突が散発的で、点々と移動したことが原因である。とはいえ付録2の地図から、パリ盆地、ロワール渓谷、プロテスタントの三日月地帯の三つの地域に事件が集中していることがわかる。また、他の地域より頻繁に取り上げられている地域もある。例えば七つの地域の登場頻度が高く、版画数は二二点である。最も多く描かれているのはドルーの町で、一五六二年一二月の「ドルーの戦い」の準備から軍隊の撤退までが描かれている。逆に一七の地域は一度しか登場しない。「真実の肖像」を作りたいという願望とは裏腹に、景観の写実性をなおざりにする傾向も少なからず見られる。歪んだプリズムのように、版画の視線はかたよっていて、舞台の遠景より出来事のほうが重要で、そこに展開するアクションがなによりもクローズアップされる。ジュネーヴはカトリックとプロテスタントの対立にかんする著作の主要な出版地であり、二人の画家は弁護士ジャン・クレパン（一五二〇-一五七二）二五や法学者ピエール・ド・ラ・プラス（一五二〇-一五七二）をはじめとする多くの著者の出版物に触れることができた。地域の描写にかんしては、孫引きも含むさまざまな資料をとおして各地の名所旧跡を想像したのだろう。フィリップ・ベネディクトも、一五六九年七～九月の「国王軍に包囲されたポワティエ」（版画34）と、アントワーヌ・デュ・ピネが一五六四年に出版した「ポワティエの町」に多くの類似点があることを指摘している。この意味で、版画の精巧さゆえに様々な分析が可能としても、そこに地域の姿が正しく描かれていると考えてはならない。

描かれた残酷

この版画集を観察すると、四つの主要テーマが明らかになる。軍事的な主題（戦闘や勝利）が半数以上（五九%、二三点）を占め、次いで政治的事件（一八%、七点）、虐殺（一三%、五点）、処刑（一〇%、四点）と続く。

政治的事件は当然ながら比較的平和に描かれるが、恐怖の場面が描かれたものもある。たとえば一五五九年六月三〇日にパリで開催された馬上槍試合で、アンリ二世が誤って槍に突かれ、致命傷を負った場面がそうである（版画3）。一五六三年三月一三日の「リル＝オー＝ブッフの和議」（版画25）をのぞき、政治的主題は画集の冒頭、最初の三年間に集中しており、話し合いによる交渉の過程を描いている。馬上槍試合での事故から一五五九年七月一〇日の国王の死（版画4）までの描写は、対プロテスタント融和策からの転換を示している。その後の「オルレアン三部会」（版画8）と「ポワシー会談」（版画9）でも、政治の急展開とカトリック・プロテスタント間の緊張の高まりに歯止めをかけることはできなかった。

版画集に描かれる四件の処刑も、政治的な事件と言える。裁判に関しては、版画5が火刑台の火勢の激しさと、グレーヴ広場に見物に駆けつけた群衆に焦点をあてている。版画7（図2）は、一五六〇年三月一三〜一五日、フランソワ二世をカトリック強硬派の影響力から引き離す目的で起きた「アンボワーズの陰謀」（版画6）後のプロテスタント弾圧を描いている。陰謀は発覚し、その後、王権はプロテスタントを処罰。この版画の強調点は、陰謀を企てた者たちが王家の城館アンボワーズで処刑された場面である。版画には斬首された多数の頭部や、処刑人に刺し貫かれた遺体が描かれている。他の人々は城の塔から吊るされ、首謀者には特設の絞首台が用意された。「ラ・ルノーディィ［領主ジャン・デュ・バリー］」はパルダイヤン配下に殺害されたのち、絞首台にかけられた。反乱軍の首領ラ・ルノーディィ、別名ラフォレ。その後、遺体はバラバラにされ、首は槍先に刺してアンボワーズ川の橋にかけられた」

これとは対照的に、一五六三年二月一八日の「ギーズ公、致命傷を負う」（版画24）は流血なしに描かれている。カトリックの首領ギーズ公が待ち伏せにあったことを強調する一方、一五六三年三月

図2　「1560年3月15日、アンボワーズでの処刑」（版画7）、フランス国立公文書館パリ館、RESERVE QB-201 (5)-FOL p. 5.

一八日の暗殺犯ジャン・ド・ポルトロ・ド・メレの処刑（版画26）は、通常は王殺しに適用される極刑のようすが描かれている。描写はこの男を中心にすえている。男は裸にされ、四頭の馬が四肢を引き裂き、死刑執行人が完全に切断すべく剣をかまえている。ここでは残酷さは暗示にとどまる。男はぐったりとしているだけで、最も血なまぐさい瞬間は描かれていない。これから起こることを読者は容易に想像できる…。政治的テーマを扱ったこれらの版画の大部分は動きがなく静的であるが、一方で軍事的テーマは動的に描かれている。

軍事的出来事をテーマにした版画は、戦争に「つきもの」の恐怖や残酷が描かれている。軍勢の配置、白兵戦における暴力、地に倒れる兵士、死体の山、バラバラになった遺体などである。以下では、ペリッサンとトルトレルのこの作品における戦争の情景を第一次から第三次にかけての宗教戦争の時系列にたどってみよう。カトリックの勝利を描いた版画は全部で九点、プロテスタントの勝利を描いた版画は七点であり、プロテスタント軍の勇猛さと粘り強さが間接的に強調されている。点数が均衡していることから、作者らが党派心にこりかたまってはいなかったことがわかる。プロテスタントの視点が優勢とはいえ、被害感情が主調ではなく、サン・ドニ、ジャルナック、モンコントゥールなどでのカトリック軍の戦略も軽視されてはいない。

一五六二年〜一五六三年の第一次宗教戦争を描いた版画は九点ある。「ヴァランスの占領」（版画13、図3）は、開戦からわずか数週間後の一五六二年四月二七日に起こった。この時代の版画によく使われる手法だが、漫画のように複数の出来事が一つの画面にまとめられている。ラ・モット・ゴンドラン領主、ブレーズ・ド・パルダヤン中将が逃げ込んだ住居が描かれ、その内部で中将は剣で殺害され（場面C）、窓から吊るされ（場面D）、ついで綱が切られて群衆にさらされる（場面E）。一五六二年一二月一九日の「ドルーの戦い」は両軍が激突する最初の戦闘だったため、版画のテーマとして非常に重要だった。この戦いを扱った版画は六点あり（版画17〜22）、軍勢の布陣から四度にわたる突撃を経て、カトリックが勝利した後の撤退までが描かれる。

第二次宗教戦争は一五六七年〜一五六八年と短期に終わったが、すぐに王国全土で軍勢の動きが再開した。純粋に軍事的な出来事が三つ描かれている。すなわち一五六七年一一月一〇日にカトリックが勝利した「サン・ドニの戦い」（版画28）、一五六八年一月六日に起こり、プロテスタントが勝利した「コニャックでの両フランス軍の会戦」（版画29）、そして一五六八年二月から三月にかけての「シャ

図3　1562年4月25日、ドーフィネ州ヴァランスの占領とラ・モット・ゴンドラン殿の処刑（版画13）フランス国立公文書館パリ館、RESERVE QB-201 (5)-FOL p. 40.

ルトルの町の包囲」（版画30）である。タイトルからはあたかも町が「敗北」したかのようだが、カトリック軍の重要拠点だったシャルトルを、プロテスタント側は奪取に失敗している。攻略失敗から数日後の一五六八年三月二三日に締結されたロンジュモーの和議によって紛争は終結したが、夏の終わりには戦闘が再開し、休戦はまたも束の間に終わった。

一五六八～一五七〇年の第三次宗教戦争は、一〇点の版画に描かれている。一五六九年、プロテスタント側は敗北を重ねていたが、版画はこれを逆手にとってメッセージを発信している。一五六九年三月一三日の「ジャルナックの戦い」を扱った二番目の版画（版画32）では、コンデ公の捕縛が画面中央を占める。画面右下には続く場面として、白いスカーフ姿のコンデ公が不名誉な形で処刑される様子が描かれている。「モンテスキューが公の背後から頭を撃ち、目の下から弾丸が飛び出る」。一五六九年一〇月三日、モンコントゥール近郊での「両軍の布陣」（版画35）は膨大な兵力をきわだたせ、ついでプロテスタント軍の「混乱と敗北」（版画36）へと続く。プロテスタント軍が撤退した後には、衣服を剥ぎとられ、やせ細った遺体、切断された遺体が何十と積み上がり、さらに「バラバラに切り刻まれたランツクネヒト［傭兵］部隊」という悲惨な光景が残された。描かれた勝利の数は両軍の力が拮抗していたことを表しているが、トルトレルとペリッサンはプロテスタント側が報復と殲滅作戦にさらされたことを強調している。不当な加害行為を前面に押し出す手法は、当時としては異例の残虐な殺戮場面によって強調され、「殉教者列伝作家や歴史家が用いる手法を視覚的に再現」（フィリップ・ベネディクト）するものだった。

付録の版画一覧からわかるように、戦場以外の残虐場面を示す版画は十数点あり、とくに目立つのは処刑や大量虐殺である。ピエール・ボノールは残酷の負の連鎖を指摘し、「おぞましい虐殺や即決処刑からは、人間の残酷さや邪悪さがかいま見える。あまたの男女子ども、単独の人物など、みずからの信念に殉じた犠牲者たちは末期を前に尊厳を奪われ、死の恐怖に怯えていただろうその姿は同情をさそう。死刑執行人があらゆる場面に顔を出し、苦悶する犠牲者に襲いかかり、その熱意は他者を抹殺しようとする執拗さを悲劇的に浮かび上がらせ（…）倒れ傷ついた遺体や首が散乱するさまは、まさに究極の暴力の姿にほかならない（…）」。

公開処刑四件のうち三件、虐殺五件のうち四件がプロテスタントに対するものである。すなわち一五六一年一一月一九日カオール（版画10）、一五六二年三月一日ヴァッシー（版画11）、一五六二年

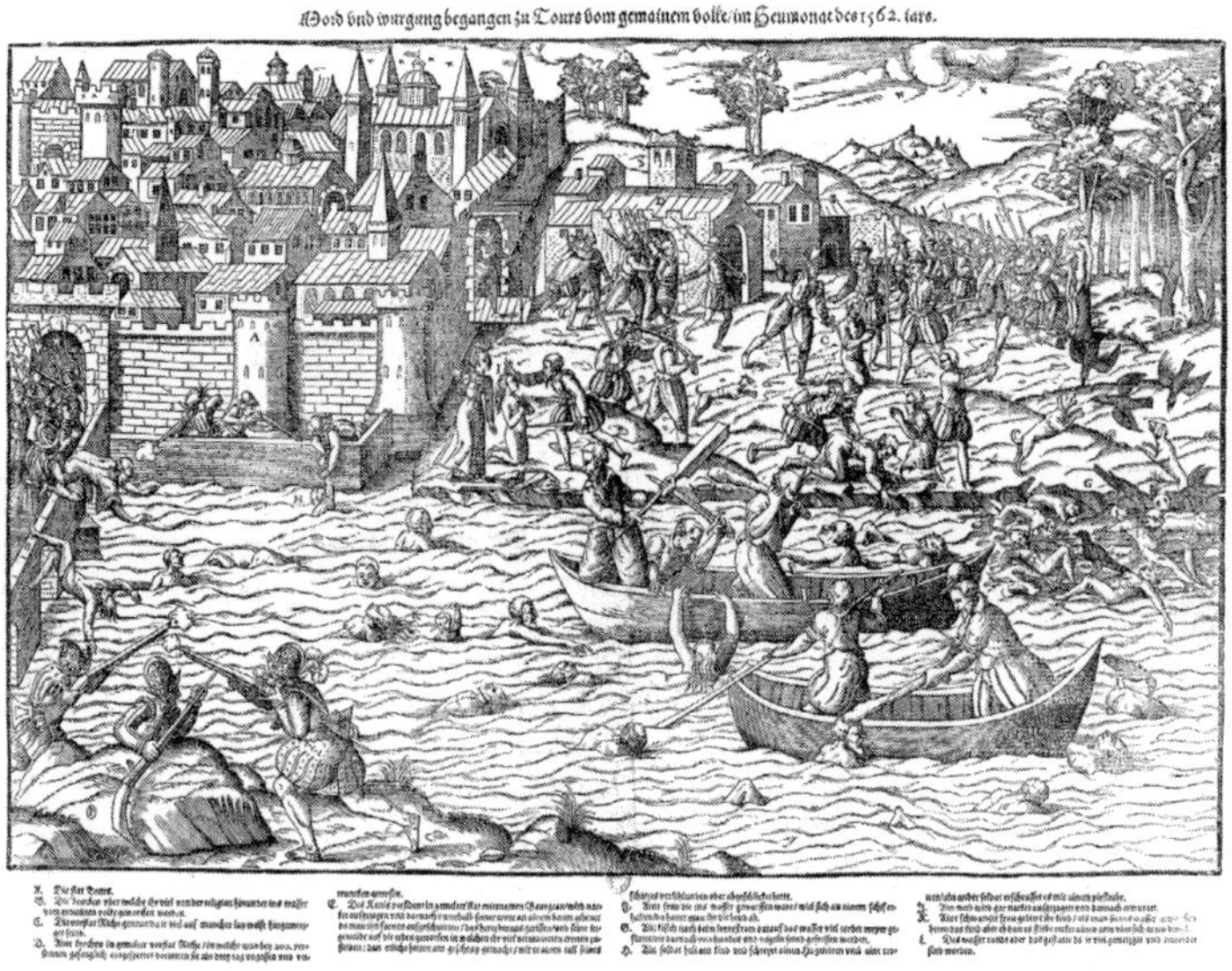

図4　1562年7月、トゥールでの民衆による虐殺（版画14）、フランス国立公文書館パリ館、RESERVE QB-201 (5)-FOL p. 44.

四月一二日サンス（版画12）、一五六二年七月トゥール（版画14、図4）である。処刑は政治的動機に基づくものだったが、虐殺はタイトルや注で「民衆」と記されている無秩序な群衆によるものだ。版画では、極めて無頼かつ野蛮で汚らわしい行動として描かれている。その目的は事件を記憶に留めるだけでなく、むしろ終末論的な意味をそこに与えることだった。

　サンスとトゥールにおける虐殺の描写は、暴力が極限に達したさまを示していると言ってよい。残酷さにおいて人間がいかに悪賢いかが、ヨンヌ川とロワール川に浮かぶ多数の死体を通して強調されている。この二点の版画は一連の拷問場面が集中的とはいわないまでも、かなり盛り込まれている。ダヴィッド・エル・ケンズによれば、「文にしろ絵にしろ、個々の拷問の描写はキリスト教の伝統的な聖人受難の表現と呼応している。大量虐殺の表現も、聖書の『幼児虐殺』［ヘロデ大王が二歳以下の男児を皆殺しにした出来事］を連想させる」。トルトレルとペリッサンの版画は、数年早く出版されたジャン・クレスパンの『殉教者の書 *Histoire des martyrs*』に描かれたような聖人伝的残酷さに通じる部分が多い。サンスの版画では、医師ジャック・イティエの妻が聖アガタのように乳房を切り取られる。トゥールの版画では、評定官ブルジョーの殉教が聖エラスムスの腹裂きの刑を連想させる。これは文と絵で表現され、「同市の王国評定官ブルジョーは裸にされ、腕を木の枝に掛けられた上、胸が切り開かれて心臓と腸が引き出され、地面にほうり投げられた。評定官が財産の一部を飲み込んだとの噂を流した者がいたせいで、お金が出てくると考えた者が多かったからである」。裸の無防備な遺体は、虐殺現場の周りをうろつく犬やカラスにも襲われた。憎しみはとどまるところを知らず、ヴァッシー、さらにトゥールでは子どもや女性にも向けられた。「K.妊婦が出産し、子どもは水に投げ込まれた。子どもは死にぎわに片手を天に突き上げた」。多くの人が祈る姿にも「幼児虐殺」のイメージが重なり、リシャール・ヴェルステガンの版画『残酷劇場（*Théâtre des Cruautés*）』（一五八八年）との共通点が見られる。無差別で盲目的な暴力が一方に偏って行使されるさまは、読者に衝撃を与えて集団的恐怖を生み出すことを目的としている。忘れてならないのは、これらの版画が直近のプロテスタント史の構築を目指していることだ。つまり、まだ傷が癒えておらず、平和も戻っていない時期に出版された速報記事なのである。

こうした事件の残虐性を打ち消すかのように、プロテスタントによる虐殺は「理性的」で厳格に制

図５　1567年10月１日未明、ラングドック地方ニームの虐殺（版画27）。フランス国立公文書館パリ館、RESERVE QB-201 (6)-FOL p. 37.

限されているように見える。つまりカトリックの「無分別な」残酷さが、権利を否定されたプロテスタントの「正当な」残酷さと対比されているかに見える。

一五六七年九月三〇日から一〇月一日の深夜に起きた「ニームの虐殺（ラ・ミシュラード＝聖ミカエルの祝日事件）」（図５）に見るように、プロテスタント側はあくまで不寛容な姿勢に対する報復という形で処刑を行っている。そこに女性や子どもの姿はなく、深夜、人目を避けてノートルダム修道院の広場に集まった男たちだけが登場する。カトリックたちは短剣や剣で殺され、井戸に投げ込まれた。「G.井戸には執政官、弁護士、修道院長、司祭、兵士など三〇～四〇人が投げ込まれた」。暴力があったことは事実だが、民衆兵士たちの節度ある方針に従って、民衆の暴発はないように見える。とはいえ、作者たちが残虐行為と人的被害を少なめに見せていることも確かだ。

「残酷cruauté」の語源をたどると、ラテン語のcrudelisは「血を流す、血を好む」という意味である。トルトレルとペリッサンはこの定義に忠実に、インクも大量に流したと言うべきだろう！　二人のプロテスタント版画家は、平和主義のポーズをとりながら、残虐行為を記録することで事件の解釈を誘導し、イメージの喚起力を利用した。その目的はカトリック教徒をプロテスタンティズムに改宗させることではなく、人々の良心を揺さぶり、暴力の噴出に対して正当な反応を引き起こすことだった。一五七〇年に出版された『四〇点の版画 *Quarante gravures*』は、ぞっとするような光景をならべ、プロテスタントが主たる犠牲者となった出来事に焦点をあてている。党派的で戯画的であるにもかかわらず、この作品が革新的だったのは、画像による報道というジャンルを生み出した点にある。その意味で歴史家にとってかけがえのない資料であり、この時代の常道だった口頭伝承、写本、印刷物を補完するものであることはまちがいない。

付録1　版画一覧

N°	主　題	日　付	場　所	主　題
1	タイトル頁および読者への注意書き			
2	オーギュスタンでの高等法院水曜会議	1559年6月10日	パリ	政治
3	アンリ2世が致命傷を負った馬上槍試合	1559年6月30日	パリ	政治
4	トゥルネル宮でのアンリ2世の死	1559年7月10日	パリ	政治
5	サン＝ジャン＝アン＝グレーヴでのアンヌ・デュ・ブールの火刑	1559年12月21日	パリ	処刑P
6	アンボワーズの陰謀	1560年3月13日-15日	アンボワーズ	政治
7	アンボワーズでの処刑	1560年3月15日	アンボワーズ	処刑P
8	オルレアンでの三部会	1561年1月	オルレアン	政治
9	ポワシー会談	1561年9月9日	ポワシー	政治
10	ケルシー州カオールの大虐殺	1561年11月19日	カオール	虐殺P
11	ヴァッシーの虐殺	1562年3月1日	ヴァッシー	虐殺 P
12	ブルゴーニュ州サンスの虐殺	1562年4月12日	サンス	虐殺 P
13	ドーフィネ州ヴァランスの占領	1562年4月27日	ヴァランス	勝利 P
14	トゥールの虐殺	1562年7月	トゥール	虐殺P
15	フォレ州モンブリゾンの占領	1562年7月14日	モンブリゾン	勝利P
16	ラングドック州サン＝ジルの敗北	1562年9月27日	サン＝ジル	勝利 P
17	ドルーの戦いの布陣	1562年12月19日	ドルー	戦闘
18	ドルーの戦いの第1次突撃	1562年12月19日	ドルー	戦闘
19	ドルーの戦いの第2次突撃	1562年12月19日	ドルー	戦闘

N°	主　題	日　付	場　所	主　題
20	ドルーの戦いの第3次突撃	1562年12月19日	ドルー	戦闘
21	ドルーの戦いの第4次突撃	1562年12月19日	ドルー	戦闘
22	ドルーの戦いの撤退	1562年12月19日	ドルー	勝利C
23	包囲されたオルレアン	1563年2月	オルレアン	勝利C
24	ギーズ公、致命傷を負う	1563年2月18日	サン＝ハイレール＝サン＝メスマン	処刑C
25	オルレアン近郊リル＝オー＝ブッフの和議	1563年3月13日	オルレアン	政治
26	ジャン・ポルトロ・ド・メレの処刑	1563年3月18日	パリ	処刑P
27	ラングドック地方ニームの虐殺	1567年9月30日	ニーム	虐殺 C
28	サン・ドニの戦い	1567年11月10日	サン＝ドニ	勝利 C
29	両フランス軍の会戦	1568年1月6日	コニャ＝リヨンヌ	勝利P
30	シャルトルの町の包囲	1568年2月24日～3月15日	シャルトル	勝利 C
31	フランス両軍の布陣	1569年3月13日	ジャルナック	戦闘
32	フランス両軍の会戦	1569年3月13日	ジャルナック	勝利C
33	ラ・ロッシュでの両軍の会戦	1569年6月25日	ラ・ロッシュ＝ラベイユ	勝利P
34	国王軍に包囲されたポワティエ	1569年7月24日～9月7日	ポワティエ	勝利
35	両軍の布陣	1569年10月3日	モンクール	戦闘
36	モンクールの混乱と敗北	1569年10月3日	モンクール	勝利C
37	国王に包囲されるサン＝ジャン＝ダンジェリー	1569年10月14日～12月2日	サン＝ジャン＝ダンジェリー	勝利
38	ラングドック地方ニーム市の奇襲	1569年11月15日	ニーム	勝利 P

N°	主　題	日　付	場　所	主　題
39	ベリー州ブールジュの攻撃	1569年12月21日	ブールジュ	勝利C
40	両フランス軍の会戦	1570年3月28日	ル・プーザン	勝利P

P＝プロテスタント
C＝カトリック

付録2　版画の地理的分布

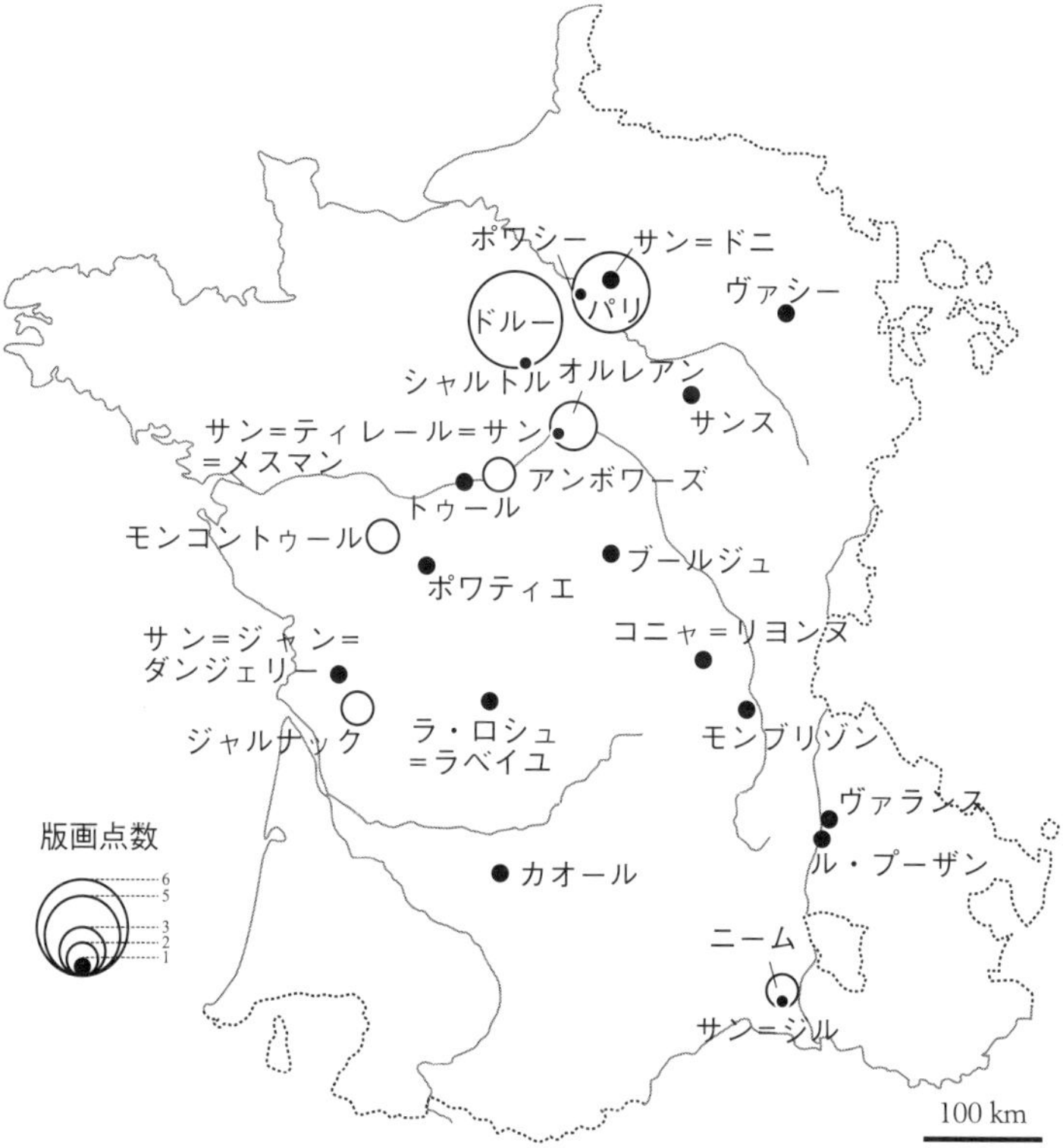

第二部

革命的残虐行為

全体主義的残虐行為へ

6
残虐性の教育効果
ロベスピエールとその派閥の死　一七九四年七月二八日

パトリス・ゲニフェイ

事実

一七九四年七月二七日（共和暦テルミドール九日）の危機は、すでに二カ月以上前からはじまっていた。同年五月七日に、マクシミリアン・ロベスピエールの提案によって、国民公会が〈最高存在〉［ロベスピエールが提唱した従来の宗教を超えた新しい美徳の基礎となる理念。それを市民宗教行事のような形で広めようとした］の崇拝を制定したのだ。この市民宗教が恐怖政治の終焉のはじまりを告げているとみる向きもあったが、革命の目的を抜本的に変えてしまったとみなすこともできた。つまり革命とは、もはや共和国の確立ではなく、美徳による支配であり、もはや制度や社会のありかたではなく道徳を問うためのものとなった、という見解である。つづく六月一〇日に、公安委員会［元は革命政府が危機管理を目的に設けた行政組織だが、ロベスピエールが委員になると権力が拡大し、内政・軍事・経済政策などあらゆる分野を監督し、恐怖政治の司令塔となった」が革命裁判所の手続きを簡略化する共和暦プレリアール二二日法の法律を可決させたことによって、のちに恐怖政治のなかでも〈大恐怖〉と呼ばれる時代の幕が切って落とされ、恐怖政治終焉の希望は無残に打ち砕かれた。

これらの二つの措置は、ロベスピエール派が中心の公安委員会が独裁的な権力を打ち立てる助けにはなったが、すぐさま一連の分裂を引き起こすことになる。委員会の権威を強固にするどころか、失墜につながったのだ。反発は、第一に、国民公会とその組織のひとつであり、本来、革命反対派の弾圧や取り締まりの役割をはたしていた保安委員会［公安委員会との違いは、国民公会に連なる立法組織であることと、国内におけるスパイや反革命派の政治犯の監視と摘発、逮捕が中心の活動であること」内部で広がった。国民公会は、議員に対するあらゆる形の免責の廃止に抗議し、保安委員会は、自身が有名無実化して公安委員会だけに力が集中することを懸念した。第二に、〈最高存在〉の崇拝を導入したあとにつづいた反無神論キャンペーンは、その前年の冬に脱キリスト教政策に賛成したすべての人々の目には、自分たちに向けられた脅威と映った。そうした人々は、革命体制のすべての階層に非常に多く存在していたのである。第三に、フーシェ、バラス、カリエ、タリアンなど、それぞれ派遣された地方でまさしく総督のように独断で任務を行なっていた者たちは、公安委員会のみが権力をにぎる中央集権化がなにをもたらすのだろう、と憂慮していた。最後に、こうしたすべての亀裂につけくわえなければならないものとして、急進的なエベール派と恐怖政治の緩和を主張したダントン派が四月ごろに失脚して以来、ロベスピエールの影響力強化に賛同する一派と反発する一派で公安委員会内部も割れていたことが挙げられる。

七月初め、〈清廉の士〉という異名をとったロベスピエールは、これ見よがしに第一線を退いてみせたが、けっして権力の手綱をゆるめたわけではなかった。彼自身が決定的だと信じた攻勢の準備に専念したのである。共和暦テルミドール八日、西暦では七月二六日の夜、ロベスピエールは、各派が集まるジャコバン・クラブで攻撃に転じた。革命派のなかにいる敵によって新たな陰謀が企てられており、穏便な方法をとろうとする者もいれば、過激なやり方に打ってでようする者もいる、と糾弾し、国民公会に対して、さらには公安・保安両委員会に対して粛清を呼びかけて話をしめくくった。ところが、この演説はあまりにも漠然としていた。そのため、ロベスピエールは軽率にも、国民公会議員の大多数を、彼自身に敵対するように団結させてしまった、と歴史家たちは評している。ロベスピエールの構想では、〈民衆〉こそが、だれが罪人であるかを決め、場合によっては、国民公会に対して必要な圧力をかけて、そうした人々を失脚させることになっていた。二日後の共和暦テルミドール一〇日（七月二八日）に予定されていたエコール・ド・マルス［革命派の子弟に革命教育をほどこす士官学校］の下級生が参加する祭典を、この民衆運動の契機にするつもりだったのかもしれない。また、ロベスピエールは、翌日の共和暦テルミドール九日（七月二七日）の朝に、国民公会の壇上でも、糾弾を再開するつもりだったのだろう。だが、七月二六日の夜から二七日にかけて、身の危険を感じた者たちはいずれもあちこち駆けまわり、一度きりのチャンスで離れ業をやってのけることになる。それまで、脱キリスト教化に反対するロベスピエールの闘争を理由に彼を支持していたデュラン＝マイヤンヌやボワシー・ダングラといった国民公会の右派を引きぬき、味方につけることに成功したのだ。こうしてできあがった、ボワシー・ダングラといった穏健派と、フーシェやバラスといったなにかと処刑という形をとりたがる大量殺戮者との同盟は、不自然であったとはいえ、相応の効果はあった。七月二七日の朝に、ロベスピエールは、自分の声をかき消す「暴君を倒せ！」という叫び声を聞いた。それがどこから発せられているのかに気づいたとき、彼は、この勝負はついたと悟った。話すのをやめ、逮捕にも抵抗しなかった。それから弟のオーギュスタンをはじめ、ルバ、クートン、そしてサン＝ジュストとともに、保安委員会の事務室に身柄を移された。

数時間後、彼らはパリの国民衛兵軍の司令官であったアンリオによっていったん解放されると、パリ市庁舎につれていかれた。パリ自治市会（コミューン）が民衆蜂起を宣言し、市庁舎前に市の各自治区の部隊と大砲を結集させたのである。それからの数時間は、国民公会にとって綱わたりをしているような状態であった。コミューンが大砲を数発でも撃ち込みさえすれば、国民公会側は敗北していただろう。だが、ロベスピエールは、臨時政府の樹立への賛同を拒否し、かたくなに沈黙を守った［かつて法曹界にいたロベスピエールは、少なくともかならず法案を国民公会でとおして法制化するという手順には忠実で、超法規的なクーデターには賛同できなかった］。夜になると、国民公会側は情勢を立て直し、いくつかの部隊を結集することに成功した。レオナール・ブルドンが率いたこれらの部隊は、パリ市庁舎に向かった。コミューン側が集めた部隊にはなにも指令がこなかったので、市庁舎前から退去がはじまった。蜂起側につく者は全員、革命にそむいたとみなす、と国民公会が宣言したことを知ると、コミューン側が集めた部隊のかなりの数が、ロベスピエール派に対して反旗をひるがえし、翌七月二八日午前二時過ぎにはじまった市庁舎襲撃に加担した。サン＝ジュストとクートンは逮捕され、窓から広場に落ちて足を骨折したオーギュスタンは、そこで捕まった。ルバは自殺した。一方、顔面を銃で撃たれたロベスピエールの顎は砕けた。ロベスピエールが自殺をはかったのか、だれに撃たれたのかは、永遠に謎のままだ。そのあと午前中に、衛兵が銃剣で掃きだめをかきまわした結果、そのなかに隠れていたアンリオを発見した。

こうして捕らえられた数十名は、ある者は公安委員会に、ある者は施療院に、あるいはコンシェルジュリー［革命期は監獄として使われた］に連行された。ロベスピエールは、かつてあれほど多くの文書命令に署名した公安委員会のテーブルの上に陳列された。午後四時ごろ、まさにロベスピエール派が牛耳っていた革命裁判所で、ロベスピエールと彼の派閥の四名の議員、その他一七名の被告を裁くための審議がはじまった。かつてロベスピエール派が通過させたプレリアール二二日法によって、簡単な人定質問のみで弁論はないまま、全員が死刑を宣告された。刑はその日のうちに執行された。ロベスピエールは、ほぼ意識を失ったまま、最後に順番がまわってきたパリ市長フルーリオ＝レスコーの直前に断頭台に運ばれている。翌日の七月二九日、彼らとは別に、大多数がパリ自治市会議員であった七一名の被告が処刑された。その日はフランス革命史上最多の、集団処刑数を誇ることになる。七月三〇日には一二名がさらに処刑された。この血祭りに対する人々の嫌悪がきわまったために、処刑はこれでやめになった。

残虐性

この事件のどこに残虐性があるのかを考えてみよう。七月二八日から三〇日のあいだに革命広場でギロチンにかけられた人数がきわだって多いとしても、しばらく前から、処刑人はとても暇だとはいえない状態だった。六月一〇日からおよそ一四〇〇名の死刑執行を行なったのだから。単純計算で週に約二〇〇人のペースである。七月七日、処刑人サンソンは六〇人の死刑囚をギロチンにかけた。九日は四八人、翌一〇日は三八人、七月二三日には四六人、二四日と二五日にそれぞれ二五人、ロベスピエールが失脚した前日である二六日も同じく二五人が処刑された。ちなみに、前年の一七九三年一〇月三一日には、二〇名のジロンド派〔穏健派。王政廃止には賛成だったが、国王の処刑には消極的だった〕が処刑されることになっていたが、六人の息の根を止めたあと延期になっている。というのも、死刑台が血であまりに滑りやすくなっていたため、もはや処刑人と助手は執行をつづけられなかったからだ。ならば、七一名の処刑がどんなようすだったのかは想像がつくだろう。それでも、残虐性が〈一度に処刑する人数が増加した〉ことにあるとはいえ、それが残虐であった理由はギロチンという処刑方法ではない。ギロチンはまさに、アンシャン・レジーム下での刑罰や拷問に特徴的だった残酷さからの決別として導入された処刑法であった。つまり、フランス革命における残虐行為のレパートリーは多岐にわたるが、ギロチンはそれにはふくまれていない。残虐行為としてよく知られた事例を少しだけあげよう。一七八九年七月一四日にバスティーユ襲撃の一環で集団リンチが起きたのも例のひとつであるが、同年一〇月六日のヴェルサイユ襲撃では、国王夫妻をパリにつれもどすために乗せた馬車の扉に、王室衛兵の首がいくつかぶら下がっているようなありさまだった。一七九一年一〇月一六日に、アヴィニョンでジャコバン派のレキュイエが撲殺され、女性たちがその唇をハサミで切り落としたが、そのあとに報復として今度は王党派への大虐殺が行なわれた。一七九二年八月一〇日のテュイルリー宮殿襲撃事件でのスイス人傭兵殺害、同年の九月虐殺〔外国軍がパリに迫っていたころ、不安にかられたパリ市民が監獄を襲い、反革命派と疑われる人々を数多く殺害した事件」において、ランバル公妃［マリー・アントワネットの寵臣］の遺体に対してくわえられた暴虐の数々、ナントで集団溺死刑を実行した人々やヴァンデの反乱を鎮圧した〈地獄部隊〉による残虐行為、共和暦三年プレリアール一日（一七九五年五月二〇日）に議員のフェローが斬首され、パリの暴徒が、その日国民公会議長をつとめたボワシー・ダングラの目の前にその首をつきつけた事件などが起きている。

これらの事件はいずれも残虐性がきわだっているが、かならずしも革命との関連性は明らかではない。残酷さは革命がきっかけとなり、革命がそうすることを可能にし、誘発したことはたしかであるが、それですべての説明はつかないだろう。集団リンチ行為を思い浮かべてみても、多くの場合、こうした残酷な暴力行為の形態は、革命時代よりもずっと昔に歴史をさかのぼる。群衆による暴力は、一七八九年にはじまったわけではない。たとえば一六世紀のユグノー戦争における、おびただしい数の残酷な描写は、フランス革命年代記が、ほぼそっくりに再現しているようにもみえる。つまり、動機は違っていても、形態は似ているのだ。一方で、文脈としては似かよっている。権威の衰退、規範の消滅、噂や恐怖の支配――いかにそれらが集団の蛮行を誘発し、激化させやすいかは知ってのとおりだ。アラン・コルバンは『人喰いの村』［石井洋二郎・石井啓子訳、藤原書店、一九九七年］で、一八七〇年八月に起きた集団リンチにかんして、なにが原動力になったのかを分析しているが、その先行事例はユグノー戦争さなかの一五九〇年ごろにも、一七八九年からの革命時代にもみられる。

フランス革命がはじまり、数か月のうちから社会を支配していた内戦の風潮は、それ自体が残虐性をはらんでいたのはたしかである。内戦におけるこうした現象はよく知られている。同胞どうし、隣人どうし、親戚どうし、友人どうしを戦わせ、家族まで二分する。敵に対する反感や憎悪が、交戦国のあいだの距離によって緩和される従来の紛争とは異なり、内戦では、逆に対立する者どうしの距離が近いために暴力性が頂点に達する。近しければ近しいほど、憎悪は強くなる。憎悪以上に強くなるのが、同胞でありながら敵対している、いわば〈もうひとりの自分〉と戦い、殺してしまえるように、その〈もうひとりの自分〉を不倶戴天《ふぐたいてん》の敵に変えてしまおうという意志だ。内戦とは、宗教やイデオロギーが絡んでくればなおさら、友情や同胞意識、人間性の絆によってそれまでは結びつけられた者たちが冷酷になり、すべての絆を破壊することを意味する。いや、むしろそれらの破壊を強《し》いるのである。

フランス革命と極刑の残虐性

一七九三年三月に、ダントンが革命裁判所を設置させたときの彼の言葉は知られているとおりだ。「民衆が恐ろしい存在にならないよう、われわれが恐ろしくなろうぞ！」。民衆が監獄に押しかけ、収容者をほぼ皆殺しにした九月虐殺［一七九二年九月］の再来が懸念されるなか、国民公会としては、民衆が司法にとって代わる殺戮は避けたいが民衆の怒りにある程度は迎合する必要に迫られ、フランス革命の〈敵〉に対する暴力を、残虐性はできるだけ抜きにした形で継続するのを受け入れたのである。たしかに革命裁判所の運営は、少なくとも一七九四年六月に採択されたプレリアール二二日法までは、当初ダントンが意図していたような残虐性抜きの〈正当な司法手続き〉の遂行に完全には反していなかった。被告の半数近くは無罪放免になったからだ。九月虐殺に対する嫌悪感は、国民公会内にはじめての大きな意見対立をまきおこした。少数派は、革命下の祖国が覆される危機がある以上、仕方がないとして暴力を正当化したが、多数派は革命に期待された道徳心の強化に反するとして暴力の野蛮さを糾弾した。この議論が生煮えで終わるのは、やがてルイ一六世処刑の是非を問う白熱した議論〔一七九二年一二月〜九三年一月〕に、議員たちが集中せざるをえなかったからだ。そもそも革命家たちは当初、アンシャン・レジームの刑罰制度における残酷さを非難し、それを和らげるべく改革を実行しようとしていた。アンシャン・レジーム時代、残虐性は〈罰の経済〉〔一九七五年にミシェル・フーコーが自著『監獄の誕生：監視と処罰』（田村俶訳、新潮社、二〇二〇年など）で使用した言葉で、社会がどのような刑罰をもちいて、いかに人々を管理し秩序を保とうとするかをさしている〕と切り離すことができなかった。ルイ一五世暗殺未遂のかどでロベール＝フランソワ・ダミアンに対して一七五七年三月二八日に執行された極刑は、当時の処刑方法のなかでももっとも残酷なものの象徴として、いまも語り継がれている。おそらくその残酷な光景は、処刑人たちの力量不足のせいで、さらにひどいものになっていたのだろう（ちなみにこの不幸な男のまわりには一〇人ほどの処刑人がいた）。彼らは何時間ものあいだ、どうしても死刑囚を八つ裂き〔四肢をそれぞれ馬や牛などにつないで引っ張らせてちぎり切る処刑法〕にすることができず、最終的に、胴体から切り離すために胴と四肢のあいだに半分切り込みを入れなければならなかった。ダミアンは自分の身体の残された部分、すなわち胴体と頭を火に投げ込まれたときでさえ、まだ息があったといわれている。

ミシェル・フーコーの『監獄の誕生』について長々と言及する必要はあるまい。犯罪と刑罰の問題をつきつめた研究書として、この著作をしのぐものは未だにない。フーコーは、犯人に罪をつぐなわせたいという思いから、犯した罪の重さに比例した量の苦痛をその囚人の身体にあたえようとしたことが、いかほどまでに処刑のきわみにつながったのかを明らかにした。犯人は、自分の肉体をもってして罪をつぐなわねばならないのだ。さらにその死は、賠償としての価値を高めるために、多少なりとも長いあいだ、極度の苦痛をともなわなければならなかった。というのも、極刑の第一の機能とは、その犯罪によって乱された秩序を回復することだからだ。カトリック思想家で王党派・反革命主義者だったジョゼフ・ド・メーストルは「この世から処刑人を追い出せば、一瞬にして秩序は混沌と化し、王家は破滅の道をたどり、社会は消滅する」と語っている。そのうえ、極刑の目的とは、それを見物しにやって来る人々を恐怖におとしいれて、教育することであった。罪ほろぼしやつぐないの仕方を見せ、大衆への教育と犯罪防止をはかることなどが、こうした演出がかった極刑を公開する主要な機能であったが、じつのところ大衆は夢中になって見たのである。ダミアンの処刑については、刑場が一望できる窓から見物したというカサノヴァが、滑稽で、かつ皮肉な筆致で描写している。

ヴォルテールやベッカリーア［一八世紀にイタリア人のベッカリーアが拷問や極刑に反対した著書『犯罪と刑罰』がフランス語訳されたときに、ヴォルテールがその注釈本を出している］以来、啓蒙時代の改革家たちは、カサノヴァが描写した人々のように残酷な処刑を面白がる精神をもちあわせていなかった。啓蒙思想主義者のだれひとりとして、死刑そのものに異議を唱える者はいなかったが、もはやこれまでのような過剰な演出をほどこすやり方ではなく、なによりも痛みを軽減する方向で行なわれるべきだと主張した。ある種の厳格な実利主義、つまり効率を重視した啓蒙主義者たちは、次のような考察にいたった。極刑によって社会からその構成員の一部を切り離すことは、社会の利益になり、社会の権利といえるが、それは外科的な処置に徹するべきである。生命の剥奪行為は、それだけでじゅうぶんに極端な刑罰だ。ゆえに、その前置きとして残酷な責め苦を負わせる必要はない。そうした行為はむしろ、恐怖をあたえて犯罪の再発を防止するどころか、道徳観の劣化を助長する。啓蒙思想を信奉する改革派は、カサノヴァによるダミアン処刑の描写を読んではいなかったが、拷問のうえでの処刑が庶民を改心させるのではなく、むしろ興奮させる効果のほうが高いとわかっていたのだ。極刑には伝統的に、罪人にとっての罪ほろぼしと大衆への教育効果という二つの側面があるとみなされていた。だが啓蒙思想家たちはこの二つを退《しりぞ》け、罪人を排除することによって社会を守る効果のみを極刑に認めた。たとえば一八世紀の法学者ミュイヤール・ド・ヴーグランのような、伝統的な極刑の非常にまれな擁護者たちは、おぞましい刑罰を見せつけることなく、罪を犯すことに対する恐怖を大衆の頭にたたき込むのは不可能だとくり返し主張したが、啓蒙主義の登場以来、その意見が耳を傾けられることはなかった。当時の社会をつつんでいた人道主義的な感情と、カラス事件［一八世紀フランスの冤罪事件。商人ジャン・カラスが拷問処刑されたのち、疑問をもったヴォルテールが介入し、再審された末、無罪となり、遺族が補償を受けた］という、司法によるかなり明らかなミスが影響をおよぼしていたからだ。その後、ジョゼフ・ド・メーストルだけが、極刑にともなう激しい暴力には神聖な性格があるとしてあえて擁護したが、純粋に実利主義的なアプローチが勝利をおさめた。一七八八年、すなわちフランス革命の前に、〈死刑執行そのものに先立つ拷問〉は廃止され、啓蒙思想にもとづく改革論者たちの主張が認められたのである。

司法制度の改革が議論されていたさい、死刑廃止派のアドリアン・デュポール［フランス革命時の穏健なフィヤン派。ルイ一六世の死刑に反対した」やロベスピエールは、大衆への戒《いまし》めとしての死刑のありかたを糾弾した。二人とも一八世紀の改革派の主張に、自らの主張をただ重ねるのではなく先鋭化させていた。これは、革命による変革を進めるうえでの勢いをつけるものであった。憲法制定国民議会［一七八九年七月に三部会から第三身分がわかれてつくった議会。国民公会の前身］は、死刑の対象になる犯罪の範囲を縮小し、死刑宣告のために必要な定足数を増やし、死刑執行と残虐行為を切り離す手段を模索しはじめた。

ギロチン導入にいたる経緯はあまりにも知られているので、ここで詳細は割愛する。斬首が選択された理由はわかりやすい。もともと絞首刑は、その性質からしても、それまで貴族の特権であった斬首刑よりも早く死にいたることができないので、評判が悪かった。一七八九年一二月一日、憲法制定国民議会で議員たちは、医師で議員であったギヨタン博士いわく〈問題をすべて解決する道具〉を、彼自身が紹介するのを聞いた。「みなさん、わたくしが提案するような器械を使えば、一切の苦痛を感じさせないまま、首を瞬時に斬り飛ばすことができます！」そしてギヨタンは、罪人は「首に冷んやりする感覚」しか覚えないとつけくわえた。この医師による善意の提案は、議員たちの笑いを誘い、裁決は先送りされた。実際、死刑執行方法にかんする問題は一七九二年三月まで保留にされたまま、死刑を宣告された者たちはみな、平民向けの刑罰とされてきた絞首刑に処されつづけた。この理由だけでも斬首刑が議会の支持を得ても当然であったが、それでも導入に対する躊躇《ちゅうちょ》があり、議論がつづいた。ようやく、一七九一年六月一日に憲法制定国民議会は、死刑廃止派の動議を否決したうえで、ギヨタンの提案した器械は採用しなかったものの、斬首刑の導入を可決するという決断をした。そして議会は死刑執行人に向かって、報告を求めた。すでに老年にさしかかっていたシャルル＝アンリ・サンソンは、ダミアンのもはや屠殺と形容すべき極刑の執行後に、自分が投獄されたことがあったのを忘れておらず、また斧《おの》や剣《つるぎ》のあつかいもさほど得意ではなかったので、ギヨタンの提案をもちだした。なお、ギヨタン自身は、自分の〈発明〉——じつは、すでにドイツで使われていた——について、もはやあれこれ言われたくなかったために表舞台に出ようとせず、外科学会の終身書記が一七九二年三月二〇日に「斬首の方法についての意見書」を提出した。それから一カ月後、断頭台は、強盗罪に問われたペルティエという男の首を斬るために、市庁舎前のグレーヴ広場に設置された。

全員が、これこそ改革派がそれはもう長いあいだ夢見ていた〈哲学的な〉処刑だ、と思った。受刑者にとっては、苦しむ暇すらないという意味で人道的であるのと同時に、処刑人にとっても人道的であった。なぜならギヨタン博士の器械の機能のおかげで、器械が単に死をもたらすだけの道具になったため、処刑人はごくふつうの国家公務員になったからである。そして、民衆にとっては、死刑が公開のままであるとはいえ、もはや罪人の、遅々として進まぬ終わりの見えない苦しみをまのあたりにするのではなく、一瞬の、したがってほぼ目に見えない死を見るだけになったという意味で人道的であった。見物人には、なにも見えないか、ほんのわずかしか見えないのである。処刑人と助手たちは、断頭台で起きていることの大部分を隠していた。見物人が近くに来るのを阻止するために、衛兵が非常線を張っていたので、群衆から断頭台は隔離されていた。医学者・哲学者のカバニスは当時これを歓迎し、『ギロチンという極刑についての覚え書き』に次のように書いた。「見物人たちはなにも見ない。彼らにとっては悲劇もなく、心を揺さぶられる時間もない」。だとすれば、極刑における唯一の目的として、ただ社会から有害な者を切り離すことになっただろうか？　そこには、刑罰に対する恐怖を吹きこむという意図はまったくなかったというのだろうか？　死刑執行は、あまりにも洗練されてしまったために、あらゆる意味を失ってしまった――というより、もし死刑囚が二度、大衆の憎しみにさらされる機会がなければ、完全に意味を失っていただろう。一度目は、革命裁判所が置かれたパレ・ド・ジュスティスから断頭台までの移動である。断頭台はやがて市庁舎前のグレーヴ広場でなく革命広場［現在のコンコルド広場］に、そして恐怖政治の末期には国民広場《ナシオン》に置かれるようになった。二度目は、刑が執行されると、処刑人が死刑囚の頭部を持ち上げて見せつけるときである。

アンシャン・レジーム時代には、〈残酷劇場〉として拷問のように残酷な処刑がごくふつうの行為として行なわれていた。革命法によってそれが禁止されるようになったが、その〈残酷劇場〉がフランス革命のそのときどきに、きわだって暴力的な虐殺行為という形で突如として出現したのは注目に値する。前述のアヴィニョンのレキュイエは、女性たちに唇を切り落とされることで冒瀆的な言動の罪をつぐない、ランバル公妃は腹を裂かれて、四肢をバラバラに切断されたうえで、監獄として使用されていたタンプル塔までパリの通りという通りを引きまわされた。そしてタンプル塔に幽閉されていた王妃はもう少しで、二人の噂された同性愛への当てこすりとして、公妃の屍《しかばね》にキスすることを強要されるところだった。

むろん、フランス革命時のギロチンの歴史をふりかえれば、それを採用した人々の目論見《もくろみ》ははずれた。大衆はかならずしも、それどころか往々にして必要とされる厳粛さをもちあわせていたわけでもなく、処刑人も器械をあやつる技術がかならずしもともなっていたわけではなく、器械も想定していたほどには完璧に機能したわけでもなかった。ときには器械が故障し、ギロチンの刃で半分行なわれた作業を、短刀で終わらせなければならなかった。事故も起きた。たとえばサンソンの助手をしていた息子のひとりが、血まみれの断頭台で足を滑らせて、転落死した日もあった。死刑囚の往生際が悪いこともあれば、大衆もやかましかった。慈悲を請い、あるいは完全に冷静さを失いながら断頭台への階段を上っていく罪人に、大衆は野次を浴びせたのだ。自分たちにとって歴代の偶像《アイドル》であったバイイ、エベール、ダントンをさんざん罵倒し、エベールの処刑時にいたっては、首を固定する穴から眺める光景を彼の脳裏に焼きつけるため、処刑人にしばし待つよう強要した。その一方で、「なにも気にすることなく死んだ」ブリソ［ジロンド派の文筆家］には敬意が払われ、最期まで誇り高き態度を崩さなかったロラン夫人［ジロンド派の政治家。「自由よ、汝の名においていかに多くの罪が犯されたことか！」という言葉が有名］に群衆は感銘を受けたといわれている。サンソンの助手は、正しいことをしているつもりだったのだろう、マラーを暗殺したシャルロット・コルデーの断首された頭部をひっぱたいたときは大きな非難の声を浴びたという。つまるところ、断頭刑は見世物であった。しかも一回しか上演されない以上、最高のスペクタルだった。ロベスピエールの処刑にいたっては、見物人のなかのひとりが、冷やかしで「もう一回」とアンコールを求めたほどだった。

ロベスピエール　〈暴君〉から〈国王〉へ

このように、いくつかの曲折はあったとはいえ、一七九二年に採択された斬首刑の手法により、フランス革命はアンシャン・レジームの処刑の伝統と完全に決別した。だが、共和暦テルミドール一〇日（七月二八日）に行なわれたロベスピエールと彼の派閥の処刑は、革命が廃止したものを例外的に復活させたのではないかと思えるほど、多くの点で作法からはずれており、それがゆえにいっそう興味深い。そのことを理解するためにも、少し時計の針を巻き戻す必要がある。処刑前日の共和暦テルミドール九日（七月二七日）——勝利がどちらの陣営に転ぶのかわからない潮日が幾度もあったあの一日にさかのぼることにしよう。

知ってのとおり、フランス革命の革命家たちは、決断をくだすことよりも、自分たちの決断を正当化することに、はるかに多くの時間をかけてきた。革命の正当な教義にかなう言葉で説明され、提示されないかぎり、理にかなっているとはまったくみなされない。つまり、実力そのものよりも、ありえないおとぎ話のような理屈が、一連の流れの方向を決定的にしたいちばんの要因だった。たとえば、ジロンド派が計画したというフランス解体計画などというものを、だれが真に受けるというのだろう？　だが、この根拠のない糾弾が、ジロンド派を断頭台に送りこんだのである。では、ダントンがアンシャン・レジームに戻したいと望んでいたという話をだれが真に受けるのか？　「神の母」だという自称預言者のカトリーヌ・テオは、ロベスピエールが〈最高存在〉の代理人であると言いだして逮捕された。保安委員会は、この一から十までたわごととしか言いようがないできごとでロベスピエールの評判を傷つけようと目論《もくろ》み、彼女を断頭台に送りこむというばかげた筋書きをつくった。それにそって、革命裁判所検事のフキエ＝タンヴィルは、残酷であるのと同時にあまりに不条理な告発を行なったわけだが、それをだれが真に受けるのだろうか？　だが、フランス革命においては、言葉は事実におとらず重要であった。

共和暦テルミドール九日でも同じことが起きた。パリ自治市会（コミューン）と国民公会の動きが活発になり、双方とも、いまや対立が避けられなくなることを予期して、軍事力を結集させようとした。その一方で、その日は、演説を行なったり、報告書を作成したり、議員たちに面会したりと過ぎていく。事態が展開するにつれて、多くの言説がうねりとなり、この危機的状況をいかに収拾するかが模索され、それを正当化するための公式解釈が徐々に練り上げられた。

国民公会の壇上で、ロベスピエールが話をさえぎられたのは「暴君を倒せ！」という一同の叫び声であった。その日一日をとおして、ロベスピエールの政敵は、彼を支持者たちから孤立させようとつとめた。支持者にとっては、これまで大いに彼の発言や決定に対して喝采を送り、賛同してきたため、民衆のいちばんの擁護者とみなされていたロベスピエールが、いきなり、その同じ民衆のいちばんの敵になってしまうのは受け入れがたいとみたからだ。なによりも急を要したのは、国民公会が、暴君あるいは独裁者、はたまた専制君主による自由の侵害計画を阻止すべく、全会一致で立ち上がったというふうに強く思わせることだった。カンボン［右派のジロンド派と左派のジャコバン派のあいだで中道だった平原派の一員。ロベスピエールとの対立が多かった］は「すべての真実を語るときが来た！　ある男がひとりで、国民公会の意志を麻痺させている」と声高に言った。一方でロベスピエールよりも急進的だった議員のアマールは、その日一日、人々が尾ひれをつけていくことになる、まことに使い勝手のよい名言を吐いた。ロベスピエールが「万人が占めるべき地位」につき、民衆自身のものであるゆえに集団的であるべき権威、すなわち主権を簒奪《さんだつ》した、と言いだしたのだ。古代ローマ時代、キケロに弾劾されたカティリナによる陰謀未遂事件を連想しないわけにはいかない。キケロの激烈なカティリナ弾劾演説は、ロベスピエールを攻撃する議員たちの饒舌かつ雄弁の手本としてぴったりだった。ロベスピエールが政府をのっとり、同僚たちを抹殺しようとたくらんでいる、と言ったかと思えば、彼が民衆の主権を剥奪しようと望んだ、と決めつけた。国民公会の外では、パリ自治市会（コミューン）まわりの状況が緊張すればするほど、そして、ロベスピエール派が国民公会よりも支持者を集めていると思われれば思われるほど、形勢を逆転できるインパクトのある論法に頼る必要があった。

ここでなによりも興味深い点は、「国民公会の方針にそぐわない者は例外なく法の枠外に置く、つまり裁判なしで処刑する」とバラスが宣言するだけで、コミューンから擁護者を引きはがせたことである。にもかかわらず、公安委員会、保安委員会、そして国民公会も、ロベスピエールがみずから国王になることを計画し、タンプル塔に幽閉中のルイ一六世の娘と結婚まで考えている、という荒唐無稽な物語を綿密につくりあげた。なにをもって証拠にしたかといえば、百合の紋章である。フランス王家の象徴が〈清廉の士〉のマットレスの下に隠されているのを発見したと主張し、その紋章を国民公会で見せびらかしたのだ。暴君になるのを望むことが極刑に値する罪であるならば、〈新たなカティリナ〉がみずから玉座に就くために王権復古を望むのはさらに悪い。この新カティリナは、真夜中を過ぎたころに〈新たなクロムウェル〉に変貌した［平民出身のオリバー・クロムウェルは一七世紀イングランドで約一〇年間つづいた共和政時代に護国卿になって実権をにぎり、その権力を息子リチャードに引き継いだ］。バラスはのちに、この戦略の理由を次のように説明している。

ロベスピエールが暴君であると民衆に納得させるのは、彼をかつての王政のイメージと結びつける以外に不可能だった［中略］。民衆の知力に合わせるためにも、具体的に感覚に訴えるなにかが必要だった。民衆の擁護者を自認していた人物を日々褒め称えていた民衆が、その人物はわれわれが今日呼ぶところの自由の敵であり、抑圧者で暴君であることを理解できるわけがない。これを民衆の想像力に訴えかけてただちに理解させるのは簡単ではなく、この暴君は裏切り者で、共和国の敵、すなわち、かつての王族やその一族と手を組んでおり、だからこそ卑劣な暴君なのだと語るほかなかった。極悪人という言葉に裏切り者という言葉がくわわることによって、すべてが理解され、説明がつく。そこではじめて民衆を味方につけることが期待できる。

ここでバラスが語らなかったことを、ほかの者たちが断言している。結局、裏切り者とはだれだったのか？　民衆に媚びへつらいつつ、民衆と彼らから正当に選ばれた議員を対立させることによって民衆の主権を奪いとろうとしたというロベスピエールなのか、あるいは、彼に対して称賛と喝采を送ることによって、ロベスピエールにそのような計画を思いつかせた民衆自身なのか？　これらの無知な人々に〈清廉の士〉の極悪さを納得させなければならなかったが、民衆は少なくとも自分自身の隷属化にどのくらいまで加担していたのだろう？　共和国の救済のためには、ロベスピエールと彼のとりまきたちの死は不可欠であったが、民衆があやまちを犯していたことを当の民衆に知らせ、それを正すのも同様に必要だった。「ロベスピエールの権力の真の源《みなもと》は世論であった」と、バレール・ド・ヴュザック［ルイ一六世裁判の裁判長。公安委員会でロベスピエールと恐怖政治を行なったひとりだが、ロベスピエール打倒に加わった」は、その翌日に述べている。たしかに世論は操作されていたが、民衆はだまされやすく、依然として〈王党派〉であったために、ひとりの人間が共和国を体現しているという論調になれば、すぐにでも同調しかねなかった。ルイ一六世の処刑は王朝を滅ぼしたが、人々が心に描きつづけていた王権が象徴するものを完全に破壊したわけではなかった。フランス国民は、共和国の理念の水準には達していなかった。彼らは共和国の本質である非人格性を理解することができず、敏腕な男が登場するやいなや、かつて国王のまわりに集《つど》ったように、彼を慕った。そして、投獄されたロベスピエールと彼の派閥が刑に処されるときがやってきた。だが、暴君への極刑をとおして批判の対象になっていたのは、じつは民衆であった。のちにバレール・ド・ヴュザックが述べるように、この未熟な民衆は「いかなる人間も祖国と比べればとるにたらない存在であり、自由はいかなる特権も贔屓《ひいき》も認めない」という根本的な原則を忘れていたか、あるいはまったく理解していなかったのだ。

ルイ十六世が処刑された日の再現

共和暦テルミドール一〇日は、きわめて特異な一日だった。その翌日、革命時代に発行されていた新聞のひとつである「ジュルナル・ユニヴェルセル」には「ロベスピエールは死ぬのに時間がかかった」と書かれている。苦しみをとりのぞくために処刑を一瞬で終わらせることが、改革家たちのおもな要求のひとつであったことを思い起こせば、奇妙な報道である。そして実際、ロベスピエールは、長い時間をかけて死んだのである。というのも、拘束されてから死刑が執行されるまで一七時間かかっているからだ。その一七時間、ロベスピエールは、常に民衆の目にさらされつづけた。公安委員会に連行され、審議室のテーブルの上に横たえられた。その日、委員会の各室は解放され、入りたければだれでも入ることができたので、〈怪物〉を見て馬鹿にし、侮辱し、あるいは、紙を差しだして彼の口からしたたり落ちる血を吸いとろうとする野次馬の列がたえなかった。日中には医師が二人診察に来たが、治療のためではなく、処刑前にロベスピエールが死んでしまわぬように確認するためだった。

国民公会は、当時国民《ナシオン》広場の市門に置かれていた断頭台を解体し、一七九三年一月二一日にルイ一六世が首を斬られたまさしくその場所である革命広場に、組み立てなおすことを決めていた。なお、同様の例をあげるならば、一七九三年、元パリ市長のバイイを処刑するために、ギロチンが例外的に士官学校のあったシャン＝ド＝マルスに移されたことがある。一七九一年七月一七日にバイイが共和政を求めるデモ隊に向かって衛兵に発砲させたのが、まさにその場所だったからだ。一七九四年の場合、ルイ一六世というかつての〈暴君〉と新しい〈暴君〉ロベスピエールをならべて比較して、いずれも人民から主権を簒奪した者であると明確にすることが目的だった。

革命裁判所への出廷は、たんに形式的なものだった。サン＝ジュストは、国民公会が彼の逮捕を決定してから一切口を開かず、彼以外に逮捕された者は全員、話すこと自体ができなかった。ロベスピエールの弟のオーギュスタンは、意識不明も同然にみえた。もともと車椅子を使う身体障碍者だったうえに、市庁舎の階段の上から突き落とされ、街路や路地を引きずり回されたクートンもしかりだった。また、アンリオは、えぐり出された眼球をほおにぶら下げながら自身の審判に立ち会っている。

判決を受けた人々は、持ち上げられて護送用の荷馬車に運ばれて、民衆が見世物をなにひとつ見逃さないように、荷枠の側板にくくりつけられた。こうして一行は革命広場に向かうことになったが、ロベスピエールの自宅のあるサン＝トノレ通りを経由していった。彼の自宅前で停車する予定だったからだ。そこでは、血で満たされたバケツを持ったひとりの子どもが待っており、その血をロベスピエールの自宅の外壁にぶちまけた。怒号や罵声を浴びせ、唾を吐き捨てる人々であふれていた。あの日、見世物を演じさせられていた死刑囚たちは、役者としての水準に達していなかったといえる。彼らはなにも言わず、なにが起こっているのか、もはや理解すらできていないようにみえた。それもそのはず、サン＝ジュストをのぞけば、彼らは全員、自力では動けず、断頭台まで運ばれなければならなかったからだ。処刑人はアンリオのぶら下がっていた眼球を引きぬかざるをえないと考え、そしてロベスピエールの順番が来たときには、彼の割れた顎をしかるべき位置に固定していた布をはぎとった。だが、そこには残酷な意図はなかった。サンソンはただ、ギロチンの刃が布に引っかかることをおそれていたのだ。処刑人が最初の集団刑死者二二人の首を見物人に見せ終わると、死体は荷馬車に乗せられ、ミロメニル通りを経由してエランシ墓穴に運ばれた。遺体の胴体と頭部は別々の場所に、生石灰をかけて埋められた。

この見世物の上演のあいだ、処刑の機能は、アンシャン・レジーム時代のそれに戻ってしまったのではないだろうか？　新聞各紙の報道を読むとそのようだ。死刑囚は息が絶える前に、自分の肉体をもって罪ほろぼしをし、共和国を転覆させようとした者たちへの恐ろしい拷問的な行為により、共和国の恨みはそそがれた。民衆自身は、このおぞましい光景をまのあたりにし、〈偶像崇拝〉から悔い改めた。偶像崇拝さえなければ、共和制は危機に瀕《ひん》することはなかっただろうに…。罪ほろぼし、つぐない、教育効果——共和暦テルミドール一〇日に行なわれた目を覆いたくなるような極刑は、ルイ一六世の処刑の改訂版のようだった。なお、ロベスピエールとは反対に、ルイ一六世の処刑は、憲法制定国民議会が採択した処刑にかんする原則にのっとって執行されている。国王は閉めきった箱馬車で革命広場まで移動した。受刑者の身分の高さのおかげで、追加の演出は不要だったからだ。ロベスピエールの場合は同じようにはならなかった。彼の〈国王らしさ〉を証明しなければならなかった。こうして暴君は絶命し、民衆は教訓を得た。

なにも目的をはたさなかった教訓

ロベスピエールの死も、想定されていたとおりに恐怖をあたえる行為であった。専制的な暴君を打倒したあとも、非常政治体制を終わらせてはならないとして、その闘争が継続されるべく、体制の浄化が進んだ。たしかに、エリート指導者集団は、春からの粛清による人材消失に歯止めをかけるために、すぐさま一連の対策を導入した。だが、ずっと以前より暴力的な体制の終焉を望んでいた者たちは、「革命政府は存続する」との政令によって冷や水を浴びせられた。テルミドール事件の舞台となった国民公会は、司法のありかたを組上《そじょう》にのせることを、なかなか決定しようとしなかった。恐怖政治はつづくことになった。これは、マキャヴェッリが『君主論』の第七章で言及したエピソードを連想させる。チェーザレ・ボルジアは、ロマーニャ地方が「小さな窃盗から強盗、それだけでなくありとあらゆる悪行」に満ちているのを見て、「残酷で手際のよい男」であるラミーロ・デ・ロルカを地方長官にして、秩序と平穏を取り戻す仕事を一任した。ロルカは冷酷無比なやりようでロマーニャを平定した。じつに効果てきめんだったので、ボルジアはロルカを厄介払いするタイミングを見計らうことにした。

彼（チェーザレ・ボルジア）は、これまでの厳格な対応が、多少なりとも自分に対する敵意を生みつつあることをよく承知していた。そこで、この地方のそうした民衆の気持ちを一掃し、自分に対する好感を維持すべく、凶暴な対応があったというならば、それは自分が命令したからではなく、長官の悪徳ゆえであるというふうに見せようとした。完璧な時機を見きわめるとロルカを斬り、ある朝、チェゼーナの広場の中央に、台木の板と血まみれの刀を、彼の二つにわかれた遺体のそばに残しておいた。その残忍な光景は、すべての民衆を満足させるのと同時に唖然とさせた。

だが、公安委員会がロベスピエールとその派閥の極刑から同じ結果を得られると考えていたのなら、それは誤算であった。恐怖政治は致命的な打撃を受けた。テルミドール事件の翌日から、デモの数が増加していった。そのなかには、ロベスピエール派を標的とする流血を止めさせるための抗議もあった。群衆が牢獄に押し寄せたため、門を開けなければならなかった。すぐさま、新聞各紙が新たに登場して自由に報道を開始し、恐怖政治を糾弾した。恐怖政治の行き過ぎをロベスピエールになすりつけたうえで、恐怖政治をつづけようといい気になっていた者たちの評判は地に墜ちた。テルミドール事件はその意味では失敗だった。〈恐怖政治が関心事〉であったのが、数週間で〈法の正義が関心事〉となったのである。これによって、ロベスピエールの失墜と死は、恐怖政治を行なっていた派閥間の抗争と暴力による決着だけで終わることなく、新たな意味をもったのである。

7

社会規範と権利
サドの残虐性が政治的に示唆しているもの

ギヨーム・ベルナール

ドナシアン・アルフォンス・フランソワ・ド・サド（一七四〇～一八一四）にかんする作品がじつに多いことは、だれもが知っている。それらは多かれ少なかれ好意的に書かれており、しかもどちらかといえば好意的なもののほうが多いが、本章ではそうではない。サドについては矛盾するさまざまな解釈があるだけに、〈神聖なる侯爵〉とすら呼ばれることもある人物について書かれたものすべてを、ここで総括することには意味がないからだ。サドは国家や社会の支配を否定するアナーキストだという者もいれば、社会のあり方を問う〈モラリスト〉だと考える者もいる。たとえば、マルクス主義者の映画監督ピエル・パオロ・パゾリーニが『ソドムの市』で描いたように、ファシズムの先駆者としてサドを解釈する者もいる。また、性の解放、ひいてはフェミニズムを見越していた人物だとみなす者もいる。なかにはサドを、背徳をつかさどる偉大な祭司として高らかに賛美する者までいた。

まさにミシェル・フーコーは少なくとも当初、そのような立場をとっていた。フーコーはサドのことを「規律型エロティシズムの物差しのような存在」とまで、みなしていたのだから。

ただし、そのようななかでも、三島由紀夫の解釈には言及するだけの価値はあるだろう。三島の戯曲では、数人の女性の目をとおして見たサド像が描かれているが、最も興味深いのは、まちがいなく彼の妻ルネ＝ペラジー・コルディエ・ド・ローネー・ド・モントルイユによるものだ。サドの義母の目には不品行として映ったものは、愛人とおぼしき自由奔放なサン＝フォン伯爵夫人には「自然な状態」だった。一方、サド夫人は、長いあいだ、心がゆらぐことなく夫に忠実につくしてきた。その娘の姿を母親は「狂信的」だと決めつけていたのは、「その人が犯す犯罪と、その人自身は（…）切り離せない」と考えていたからである。サド夫人はまず「神をも恐れぬ心によって欲望に火がついている（…）ドナシアン」を軌道修正し、改心させることが自分にはできると信じていた。「夫は悪徳の怪物なのだから、わたしは彼のために貞淑な怪物にならなければならない」と。そうするうちに「ドナシアンはだれも愛したことがなかった」と理解し、自分こそがそんな彼の共犯だったと悟った。そしてついに、彼女はサドと別れることを決断し、修道院に身を置いた。彼女は、サドの軽挙妄動は許せても、それらについて彼が言い訳を連ねるためだけでなく、ひとつの体系・体制として築き上げるべく概念化したことに耐えられなかったのだ。「結局ドナシアンは（…）、わたしを彼の物語のなかに閉じ込めてしまった。（…）ドナシアンは味わえばすぐに消える肉欲の悦《よろこ》びのはかなさを求めるというより、後世まで残るような悪徳の大聖堂を建立しようとしていた。ただ犯罪や悪行を重ねるのではなく、この世界を本物の悪徳の掟《おきて》にしたがわせようとしていた。なぜなら彼は、原理原則のほうが、行為そのものよりも好きだったのだから」〔三島由紀夫著『サド侯爵夫人』の引用箇所は、三島本人のオリジナルである日本語原文からの引用ではなく、著者が引用したフランス語版を訳者が重訳した〕

サドは道にはずれた行為をするだけでは飽きたらず、自らが理想とする悪徳の鑑《かがみ》となった。妻にとって、ただのあやまちならば許すこともできたかもしれないが、冒瀆そのものへの愛は許せなかったのだ。言いかたを変えれば、サドは、たんなる放蕩者がただ淫欲礼賛しているだけだと片づけられるほど単純ではない哲学体系の喧伝者であった。彼の作品に登場する、最低でもわいせつとしか言いようがない数え切れないほどの場面に言及しなくても、残虐性が花開く社会規範の理論──「われあり、ゆえにわれ悪行をなす」──と、最強の者がすべてにまさるという法が支配する政治哲学──「われ否定す、ゆえにわれあり」──との結びつきを明らかにし、両者の関連性をしめすことで、サド分析の一案を提示することは可能である。

「われあり、ゆえにわれ悪行をなす」

唯物論者であり無神論者であったサドは、人間の性質もふくめて自然については機械論的な持論を展開していた。そのため、欲動にもとづく完全なエゴイズムを標榜するようになった。現実においては、利他主義は自由を侵害するとみなしていた。〔機械論とは自然界や生物の複雑な現象を、機械的な法則や構造にあてはめて理解しようとする哲学〕

機械論的な持論にもとづく、自然は人間の運命に無関心であるとの考え

サドによる哲学体系は無神論と唯物論にもとづいていた。モーリス・ブランショ［二〇世紀フランスの哲学者・文芸批評家］の言葉を引用するならば、サドの無神論とは「彼の根本的な信念、彼の情熱、自由がどこまで認められるべきかを計る彼の尺度」を反映している［『サドとレティフ・ド・ラ・ブルトンヌ』より］。サドは、フランス革命のさなかに執筆し、一七九五年に発表した『閨房哲学』で、「無神論は現状、思考できるすべての人々が納得しうる唯一の体系である」と述べている。サドは、キリスト教は専制政治と不可分であると考えていた。キリスト教に対して生理的な憎悪にかられるあまり「自由の木が慈悲深くもその小枝で王杖と玉座の残骸を覆っている」［王杖と玉座は王権神授説の象徴でもある］のを見て狂喜した。「フランス人よ、くりかえし言うが、ヨーロッパは王杖と香炉から諸君が解放されるのを待ちわびているのだ」［香炉はキリスト教を象徴］、「だからこそ、宗教の完全なる絶滅を、われわれがヨーロッパ全土に広める原理原則のなかにふくめることにしよう」。道徳心が人間の行動を規制することを彼は望まず、自分の頭の外にある現実の世界にも、道徳心が歯止めになりそうな余地はまったく残っていなかった。彼は地獄などというものは幼少期から馬鹿にしていた。司法の剣《つるぎ》で止めることができない者には、地獄の責め苦などという道徳心も歯止めにはならない。神は存在しないと宣言された以上、瀆神《とくしん》行為などなんの意味もないため、犯罪として成り立ちようもない。いわく「空想の産物を侮辱する者は、なにも侮辱していない」

したがって、サドは唯物論的で官能主義的な哲学を展開する。人間の性質もふくめた自然について、機械論的な概念を標榜していたのだ。存在には善をめざす動きもなければ、存在にはあるべき姿というものはない、と。自然に組み込まれたものには一切の価値はなく、中立的な事実だけがある。このような文脈では、人間は、自然の盲目的な法則の玩具にすぎず、飢餓や疫病に代表されるような現象における破壊のサイクルや、自然の「変貌」や物質の変化のサイクルにくわわることしかできない。人間もまた、殺人行為によって自分自身をふくめて破壊しようとするのは、なんら驚くべきことではなく、こうした破壊行為は物質の変貌でしかないため、もはや犯罪行為になりえない。「わたしたちが破壊行為にふけりながら行なっているのはただひとつ、あらゆる形状に多様に変化させることであるが、この破壊行為は生命そのものを消滅させることはできない。自然のさまざまな産物の形状を変化させるという行為は、自然に害をあたえるどころか、自然のためにも有益だ。というのも、この行為によって、自然を再建する原材料を提供しているからである」とサドは記している。

一九六〇年代半ばに、サドをテーマとする戯曲が書かれ、発表された。『ムッシュー・ド・サドが演出するシャラントン施療院の劇団によって演じられたジャン゠ポール・マラーの迫害と暗殺』通称『マラー／サド』である。作者は共産主義を奉じ、反ナチズムで知られるユダヤ系ドイツ人作家ペーター・ヴァイスであり、自然とは人々の運命に無関心だというサドの視点を見事に要約している。

最も残酷な死でさえも
自然の絶対的な無関心に朽ちていく
われわれ人間だけが、自分たちの命を
いかにも重要なものだとみなしている
自然は、人類が絶滅してゆくのを

動じることなく見つめるだろう

時代を先取りして、まるで過激なヴィーガンのような視野に立っていたサドは、人間とは動物、植物、さらには無機質な鉱物となんら変わりない同等なものだと考えていた。自然界において人間は特権的な地位にいるのでは一切なく、とるにたらないものだとみなしていた。サドの思想には、近代ヒューマニズムにおける人間中心主義的な考え方はまったく存在しなかった。人間の繁殖行為も、人間の破壊行為も、世界という機械の正常な動きをしめしており、いずれも欠かせない。消滅するあらゆる形態は、新たな段階の出現を可能にするのである。

サドは自身の自然観から、ひとつの社会規範理論を引き出した。トマス・マルサスの『人口論』よりも数年早く、それだけでなく、のちのフランシス・ゴルトンの優生学にみられるような一種の社会衛生学的な自説を展開した。人類は人口過剰のリスクを回避せねばならないだけでなく、ゆりかごにいる段階から〈見苦しい者〉は除去されてしかるべきだ、と考えたのだ。世間で役立たずだと言いわたされたような障碍者が生きるのを阻止するのは、完全に正当なことであった。個人は自然界のメカニズムの歯車でしかない。したがって個人は、自己のなかに自分自身の完全性を見いだすのであって、それゆえに、神のような超越的な存在も他者も必要としない。それぞれ個人としての観点でみれば、個人は自分ひとりで自足していくことが可能なのだ。サドの思想は、ブランショによれば、「肥大化したナルシシズムによる哲学」であった［『サドとレティフ・ド・ラ・ブルトンヌ』より］。

欲動にもとづいた完全なるエゴイズム

『閨房哲学』でサドは、各々は自分自身の利益しか求めない、と断言している。各々にとって、自分の快楽以外に自分を処する法律はない。「隣人を自分自身と同じように愛するのは自然の摂理に反するだろう」、「人々を愛するならば、それはかならず自分のためであり、それ以外であってはならない」と述べている。ブランショは自著の『サドとレティフ・ド・ラ・ブルトンヌ』で次のようにサドの立ち位置を要約した。「しかるに、彼の唯一の行動規範とは、自分に幸福な影響をあたえるものであればなんであろうと好むということであり、その選択が他者にもたらす結果は考慮しない」。つまり、そうした他者は、自分にとってたんなる快楽の道具であり、他者それ自体は決して目的にはならない。だからこそサドは「われわれの振る舞いが、われわれに奉仕してくれる対象を喜ばせるか、不快にさせるかを知ることは重要ではない」、「われわれの行動が他人にどう思われようと、その影響など気にするほどのことではない」と主張する。重要なのは自分の内なる感覚だけであり、それを限界まで追及しなければならないのである。たとえそれが、他者を破壊することになっても。

こうした条件下では、たとえ相手の同意がなくても、手段さえあればなんでもありになってしまう。窃盗、自慰行為、強姦、売春、不倫、肛門性交、同性愛、近親相姦、小児性愛、動物性愛、拷問、殺人、自殺、嬰児殺し、妊娠中絶…すべてが許されることになる。相手の意志に反して相手を快楽の対象にするべく、暴力を行使することも容認される。サドは、同意を口実にしてあらゆる行為を正当化しようとするような偽善者ではなかった。重要なのは物質的および概念的な力である。したがって、カナダ人文学者ジャン・テラスの『サドまたは啓蒙思想の不幸』によれば、女性は自分で子どもを産んだ以上、自分が産んだ子よりも強いのだから、わが子の生殺与奪をにぎっており、殺す権利もある、という理屈となる。

サドの視点から見た現実は、理性的、すなわち普遍的なものではなく、欲動的なもの、つまり個人的なものに還元されていた。個人の平等とは「他者を守るために自らを犠牲にしない権利」をあたえるものであり、それが自分の幸福に役に立つのであれば、他者を犠牲にする権利さえもある。あらゆる存在は平等なので、だれひとりとして、他のだれよりも価値のある存在ではなく、すべての存在は交換可能だ。それをブランショは、「あらゆる存在の平等とは、すべての存在を分け隔てなく自分の意のままにする権利を意味する。自由とは、自分の望むとおりに各々を服従させる力である」と説明している〔『サドとレティフ・ド・ラ・ブルトンヌ』より〕。したがってサドは「富を平等にする」窃盗にも賛同し、貧者が盗みを働くのは自然の妥当な動きにしたがっているだけだとみなした。「つまり、すべてをもつ者から、なにももたない者がなにかを強奪しただけの理由で、その者を罰し、不公平をいっそう大きくしてはならない」〔『閨房哲学』より〕。サドにとって私有財産の廃止とは、集産主義を信奉しているのではなく、すべての人々がもっている個人主義的な特権をなにごとにおいても肯定することであった。

同様の理屈から、不倫は非難されるべきものではなかった。ひとりの人間を排他的に独占しながら「唯一無二で個人的な権利」の行使を主張することは正当化できないからだ。その帰結として、女性はいかなる特定の男性の所有物ではないのだから、強姦もまた正当な行為となり、女性を自分の好きにするという意味での所有的な関係を、すべての男性が主張することができる。「自然の摂理の純粋さにおいては、ひとりの女性が、自分を求める男性を拒む理由として、ほかの人を愛しているからだと主張することはできない。というのも、その理由が別の男性の排除を根拠としているからであり、自然の摂理では、女性はすべての男性に決定的に属していることが明らかである以上、だれひとりとして女性の所有から排除されることはありえないからだ」。自然界に存在するすべての雌は「一切の例外なくすべての雄に属する」とみなしていたので、いかなる男性も、少なくとも「一時的には」自分の「望むままに」いかなる女性も「服従する」ように強制する「権利」があるとした。サドは「したがって、すべての男性はひとしくすべての女性を快楽の対象にする権利がある」とまで述べている。自然にまかせた個人の欲望が交錯する結果として生じる肉体の集産主義・共有主義化は、子どもの集産主義・共有主義化にも必然的につながっていく。だから「共和国フランスのみに属するべき子どもたちを、それぞれの家族のなかに隔離しているかぎり、よき共和主義者を生み出すことができるなどと思ってはならない」と主張するのだ。「結婚によるすべての関係の完全なる破壊」によって家族を破壊すれば、「祖国の子ら」［フランス国歌であるラ・マルセイエーズも冒頭「祖国の子ら」への呼びかけからはじまる］は誕生するはずだ、と［『閨房哲学』より］。

要するに、ただひとつの真の罪とは、自分の欲動に屈することではなく、自然に触発された自分の傾向にあらがうことなのだ。「自分自身の傾向以外にはもはや歯止めはなく、自分ならではの欲望以外にはもはや法律はなく、自然に則した道徳以外にはもはや道徳はない」［『閨房哲学』より］。こうした条件下では、実妹と関係をもったと噂されたローマ皇帝カリグラや、妻や実母を殺した皇帝ネロのような人物は、サドにとって模範であったのかもしれない。同様に、啓蒙主義とは逆に、残虐行為を正当化するためにマキャヴェッリの思想を引き合いに出すのも妥当だと考えていた。ただし、マキャヴェッリは、残虐行為とは政治をつかさどるうえで一時的に必要なものだと考えていたのに対して、サドはそれを、権力そのものの具現だと考えていた。マキャヴェッリは、愛されるよりも恐れられるほうが効果的だと述べたが、サドはさらに突きつめて、愛されることは無意味であると考えた。サドは、人間の友愛精神などという観念を嫌悪しており、彼にとって、他者を害するほどに他者をあやつれる能力だけが重要だった。

自然を純粋な必要性ととらえることは、欲動をむき出しに表すことを可能にする。神は自らの創造物を愛するという概念が、サドには完全に抜け落ちていた。サドは、神というものは、それ自身ではないものをすべて否定する存在だとみなしていた。自分自身を神になぞらえれば、他者をモノとして扱う以上のこと、つまり壊滅させることもできる。それゆえにサドが考える人間とは、破壊する力のみならず、否定する力をもつ至高の存在だった。サドの哲学は、ゲーテのメフィストフェレス「現実に満足できないファウストの望みをかなえてやるかわりに、死後に自分の支配下に置こうとする悪魔」の立場、すなわち否定の精神につながった。存在するものすべては破壊されてしかるべきという論理を背景に〈つねに否定する〉精神をもつことで、人間は至高の力を手に入れる。かくしてファウスト博士は、地獄での永遠の責め苦へと引きずりこまれることになった…

「われあり、ゆえにわれ否定す」

サドが創造した体系によれば、破壊精神は自然と完全に一致することになる。したがって、社会性にかんしては、古典的概念も近代的な概念も両方拒絶することで成り立っていた。つまり、自然な状態での秩序と社会契約論［みずからの自然権（みずからの生命を守る自衛権、他者に干渉を受けない権利、財産を所有し守る権利）の一部を放棄し、社会の規範を受け入れることによって、秩序ある社会が成立し、ひいては共通の利益になるという考え］の双方を否定しているのだ。結果として、サドが導き出した体系は、永久革命の原理原則に合致することになった。

自然状態での社会性と人工的な社会性の両方の拒絶

サドは意図的に自然状態における秩序と現実社会の秩序に合致したものとを混同した。「自然は、自然それ自身を憤慨させるようなことを勧めるだろうか？」「自然がわれわれに、自然それ自身が怒りを覚えるような罪を犯す可能性をあたえることなど想像すらできない。人間が自然にとっての快楽を破壊し、自然よりも強くなることに、自然が同意するわけがないだろう」といった調子である。サドは、人間が自然の秩序を守り、さらには美化することも、度を超した行動によってその調和を破壊できることも、故意に無視していた。あらゆる欲望は「自然な事実」である以上、すべて正当化されると高らかに主張した。「自然に対する犯罪」はないのだから、真に犯罪といえるものも存在しないのだ。サドは、この世に存在するものはどれ一つとっても自然に反することも、あるいは自然の枠外にあることもありえないという百科全書を編んだディドロの立場をとりつつも、ディドロよりもさらに先を行って、自然性から道徳的な性質すべてを排除した。

サドは反古典主義にどっぷり漬かっており、自然状態の秩序を否定していたが、それにもかかわらず、大多数の近代主義者によって擁護されてきた社会契約論にも与《くみ》しなかった。結局のところ、終わることのない闘争が支配する自然状態を望んでいたのだ。「残虐性とは、文明がまだ腐らせていない人間のエネルギーにほかならない。したがって、それは美徳であり、悪徳ではない。（…）残酷さが危険なのは、文明化された環境にあるからである。というのも、被害に遭うような者は、たいていの場合いつも不完全であり、いわば辱《はずかし》めを跳ね返す力ももたないからだ。だが、文明化されていない環境ならば、残虐行為が加えられたとしても、強者であるなら跳ね返すだろう。他方、弱者に残虐行為が加えられた場合は、自然の摂理において強者に屈する者を害するだけだから、なにも不都合なことはない」［『閨房哲学』より］。

強者が自分の権力から快楽を得る弱肉強食の法則に賛同していたサドにとって、人類を絶滅させないために保証として存在するはずの社会契約は「弱者の保護」にすぎず、なんの意味も見いだせなかった。人間は「子羊にとっての狼」になることができるし、そうあるべきなのだ。社会契約が存在しなければ、最強の者たちによる「自然淘汰」が可能となる。相反するはずの私的な強制権と公的な強制権が収斂《しゅうれん》することになる。虐待好きの自由思想家《リベルタン》が、快楽主義の暴君による支配を正当化したのだ。

サドが自然状態の不安をなくそうとはしなかったのも、虐待者が苦痛をあたえつづけることができるのは、すなわち被虐待者にまだ命があるからこそだという、サドらしい冷笑主義な考えをつきすすめた末のものだった。彼は、強者がいつかは自分よりも強い人間に出会い、自分がかつて弱者に耐え忍ばせていたようなことをされる可能性があることを認めていた。「しかし他者も（…）復讐することができる…来るべき時が来たら、最強の者だけが勝つ」〔『閨房哲学』より〕。だが、サドは、こうした脅威に対して強者は乗り越えるだけの力を獲得していると考えていたので、その理屈を「私があたえたいだけの苦痛を存分にあたえるから、あなたも私にあたえたいだけの苦痛をあたえればよい」とブランショは一言でまとめている〔『サドとレティフ・ド・ラ・ブルトンヌ』より〕。

社会契約という概念は、社会で共生するためのルール、すなわち人々の総意を表すさまざま法律をもたらす。法をこのようにとらえることは、サドにとっては、個人の主権を奪いとることと同義であり、非難されるべきものであったと考えられる。社会契約主義、とりわけ個人は自分が特別な存在であるという認識を捨てなければならないとしたルソーの社会契約論を否定したサドは、至極当然に国家を敵視した。国家とは特定の視点からの道具にしかなりえないと考えていたからだ。その特定の視点とは、人々の総意にもとづく利益、という美辞麗句の陰に隠れた、自分以外のだれかの視点なのである。個人と国家が対立する場合、滅ぶべきは国家だった。サドは、「個人の利益」が「全体の利益」と「つねに相反」を起こしており、国家とは強者を抑圧する存在であるという原理を持論の根拠にしていた。ペーター・ヴァイスは前述の自身の戯曲でサドに次のように言わせている。

いまや私は
どこに導かれていくのかがわかる
この革命の行き先は、個人の死（…）
個の否定、そして

国家への服従という
致命的なものへといたる

絶えざる反乱への賛辞

既存のすべての法律（自然法も歴史をとおして根強く受け継がれてきたいわゆる偏見である）を停止状態に置いたことで、フランス革命は個人による自己実現を可能にした。新しい体制には新しい社会規範を、というわけである。しかしながら、革命家たちは、個人の解放だけを想定していたのではない。そのなかには、革命とは個人に幸福をふんだんにもたらすものだと考える人々もいた。だが、ロベスピエールが解釈したルソー主義の体制では、社会契約論の円滑な機能を揺るがす人々のみならず、社会契約論そのものの存在に疑問を呈する人々をも物理的に抹殺することが許されることになる。サドが恐怖政治に反対したのは、ロベスピエールが所属していた山岳派よりも情にもろかったわけでも、あるいはそこまで残酷ではなかったからでもなく、社会契約主義そのものを拒否していたからだ。サドは残虐行為を嫌っていたのではない。暴虐とは快楽の表現であり、政治化された美徳ではないと考えていたのだ。

同様に、殺人犯が、その被害者の家族や友人から復讐されるリスクがあることは当然視したものの、死刑には反対していた。人間は自然から「互いに相手の命を奪おうとする完全な自由」を得ている、と考えるサドであるから、人間を物理的に抹殺すること自体を嫌悪していたのではない（『閨房哲学』より）。そうではなく、殺人とは情熱の表現でなければならないからだ。『ジュスティーヌまたは美徳の不幸』における、自由思想家《リベルタン》ジェルナンドによる妻殺害も情熱の表現である。「それ自身が冷ややかな」法律では、情熱には到達できない。法律が人間と「同じ特権をもつ」ことができるなどというのは、サドにとっては「ありえない」ことだった。なぜなら、法律では「殺人という残酷な行為」を正当化する「情熱には届かない」からだ。サドはこの点において、一般犯罪に対する死刑に対して反対を唱えるのにもかかわらず政治犯罪に対する死刑には賛成していたロベスピエールとは一線を画していた。サドは死刑を司法による刑罰としては認めなかったが、自然状態には道徳観念などは存在しないのだから処罰そのものが存在しない、と正当化し、情熱から殺人を実践することは自然にかなっていると考えていた。

フランス革命では、一七九二年の八月一〇日事件［パリで軍隊と民衆が、ヴェルサイユから連れてこられた国王一家が暮らしていたテュイルリー宮殿を襲撃し、王権が停止された］によって、王政そのものを転覆させ、人々は主権を手にすることができた。だが、サドの目から見れば、一七九二年九月にフランスで共和制樹立が宣言され、人々がその一員となるだけでは共和主義者としてはじゅうぶんではない。サドが書きつづった『法による刑罰の様式にかんする考察』によれば、市民は、単に自分たちだけに属する主権の一部を一時的に議員に託しただけだからだ。主権とは、〈唯一の、不可分で、譲渡不可能〉なものである。それを共有してしまえば破壊することになり、だれかに渡してしまうなら失ってしまう。それゆえに国民公会の議員は「意見を届ける」権限しかもたないとみなしていた。一般市民の代理人という立場の者が、主権者の代表者であるという唯一の肩書きだけで、その主権者のもつ同じ権利があたえられているなどとは、とても考えられなかったのである。

しかも、直接民主制でさえ、個人ひとりひとりの主権を無に帰すことになりかねないため、サドにとっては満足がいくものではなかった。したがって、憲法制定は喫緊の課題ではないと考えていた。法律——この場合は憲法——を「急いでつくる必要はみじんもない」。「このような作業」に対して必要な「考察」を惜しむようなことがあれば「大きな危機」も起こりえるだろう。そもそも、個人の主権が真に保障されないのであれば、拙速につくられた憲法は逆効果であり、中世フランスの「時代遅れな法の雑然としたがらくたの山のなかで埋もれたままでいる」ほうが、よほど害は少ないとサドは考えていたのである［『法による刑罰の様式にかんする考察』より］。

実際のところ、サドは、のちに政治・思想評論家のフィリップ・ロジェが「非政治主義」と称したものに対して好意的だった。共和国というものには国家という概念はなく、運動があるだけだと考えていたのだろう。彼にとっては、自然そのものが常に動きつづける〈永久運動〉であるように、共和国とは〈永久蜂起〉だった。したがってサドは、過剰なものはなんでも善であると主張した。永久的にエスカレートしていく状態、つまり指南役も、目的も、終わりもない一種の進歩主義を望んでいた。とにかくエネルギッシュでありさえすればいい。重要なのは、社会規範の領域においても、思想の領域においても、蜂起することなのである。それゆえに『マラー／サド』で叫ばれた支離滅裂なスローガン、「シャラントン、ナポレオン、国家《ラ・ナシオン》、革命《レボリュシオン》、交尾《コピュラシオン》」をここでもち出すのはあながち見当はずれではないだろう。いかにもサド共和国大綱らしいではないか！

結びに変えて――サドのイデオロギーから日常的なサディズムへ

どのように話を締めくくろうか？　まず、サドのイデオロギーの顕著な点を、はっきりと指摘するのがよいのかもしれない。サドにとって、自然に合致するのは力がものをいう関係にほかならなかった。サドは人として、心底快楽主義で自己中心的であり、その結果、残酷で無慈悲だった。あらゆる行為は、個人の快楽に則して指南されなければならなかった。このような状況では、いかなる政治体系における秩序であろうとも意味をなさなくなってしまう。つまり、自然な状態と社会的な状態を区別しようとしてはならず、その二つの状態は混ざりあい、強者が弱者を従属させるものとなっていた。神は存在しないと宣言された以上、なんでもありなのだ。サドの放蕩三昧と残虐性は、文字通りの倒錯だ。方法――人が感じる快楽――と、目的――だれかを犠牲にすること――が渾然一体となっている。サディズムとは、悪徳を実践するためにだれかを〈傷つけたい〉という確固たる意志である。存在に対して存在そのものを否定するために、冒瀆的な行為を実践し、美徳を腐らせ息の根を止めるのだ。結局のところ、サディズムとは〈虚無の崇拝〉であったし、それはいまも変わらない。血なまぐさい行為も含めて、サディスティックな虐待者が根拠なくあたえる残酷な拷問や死は、イエス・キリストの愛によってなされた血によるあがないの反転であり、その否定であった。

そして、サドの考え方の延長上にある、現代社会に蔓延するサディズムについても触れておこう。現在、ごくふつうに一種のサディズムは存在しているのである。日常的なサディズムは、多くの社会的行動の原動力になっている。優越コンプレックスにつき動かされる器の小さな上司、自分に欠けている他人の才能を吸血鬼のようにむさぼり、自分の手柄にするナルシシストの卑怯者がいる。二〇世紀のアメリカ人歴史学者クリストファー・ラッシュは自著『ナルシシズムの時代』で、サドのことを「自分の欲動のみにあやつられ、肉体を商品化する時代の幕を開けたわれわれのネオリベ社会の先駆者」だと最初に指摘した人物だ。いわく、サディズムは「自由主義を標榜する空論家の自己愛による理屈を、つきつめるだけつきつめてしまい、そうした自己愛によるあらゆる潜在的な犯罪性を追求しつくした」のである。

犯罪におけるサディズムも同様だ。たとえば、一九五四年一一月八日に起きたドニーズ・ラベ事件にもそれがあらわれている。ラベは恋人だったジャック・アルガロンに言いくるめられるがままに、二歳だった自分の娘カトリーヌを、水を張った洗濯槽に沈めて溺死に追いやった。アルガロン自身は実際には手をくだしていないにもかかわらず、ロワール＝エ＝シェール県の重罪裁判所が懲役二〇年を科したために、アンドレ・ブルトン、マルセル・ジュアンドーをはじめとする知識人たちは、彼を擁護した。おそらく、強者の掟がなんの処罰も受けずに花開くことが認められず、不服だったのだろう。

8 正規軍の戦争から民衆をまきこんだ戦争へ

ティエリー・レンツ

スペイン人が「独立戦争」と呼ぶ、ナポレオンのイベリア半島戦争は一八〇八年から一八一三年まで続いた。きっかけとなったのは、ナポレオンがバイヨンヌでスペインのカルロス四世とその息子のフェルナンドに退位をせまり、ボナパルト家の人間——ボナパルト兄弟の長男——に王位を譲らせたことで起きた王朝交代である。フランス皇帝ナポレオンは一発も弾を発射することなく、欧州のなかでも国土面積と人口で一二《いちに》を争う国を自分が構想した欧州大陸統治システムに組み込むことに成功したのだから、大成功、欣快《きんかい》のいたりだと思われた。だが、すべての思惑がはずれる。民衆蜂起、スペイン正規軍の叛乱、イベリア半島へのイギリス軍の介入が重なり、ナポレオン軍は敗北を喫し、スペインはフランス帝国の手から抜け落ち、最終的に一八一四年にスペイン・ブルボン朝が復帰する。この戦争は、ナポレオン帝国崩壊物語のなかで重要な役割を演じているだけでなく、本書のテーマである残酷性の代表例として、すべての人の記憶に刻まれている。これは、その当時にネイ元帥が言ったように、道徳律がいっさい守られない「人食い人種の戦争」であったからだ。軍事作戦――ここでは触れない――、この頃にフランス語の語彙に加わった「ゲリラ」戦、飢饉、伝染病により、フランス帝国軍の兵士一一万人と、多分その三～五倍以上の数のスペイン人が命を落とした。死者五〇万人――ちなみに、戦争勃発当時のスペインの人口は一一〇〇万人であった――は、スペインの歴史研究者の多くが挙げている数字であるが、戦死者、処刑された者、五年間の戦争のあいだにイベリア半島を襲った黄熱病やペストや栄養失調による死者が混在している。

そうはいっても、民衆蜂起―弾圧やゲリラ戦―反ゲリラ戦のループが続いてエスカレートするのは半島戦争だけの特色ではないし、残酷な行為も半島戦争にかぎられたことではない。フランス軍は一八〇八年以前にもすでに民衆蜂起に直面し、苛烈な弾圧を加えていたし、一八〇八年以降も同様の事態を経験している（プロイセン、ティロル、北イタリア、ナポリ）。カリブのサン＝ドマングとグアドループでは、フランス軍兵士も蜂起した側も自制心を失い、イヴ・ブノが「植民地の狂気」と呼ぶ残忍行為に及んだ（捕虜の見境のない虐殺、獰猛な犬を使っての逃亡奴隷の追跡等々）。

話を欧州大陸に限定し、しかも全エピソードを網羅することはあきらめ、一七九七年四月一七日の「ヴェローナの復活祭」事件を振り返ってみよう。この日、ナポレオン率いる遠征軍に反発するヴェローナ市民が蜂起し、フランス人兵士四〇〇名が殺された。死者のうちでとくに多かったのは、病院で襲われた傷病兵であった。フランスのイタリア遠征軍による報復で、数百名の民間人が殺された。戦闘中に死んだ者もいれば、捕虜となったのちに処刑された者もいた。一八〇六年のプロイセン遠征の時のエピソードも紹介しよう。モーリス・ド・タシェ大尉の証言は以下の通りである。「遅れをとり、隊列から引き離されたフランス兵は悲惨な目に遭った（…）。落伍兵たちは全員、農民によって撲殺された。オステローデの近辺で、フランス兵の死体が折り重なった大きな穴が複数見つかった。死体は湖でも発見された。領主一名と農民二五名が下手人と認定され、銃殺された」。こうした出来事はいつの時代も野戦につきものだが、起きるのは比較的まれであったことは言い添えておこう。フランス軍の司令部と士官たちは、海事法にくわえ、万民法［外国人にも適用される普遍的な法］の一部としてほぼ確立していた戦争法［戦時国際法］を適用しようとつとめていた。ナポレオン本人もこの点にかんしては、ほぼ揺るぎない信念をもっていた。「戦争法はおそらく、あらゆる害悪を敵にあたえることを許していない」というのがナポレオンの考えだった。「おそらく」という留保が入っていることに注目されたい。

半島戦争に近い状況を背景に、戦争法遵守の気風に変化が訪れたのは一八〇六年である。この年、フランスによるナポリ王国侵略に反発してカラブリアで暴動が起きた。これにかんしては、ニコラ・カデの優れた著作（二〇一五）が参考になる。イタリア半島南端のカラブリア地方では、シチリアに亡命したナポリ王家（スペイン・ブルボン家）と一部の聖職者の呼びかけ――聖職者による抵抗の呼びかけは半島戦争でも見られる――にこたえ、出自もさまざまな数百人が複数の徒党を組んでゲリラとなり、正面衝突を巧《たくみ》に避けつつ、待ち伏せでフランス軍に被害をあたえた。駐留軍の最高指揮官だったジョゼフ・ボナパルトはこうしたゲリラを討伐するのに大掛かりな軍事作戦に出た。フランス革命時代にジャコバン派が王家とカトリック教会に忠実なヴァンデ地方の農民たちをブリガン［悪党］

と呼んだ伝統に倣《なら》い、フランス人がブリガンと呼んだカラブリアのゲリラを動かしていた動機のうち、ナポリ人「ナショナリズム」はまれであり、スペイン・ブルボン王家への忠誠心も同じようにまれだった。フランスの「ジャコバン主義」らしきものへの拒絶感、教会がズタズタにされるのではという恐怖にくわえ、村落間に以前からあった憎しみ、冒険心、徒党（時代錯誤を承知で言うならば、マフィアの前身）の首領からのプレッシャーが、この不統一なゲリラ集団結成の原動力となった。奇襲攻撃からなる戦いが始まり、二年後に勃発する半島戦争と比べても遜色ない残酷行為がふんだんに展開することとなる。

フランスがカラブリアを再度コントロール下に置くためには、盲目的とも呼べる残忍な弾圧に出るほかなかった。この汚れ仕事を引き受けたのはマッセナ元帥であった。兵士たちはときとして元帥の意図を超えた暴挙に出て、掠奪、放火、大虐殺が行《おこな》われた。たとえば、ラウリア地方では一八〇六年八月初め、ちょっとした衝突事件の報復として荒くれ兵士たちが約七五〇人の民間人を処刑した。大部隊による「仕事」を引き継いだ遊撃隊はイタリア半島南端で虱潰《しらみつぶ》しにゲリラ討伐を実行し、流血の惨事を引き起こした。たとえば、作家ヴィクトル・ユーゴーの父であるユーゴー将軍の部隊は、ゲリラのリーダーの一人であるフラ・ディアヴォロ捜索を担当し、彼の部下たちの多くを倒した後に当人を逮捕して縛り首にした。一つの地方が平定されると、そこには憲兵隊が派遣されて駐留し、弾圧のメンテナンスを担当した。その際には、フランス政府が動員した地方警備隊の支援を受けることもあった。大勢の捕虜たちが隊列を組んで北へと向かい、イタリア王国［国王はナポレオン］やフランスに併合されたトスカーナの大規模な建設現場での強制労働についた。

のちにスペインの統治に当たるときも同じであるが、ジョゼフ・ボナパルトは弟ナポレオンの助言に従った。おそらくはジョゼフの本来の性向とは反する助言だったろうが、実行するにあたって躊躇《ちゅうちょ》を示すことはほぼなかった。野戦へと出発するマッセナ元帥宛て書簡のなかで、ジョゼフは次のように書いた。「特別軍事法廷は首領と殺人者に正義の鉄槌《てっつい》を下さねばならない。(…)わたしの望みは、あれらの地方の平穏を長く保つために、一人も容赦しないことである」。数日後に出した手紙には「首領たちは銃殺するのではなく、絞首刑に処すこと。他のブリガン［悪党］へのよい見せしめとなるように」と書かれている。自分に仕える参謀長のセザール・ベルティエには次のように指示した。「(ラマルク将軍は)武器を手にしているところを捕まったブリガンを棒打ち刑に処すだけで満足しているが、わたしは容認できない。ブリガンは全員、無慈悲に銃殺せねばならない」。ジョゼフ・ボナパルトの指令は実行された。ゆえに、カラブリアにおいてフランス軍が起こした残酷な事案について、「偶発的」であった、戦場の出来事が絡《から》んでいたといった弁明は不可能である。ほぼ無制限で、例外なく行《おこな》われた弾圧と呼ぶほかない。

半島戦争では、事態がさらにエスカレートした。複数のファクターにより、その残酷性が後世に語り継がれることになる。第一はこの戦争の長さと激しさである。五年間も、待ち伏せによる奇襲攻撃、フランス人兵士の殺害、報復としての民間人処刑、いくつもの町の徹底した掠奪が繰り返され、抵抗する者は、逮捕されたときに武器を帯びていようといまいと、ありとあらゆる方法(斬殺、絞首刑、十字架刑、内臓抉《えぐ》り等々)で殺されたのだ。二番目は、その規模の比類なき大きさだ。戦場は五〇万平方キロメートルの広大な国であり、数万人の叛徒に数十万のフランス人兵士が対峙した(なお、フランス軍は正規軍——スペイン軍、ポルトガル軍、イギリス軍——を相手とする本物の戦争も同時に遂行していた)。三番目のファクターは、この戦争を記録したフランシスコ・デ・ゴヤという稀有な戦場リポーターの存在である。今日プラド美術館に展示されているゴヤの傑作絵画二点は、一八〇八年五月二日と三日に起きた初めての民衆暴動と弾圧を描いている。この二作に加え、ゴヤは一八一〇〜一八一五年に、本人が『戦争の惨禍』と名付けた八二点からなる版画シリーズを制作した。

なぜ、そこまでエスカレートしたのだろうか？と自問する人がいるかもしれない。しかし、そうした問いは無意味だ。「エスカレートした」のではない。半島戦争は最初から残酷で無慈悲だった。始まったのは、五月二日の暴動直後であった。日がたつにつれ、多くの町や村で抵抗運動評議会が誕生した。セビーリャの評議会はナポレオン皇帝に堂々と宣戦布告した。数多いスペイン聖職者たちは、ときとしてこうした動きを煽動した。煽動せずとも、つねに中継ぎ役を演じた。修道院に属さない六万人の司祭と、一〇万人の修道士が「闘う民衆のメンター」となった。彼らはナポレオンを「反キリスト・ボナパルト」と呼び、民衆蜂起を十字軍に匹敵すると見なして、これを支えた。新たなカテキズム［キリスト教の教理の解説］が用意され、武装した「神のこどもたち」がフランス人を殺しても罪にならない、と説かれた。聖職者が著わしたある文書には、「あれらの異端の犬を殺せば、確実に天国に昇ることができる」との約束が記されていた。神の名で始まった十字軍の最初の標的となったのはスペイン人だった。フランス人を攻撃する前に、まずは敵を支援していると思われる同胞全員が狙われた。アフランセサド（フランス贔屓《びいき》）である、すなわちフランス軍の駐留やフランス革命思想を認めている、と疑われた者は、虐待を受けるだけなら御《おん》の字であり、多くの場合は逮捕、投獄され、時には処刑された。バレンシアでは、司教座聖堂参事会員のバルタサル・カルボが、何年も前から――ときには数十年前から――同市で暮らしている数十名のフランス人を、彼らと親しいスペイン人とともに処刑させた。

スペイン国王となったジョゼフ・ボナパルトは、首都マドリードに向かう途上でただちに弟に警告を発した。ナポレオンは、大量の援軍を送るので暴動はじきに抑えられる、と言って兄を安心させようと努めた。数十万人の援軍がイベリア半島に派遣されたものの、ナポレオンの目論見《もくろみ》ははずれた。フランス軍は当初、スペイン正規軍を打ち破り、イギリスの遠征軍の動きを長いあいだ封じ込めることができたものの、激しい弾圧にもかかわらずゲリラを掃討することはかなわなかった。この手の戦争にとまどい、自分たちを取り囲んでいる恒常的な危険にいらだったフランス軍の指揮官たちは、あらゆる逸脱行為をみずからに許し、部下が行《おこな》うのを容認した。ゲリラ側にも逸脱があった。やられたらやり返す、というのがフランス側の論理だった。

だが、ゲリラの攻撃に対するフランス軍の報復は過剰な暴力を伴った。住民がナポレオンの肖像画を焼いたことへの懲罰として、ベシエール元帥はトルケマダの町の一部を徹底的に破壊した。この元帥は、カスティーリャ地方占拠の安全に寄与するメディナ・デ・リオセコ平定をやすやすとなしとげたものの、自分の部隊が近辺を掠奪することを許したために住民の憎しみを煽ってしまい、元の木阿弥《もくあみ》となった。バレンシア地方では、モンセ元帥は掠奪行為だけでは満足せず、何千本ものオレンジの木とオリーブの木を切り倒すように命じた。これは無用なだけでなく非生産的な破壊行為であった。ミランダ、タラゴナ、ブルゴス、クエンカ、ヘレス、レルマ、オビエドは徹底的に荒らされた。バリャドリッドでは、簡略な手続きによる集団処刑のさなか、数件の襲撃にかかわった罪に問われた者が八つ裂きにされた。コルドバにおいてデュポン将軍は、とくに狙いを定めずに銃が数発撃たれたことに対する報復として数十名を殺した。殺戮後の掠奪によって数百台の馬車に分捕《ぶんど》り品が山盛りにつめこまれ、見事なアンダルシア馬を飼育していた厩舎は、フランス軍士官たちが馬をすべて山分けしたのちに、徹底的に破壊された。このように、ナポレオン軍の連隊は数年にわたってスペイン各地の村を荒らして焼き払った。部隊が新たな村に到着すると、先行部隊の置き土産——絞首台からぶら下がった何人もの民間人の遺体——が一行を歓迎した。野営には、個人宅や教会が使われた。家具、金泥細工の額縁、聖具が焚火に使われ、酒蔵は掠奪された。ブルゴスに近いラス・ウエルガスの修道院では、カスティーリャの王たちの墓所が荒らされた。宝物が詰まっていると思われていたからだ。ある大尉は「士官たちは黙認していた。生きるためには仕方なかった」と弁明している。そもそも、こうした略奪は制御不能となった兵士たちが勝手におこなったことではない。ナポレオン本人も略奪を奨励した。一八〇八年に短期間だがみずから軍勢を率いてスペインで戦ったさいにビトリアで、表敬に訪れたスペインの代表団に「わたしは、あなた方の国に酷な扱いを免除するつもりだった（…）だが、あなた方の国は血も涙もない戦争の舞台となり、あなた方はあらゆる苦しみを嘗《な》めることだろう」と告げている。

しかし、酷な扱いは蜂起を鎮静化するどころか、いっそう焚《た》きつけた。仲間からはぐれたフランス兵士はいずれも危険にさらされた。毎日、野山で撃ち殺された兵士、納屋の戸に磔《はりつけ》にされた兵士、肉屋の奥の作業場や道端で残忍に切り刻まれた兵士が発見された。各地でゲリラ活動は活発化した。待ち伏せの罠を張る少人数の集団もいれば、正規軍の師団に相当する活躍をみせる民兵団もいた。民兵団の襲撃は、併合されたカタルーニャのフランス県のみならず、多くの死傷者を出したタラスコン襲撃のように、ピレネー山脈を越えた地方にも脅威をもたらした。

このように、歯止めがきかず、誰もが手を染めるようになった残忍性は、法規による制度化がないままに容認されたので当たり前となってしまい、正規軍同士の戦いもこれに感染した。一八〇八年七月二二日のバイレンの戦いの後に起こったことが典型例だ。降伏を余儀なくされたフランス軍の指揮官、デュポン将軍とヴデル将軍は、麾下《きか》の兵士たちがフランスに戻ることが約束された降伏文書に署名した。しかし、スペイン軍の司令官たちは約束を無視し、上官を除いたフランス軍捕虜の帰国を許さずに、カディス港に係留された廃船や不毛のカブレラ島に留め置いた。劣悪な条件のなか、数千人の捕虜が飢え、渇《かわ》き、熱病で死んだ。ナポレオンは報復として、捕虜となったスペイン軍兵士は全員、フランス帝国の道路建設やきわめて不健康な沼沢の干拓に送り込むよう命じた。

古典的な戦争と民衆蜂起の中間に位置づけることができるサラゴサ攻囲戦は、ナポレオン軍にとっての対ゲリラ戦がどのように困難だったか、同軍はこれにどのように対処したかを物語る好例である。この攻囲戦は一八〇八年一二月二〇日に始まった。サラゴサは三万人の正規兵と数万人の住民によって守られていた。決定的な攻撃は、ランヌ元帥の指揮下、一八〇九年一月二八日に開始された。これにより、フランス軍は市外の防御拠点を奪い、サラゴサを締め上げることができた。サラゴサから遠くないサン・エングラシア修道院では、ナポレオン軍のポーランド人兵士たちは徹底抗戦する修道僧たちを相手に戦うことを余儀なくされた。サラゴサ市内に入ったフランス軍は住民の必死の抵抗にあい、手痛い兵力の損耗と引き換えに一メートル単位で制圧を進めた。老女でさえも闘いに参加した、と言われる。半島戦争終結後、町を防衛しようと戦った女性たちの代表として、アグスティナ・デ・アラゴン〔スペインのジャンヌ・ダルク、とよばれる〕を讃える銅像が作られた。攻撃する側にも、防衛する側にも生け捕りされた捕虜はいなかった。七月王政下で元帥となるビュジョーは、この攻囲戦を次のように描写している。「激しい抵抗にあって、地下蔵から屋根裏部屋まで、一歩一歩制圧した。銃剣で全員を殺し、全員を窓から投げ出して初めて、一つの建物を制覇した、と言えた（…）われわれは、あの気の毒な町のなかを、このようにして進んでいったのだ」。サラゴサ陥落までのさまざまな戦闘で、約二万人のスペイン人が死んだ。そのなかには、処刑された司祭や、窓から投げ出された修道僧も含まれる。

やがて、この恐ろしい戦争に飢饉が加わる。一八一一年は大凶作に見舞われた。穀物の輸送隊はしばしば襲われ、イギリス軍は敵であるフランス軍から盗まれた食糧を高い値段で買い取った。そして、不幸は決して一人では訪れない、という諺《ことわざ》のとおりに、アメリカ大陸からやってきた黄熱病が、すでにチフスが流行していたスペイン全土で爆発的に広まった。歴史研究者のベルトラン・ベナサールが述べるように、いたるところで「死が徘徊していた」。この地獄のような状況下では、命は一文の価値もない。自分が助かるためなら、だれもが人を殺す権利を持っていた。残忍をきわめた手法での殺しもふくめて。

フランスの歴史研究者たちはしばしば、スペイン民衆への聖職者の強い影響力がこうした憎しみの暴発の決定的要因である、と主張している。確かに、フランス革命勃発時より、スペインの司祭たちはミサの説教において、ピレネーを超えた向こうで教会を迫害した反教権主義者たちへの憎しみを煽《あお》っていた。とくに、「まことに敬虔なるキリスト教徒の王［フランス国王の伝統的な尊称］」の処刑後は、その傾向が強まった。バイヨンヌで決まったカルロス四世と息子のフェルナンド七世の退位は、法律上は瑕疵《かし》のない手続きを踏んでいたにもかかわらず、スペインのブルボン王家には家庭内不和をはじめとする問題があったにもかかわらず、スペイン国民の大多数は自分たちの王家に忠実だった。フランスが犯した誤りは、スペインを支配下において最初に打ち出した政策――教会の占拠、教会財産の没収、スペイン・ブルボン家のすべての王子と王女のフランスへの移住の強要等々――によって、〝スペインの政治と宗教をすべて破壊することをフランスは企んでいる〟というスペイン国民の疑いにお墨付きを与えたことである。それゆえに、社会のエリート層と聖職者が蜂起を呼びかけると、スペインの庶民は同調したのだ。彼らは、フランスの啓蒙主義とは縁がなく、弟によってスペイン王座に据えられたジョゼフ・ボナパルトが当初は寛容な政策を採ろうと考えていたことを知らなかった。侵略者を追い払わねばならない。追い払うことができなければ、その場で殺すまでだ。天国とスペインの復興が約束されている。百年以上も後《あと》になって、フランコ派のプロパガンダも同じテーマをもちい、蜂起した者をスペインの英雄と称え、教会を焼き聖職者を大量殺戮していた共和派を強く非難し、スペイン内戦中に反共和派が起こした、共和派よりもましとは言えない事件を正当化した。

対するフランス陣営は当初、北イタリアやカラブリアのケースと同様に、迅速に厳しく弾圧すれば短期間で平常に戻る、と考えた。優良な社会改革と封建制度の終焉で、反発している者たちも納得するに違いない…。だが、起きたことは悪循環であった。反フランス派の心をつかむためは希望とそこそこの許しをあたえるべきだ、と国王ジョゼフは弟に訴えたものの、選ばれたのは常に強硬策だった。ナポレオンは他人の意見に耳を閉ざし、状況の複雑さを軽視した。それよりも軽視したのは、民心をつかむ必要性だった。彼にとって、秩序の回復は兄の王座の安定化よりも優先度が高く、反逆の制圧とイギリス軍の駆逐は、約束した改革の実施よりも重要だった。掠奪で懐を肥やそうとたくらむ強欲な元帥たちを半島に送り込んだことが状況をさらに複雑にした。彼らは、配下の兵士たちを諫《いさ》めるどころか、掠奪と虐殺を放置し、占領に不満を持っている様子のスペイン人から没収した銀器、絵画、コインを自分専用の荷車に詰め込んだ。ナポレオン皇帝に始まり、現場で指揮を執っていた軍上層部の全員を経て中尉にいたるまでの誰もが、万民法［外国人にも適用される普遍的な法］を可能な限り尊重する正規戦争が、敵の殲滅を目指す戦争へと変質していることに目をつぶり、拷問や処刑をできるだけ避けて人間を尊重するという原則を軽視した。

セントヘレナ島でナポレオンは、遅まきながら自分のスペイン政策の誤りを認めた。「わたしのやり方はまことに拙劣だった、これは認める。反道徳性は余りにも明白だった、不正義は余りにもシニカルだった。わたしが敗北したため、すべてはきわめて醜悪なままだ」。スペイン王家に張った罠［退位の強要］に始まり、蜂起の無慈悲な弾圧に至るまで――蜂起した側も残忍な手段を多用したのだが――、ナポレオンのスペインへの対応は、数々の成功に酔いしれ、対抗勢力による歯止めから自由になり、忠告に耳を貸さなくなった皇帝が判断力を失いつつあったことを雄弁に物語る。イベリア半島戦争は欧州大陸の覇者となったナポレオンの統治システムの腹にできた潰瘍であり、これが命取りになることに気づくのが遅すぎた。

ジョゼフ［ホセ一世］による統治の最後の二年は悍《おぞ》ましかった。対ゲリラ戦でフランスは議論の余地ない勝利を得たが、正規軍は弱体化し、最終のビトリアの戦い（一八一三年六月二〇日）にいたるまで敗北を重ねた。それ以前、フランスはスペインを失い、半島戦争で起きたことによってフランス軍の評判は地に堕ちた。それ以前、フランス軍がここまで残虐だったことは一度もなかった。もっと悪いことに、スペイン国民の蜂起は他国の民衆を触発した。たとえば、ナポレオンのロシア遠征のさいちゅう、ロシアのパルチザンは遠い「スペインの仲間」を模倣し、後れをとって部隊からはぐれてしまった兵士を殺し、捕虜を処刑した、もしくは――結果は同じことになったが――雪のなかを裸足で歩くよう強要した。これよりも深刻度は劣るが、その後にナポレオン軍が撤退を始めると、ドイツ、オランダ、そして北イタリアでも同じことが起きる。それなりにルールにのっとった正規軍による戦いから、逸脱を伴うゲリラ戦への転換が起こったのだ。

9

「理解できるか、できないか。それが問題だ…」
ドストエフスキー、トルストイ、サヴィンコフそしてネチャーエフの『革命家の教理問答』

アンヌ・ピノ

　ボリシェヴィキの革命家たちが改革をおこなおうという自分たちの意欲をピョートル一世の意志を受け継いだものだとするのは我田引水だったとしても、この君主がおこなった選択のせいでロシアは西洋思想の影響下に置かれるようになり、そしてそのことが一九世紀における変化をもたらしたのは間違いない。続いて起こったのがボリシェヴィキ革命という重大な危機であり、ソヴィエト体制という非人間的な残虐性である。

　ピョートル大帝は飽くなき改革者であり、国内の根本的変革に着手しており、その役にたつなら臣下の生活のどんな領域にも干渉し、彼らが命を落とそうが歯牙にもかけなかった。しかし、大帝を導いた意欲は、イデオロギーではなかった。彼の歩を進めさせていたのは、どんな抽象的な理論体系でもなかった。道があるから歩んだのである。要するに、ドストエフスキーの言をもじって言うなら、彼は「行動の意味よりも、行動を愛」した［カラマーゾフ家の弟アリョーシャの発言にあいづちをうって、兄イワンが「人生の意味よりも、人生そのものを愛するっていうことだな?」と言う。亀山郁夫訳『カラマーゾフの兄弟』第二巻、光文社古典新訳文庫、二〇〇六年］。いずれにせよ大帝の改革、そしてその後継者たちの改革を通じて、近代ヨーロッパにうまれたさまざまなユートピア思想、フリーメイソン思想、革命思想、社会主義が唸りをあげてロシアに広まり、何世代にもわたる著述家や思想家の心を捉えた。そしてそのあとで、行動だけを重視する者たち、よりよい未来の引き立て役となった旧世界を破壊することのみを重視する者たちが、決起することになった。

東方正教会への信仰に色濃く染まる土地では、理想主義とユートピア思想のせいでフランス式の平等主義や革命の暴力は当初、うさんくさく思われた。それでも一九世紀中葉以前からすでに、スラヴ派と欧化派を分かつ対立は続いたにせよ、その対立を超えて暴力的行動とテロルという考え方が、ロシアの社会主義的な革命思想のなかに浸潤していた。批評家ヴィッサリオン・ベリンスキーの社会主義への熱狂はすでに、ロベスピエールとサン＝ジュストへの賛美へと針路を変えていた。ドストエフスキーもまた、ペトラシェフスキー・サークルに足繁く通い、逮捕されて流刑に処せられた。予備審問の際、ドストエフスキーはペトラシェフスキー事件についてこう述べている。「ペトラシェフスキーはフーリエを信じています。フーリエ主義は穏健な思想です。…この思想には憎悪の要素はありません。フーリエ主義は政治的改革など考えていません。…この思想はサロンの思想なのです…。もっとも、疑いもなくこの思想体系は、第一に、それが思想体系であるということによってすでに有害です。

…しかしこのユートピア思想がもたらす害毒は、…恐怖を感じさせるというよりむしろ喜劇的なものです」〔訳はN・F・ベリチコフ編『ドストエフスキー裁判』中村健之介編訳、北海道大学図書刊行会、一九九三年のものを利用した。ただし文脈にあわせて訳文を一部変更。以下既訳を利用した引用について同様に訳文を変更した場合がある〕。しかしながら、サークル参加者の一部をすでに駆り立てていたのは、フーリエ主義というよりも、特別な行動手段としての破壊的暴力だった。たとえばニコライ・スペシネフはブランキ流の革命的暴力の信奉者だったのであり、彼こそがドストエフスキーの『悪霊』のスタヴローギンのモデルのひとりとなったのだった。

機は熟し、ユートピアと理想主義は、行動に道を譲った。歴史が書かれ、読み返され、そして文学はこのたびもまた写真でいう「陰画」を保存するという任務を帯びた。すなわち、実証史学が「どのように」を問う傍らで、その問いにつきまとって離れない「なぜ」の問いを問おうとするのである。この道を筆者はトルストイ、ドストエフスキー、サヴィンコフの歩みに即してたどることによって、ロシアで出版されたはじめての大規模テロル綱領がもつ前代未聞の暴力性の意味と帰結を明らかにしたい。そして、その綱領こそが、『革命家の教理問答』なのである。

ドストエフスキーが捜査官たちにペトラシェフスキー・サークルは元来ユートピア的性質のものだと熱弁を奮っていたころ、ネチャーエフはまだ子どもだった。しかし、早くも一八六六年に、農奴身分にうまれた女性を母にもつこの若者は、野心に燃えてモスクワに赴いた。その後彼はペテルブルクの教会付属の学校で教えつつ、学生に混じって扇動活動をはじめた。同志たちは一八六九年に逮捕されたが、彼は逃げおおせ、スイスに居を定めた。すでにプガチョフ、ルソー、ロベスピエールの賛美者になっていたが、さらにマキャヴェッリ、プルードン、ブランキ、ブオナロッティなどを読み進め、バクーニンの知遇を得て、革命のためならばどんな手段も正当化されうるという確信を共有するようになった。

一八六九年に彼は『革命家の教理問答』を執筆した。この短いテクストは二六項、四ページからなり、彼はそれを友人たちに読ませることなく、ロシア全土に広めた。題名を文字どおり読めばわかるとおり、このテクストはバクーニンが一八六六年に記した『革命の教理問答』とは違って、革命の綱領の基礎となりうる哲学的政治的基本方針を表白せんというものではなく、もっと直接的に――同時にもっと根本的かつもっと暴力的に――、革命家を名乗ろうとする者はどんな態度をとるべきか、その思想と生活はどうあるべきかを述べようとするものだった。

ネチャーエフは、生活のあらゆる領域にまたがる四つの観点――「革命家が自己自身に対してとるべき態度」、「革命家が同志に対してとるべき態度」、「革命家が社会に対してとるべき態度」そして「同胞が人民に対してとるべき態度」――において、革命家を魂のない機械装置に擬し、みずからが歯車の一つとなって大義に全身全霊を捧げるものとすることによって、冷徹かつ権謀術数に長け、破壊の綱領として理解された革命に全面的に献身する人間の肖像を描きだした。テクストでは「破壊」という用語およびそれと語源を同じくして作られた語が一一回にわたって用いられている。おそらく将来世代は新世界に入るが、その前に「文明」的と呼ばれる世界のあらゆる痕跡を消し去らねばならない。新世界は生命の運動によってもたらされるものだが、いずれにせよ革命家の目的ではありえない、というわけである。

この綱領にふさわしい人間とは、自分が「あらかじめ有罪宣告を受けた」(第一項および第五項)ことを知っており、どんな情念にも揺り動かされることのない冷酷な人間であるが、「文明」世界に発するどんな道徳的束縛からも自由である。この人にとって道徳的なのは、「革命の勝利に貢献するものだけ」(第四項)なのである。革命家の価値はただ「どれだけ役に立つか」(第八項)にのみ存する。革命への道において遅れている者は、進んでいる者たちが大義に奉仕するためにもちいるただの「資産」(第一〇項)にすぎない。革命への道を進んでいる者は、必要があれば、この資産をどのようにも利用することができる。真の革命家なら、社会がまもなく破壊されるからといって、少しでも惜しむことはありえない。しかし革命家は、このおぞましい世界を無に帰すのに必要な情報を手に入れるために、隠匿の技術を養う(第一二項-第二一項)。目標となるのは「全面的解放と人民の幸福」(第二二項)であるが、その条件は「人民革命」なのだから、人民の苦痛が増すのをためらうことなく、人民の堪忍袋の緒を切らせ(第二二項)、「悪党ども」とも手を組む。なぜなら悪党とは、いつでも抗議を「実行に移し」(第二五項)、完全な破壊をおこなうからである(第二六項)。

明らかに、ここではニヒリズムがアナーキズムを上まわっている。だからこそ、すでに人民主義の立場にたって未来を盾に取った暴力行動に反対していたアレクサンドル・ゲルツェンは、ネチャーエフにおける道徳観念の不在を忌み嫌った。また、国家という構築物を破壊し人民の敵を打倒する必要性を痛感していたバクーニンでさえもが、この『教理問答』を、蛮勇をもって鳴るアブレクと呼ばれるコサック反乱民の作品と断じた理由も、ここから理解できる。バクーニンはこんな警告を発した。「あなたがやっているのは常軌を逸した、耐えがたいことです。自然、人間、社会の完全な否定にほかなりません」。

暴力性はネチャーエフのテクストのいたるところに見出される。それはロシア革命運動を一挙にテロルの側へ移らせた。その残虐性は苦しみを見る快楽の予期に由来するのではなく、あらゆる人間的次元を無化し否定する手法に由来する。敵とは打ち倒すべき障害である。革命家のうち劣った者――身も蓋もなくいえば「大砲の餌食」になるもの――は、闘争のための資金源であり、優れた者はそれを好きなように使ってよい。そして革命家は道徳的基盤なしにテロルをおこなう特権をもつかのようにみえるが、じつは闘争することしかできない。――それは当人の内的指向によるものではなく、外側から彼を成形するほとんど超越的ともいえる意思によるものである。そしてそのことが、『教理問答』の暴力性の第二段階を明らかにしている。『教理問答』が教条主義という点で宗教的外観を呈するだけではなく、そこで用いられている用語そのものが宗教的なのである。実際そこでは、教会スラヴ語がいくつか使われている。ネチャーエフにいわせれば、大革命期のフランスにおいてと同じく、ロシア史においてもテロルがひとつの宗教になった。そして同時にネチャーエフは、テロリズムが道徳的性質をもちうるなどという幻想を、前もって、徹頭徹尾に根絶やしにしたのである。

筆者は、すべてを破壊するこの綱領を文学の――とりわけドストエフスキー、トルストイ、サヴィンコフの作品の――視野から検討することによって、血塗られた歴史的事実の領域を超え、厳密に哲学的な分析の領域にとどまることもせず、小説やさらに日記や書簡という人間の生きざまの「受肉した」形のなかに、ネチャーエフが説く暴力――もはや社会の再生という理想によって残虐性を覆い隠そうともせず、テロルの正当性に賭ける暴力――の道徳的および宗教的な意味あいをみいだす可能性を探ってみたい。

一八六九年秋には『教理問答』はモスクワとペテルブルクで回覧されるようになり、学生の働きかけを受けて、ネチャーエフは秘密結社「人民の裁き」を組織し、メンバーたちに相互監視を奨励した。そのひとりであるИ・И・イヴァノフという学生が一一月に殺害されたが、その理由は、よくいわれたのとは違って裏切りを図ったからではなく、ネチャーエフのやりかたに異を唱えたからだった。まもなく「人民の裁き」創始者の名前が、この殺人に結びつけられた。これらの出来事についてあますところなく伝えた『モスクワ新聞』の記事を読んでドストエフスキーは強い衝撃を受け——彼の生涯は革命思想史と連関しており、そして彼の芸術は人生と軌を一にし、いつまでも意味の尽きることのない探求の道だった——、準備中の長編小説をやめて、別の作品の構想を練りはじめた。それが『悪霊』となったのである。

物語を書き進めるにつれて、当初の予定は変わった。ネチャーエフ事件が中心ではなくなり、主要人物のはずだったヴェルホヴェンスキー＝ネチャーエフは複数の登場人物に分割されて、著者の思想のさまざまな側面を表現するようになったばかりか、スタヴローギンというい わく言い難い人物に出番を奪われることになった。ドストエフスキーの思想と芸術に特徴的な横すべりである。たえまなく起こる大量の事件の奥にドストエフスキーが聴きとろうとしているのは、本質的でもあり実存的でもある問いである。この問いには実際上も理屈の上でも回答がない。それは悲劇に属する。作品が進むにつれて、ヴェルホヴェンスキーはそのヒステリックな言動においてほぼ「喜劇的」になっていく。「喜劇的」という語が選ばれたのはゆえんのないことではない。なぜならドストエフスキーはすでにペトラシェフスキー会の友人たちの陰謀事件を形容する際にこの語を使っているからであり、「悲劇的」に対峙するものとして用いているからである。つまり「喜劇的」とは、笑ってしまうものという意味ではなく、人生の実存的、形而上的な問題からみれば取るに足らず、ばかばかしいという意味なのである。とはいえドストエフスキーは、お人好しではなかった。彼はネチャーエフの企てにおける暴力の重要性を十全に認識しており、その残虐性を暴きだすために、落ち着きなく憤激するがそれでいて凡庸でしかないヴェルホヴェンスキーというひとりの人物の台詞を借りている。「…前代未聞、卑劣きわまる堕落です、人間が…屑どもになり果てるような堕落です。必要なのは、それです！　…ロシアの民衆には、たとえどんなに口汚く罵ることはあっても、冷笑っていうのはなかった。…ぼくたちは、破壊を宣言します…ぼくたちはこれからあちこちに火を放ちます…そう、そうして動乱時代がはじまるわけです！　世界がいまだかつて見たこともないような動揺が生まれるんです…」［亀山郁夫訳『悪霊』第二巻、光文社古典新訳文庫、二〇一一年］。

物語としてドラマ化することには、ネチャーエフの冷徹で実践的なテクストに現実性を与え、その直接的かつ具体的な含意を明らかにするという、息を飲むような効果がある。ドストエフスキーはネチャーエフの妄想の奥の奥まで潜りこみ、その最終形態と残酷なニヒリズムを暴きだした。『教理問答』の残虐性は、ここでその第二段階を露わにしている。悪辣と判断された世界を破壊するのみならず、人民の魂のなかのまだ腐敗を免れているものをあえて意識的に変質させるのである。それは人民に、善悪に対する無関心の知的道徳的形式であるシニスムの苦い果実を味わわせることに他ならない。

それだけではなく、小説家ドストエフスキーが示したのは、どのようなものであれ、道徳的暴力に立脚した計画から出発するなら、自由な世界の構築にいたることはないということでもあった。『悪霊』の登場人物であるシガリョーフは、社会理論を夢想するすべての人々──プラトン、ルソー、フーリエ──を一刀両断にした後、自分のつくりだした理論の自家撞着も告白している。なぜなら、「かぎりない自由から出発しながら、かぎりない専制主義で終えようとしている」からである。さて、ヴェルホヴェンスキーがはまり込んだのは、正確にいって、論理の飛躍ではなくその行き詰まりといえる。彼の言によれば、「奴隷は平等でなくちゃならない。専制主義のないところに自由も平等もあったもんじゃない…。…完全な服従、完全な没個性」。シガリョーフの当初の企てが人間をある種原初の幸福状態にすることだったのは、ヴェルホヴェンスキーにとってたいして重要ではない──ルソーとフーリエへの糾弾からはじまった社会理論から、逆説的なユートピアがつくりだされたのだ、この点は強調すべきだ。ネチャーエフ流の物理的暴力は、ヴェルホヴェンスキーにおいて、もっとニュアンスに富んだ形をとった。つまり自分自身に対する道徳的暴力である。そして、後に「大審問官の伝説」[『カラマーゾフの兄弟』の作中で語られる物語]において述べられることが、ここで先取りして表明されてもいる。すなわち、『教理問答』の──そればかりか社会的楽園をうたうすべての者たちの──不可避的で逆説的な残虐性は、ひとつの根本的な誤りに由来する。その誤りとは、望まれてもいないのに人間を幸福にしようとし、場合によってはその望みに反して幸福にしようとするということだ、というわけである。ドストエフスキーは青年期の彷徨と流刑送りの経験から、人間はまず幸福をめざすのではなく自由をめざすのであり、この自由は善悪のどちらを選ぶかというやりかたでしか行使され得ないことを学んだ。人間から自由を奪うことは、彼にとって、現実を否定し、ネチャーエフの妄想のすべてに門戸を開くことなのである。

ネチャーエフの名前はドストエフスキーの日記にはよく出てくるが、トルストイの作品中にはごく稀にほのめかされる程度にしか登場しない。このことは、世界を、そこに起こる事件のしばしば恐ろしくもある絶え間ない流れにおいてではなく、独自の考え方のプリズムを通して見るという、トルストイの姿勢の反映である。この姿勢からすれば、『教理問答』のおぞましさは即刻対処すべきものというほどではない。ほぼ三〇年後、トルストイが宗教的回心を経た後年の著作は、えてして説教じみたある種の道徳主義を免れておらず、そのせいでどうしても人生と現実の動きから乖離しているが、暴力の正当性という問題に明示的に向き合うものもある。

一八九九年刊の『復活』においてトルストイは、主人公のネフリュードフがたどる運命を描くことで、流刑者の日常体験を見聞きしての生々しい実感であるかのように、革命家たちの暴力についての自分の考えを開陳している。ネフリュードフは政治囚の話を聞くことを通じて、革命家たちの暴力が、大臣なり判事なり官吏なりのでっちあげによって、彼らにたいしてあらゆる瞬間に加えられている暴力への応答にほかならないことを理解する。

非暴力の人であったトルストイは晩年になっても、革命的、政治的な暴力でも、おぞましさという点では、ほかの暴力と変わるところはないという信念を抱き続けた。そして、自らの命を犠牲にするほどの道徳的気高さをもって行動する人もいるにせよ、暴力を行使する人はほとんどの場合トルストイが嫌う凡人である、と考えていた。しかし、彼が糾弾するこの見境いない暴力は、『復活』においては、教会と共謀して人民を家畜扱いし人民の生殺与奪の権を嬉々として行使する下劣な体制の残虐性に対する答えであるかのように描かれている。

この視点の転位は、一八八〇年代からトルストイが育んできた考え方に対応している。暴力はどんな性質のものであれ——土地所有でさえ暴力である——それ自体が糾弾されるべきと考えながらも、彼はこの時期以降、人民——生来善良だが、主人のせいで堕落する人民——の暴力を、権力による暴力と分かつようになる。人民の暴力はいわば二重に見境いない。ひとつには、自由の本能に駆られてである。そしてもうひとつには、道徳法則への無知ゆえに、正義をもたらそうとして道徳法則に背く——それゆえに、この暴力は残酷であるとともに道徳性を帯びる——手あたり次第に襲いかかるからである。権力による暴力はどうやっても正当化できない。それは国家装置によって常時正当化されているゆえに、二重に残酷である。なぜなら、合法とみせかけつつ完璧に非合法にいとなまれるからであり、同時に、自由のためならすべてを犠牲にしても構わないと考える人たちを踏みにじりつつ、それが合法なのだと規定する人たちの利益を守っているからである。

この合法的暴力は、自然道徳——トルストイは自然道徳に執着し、それが人類にとってもロシアにとっても救済への唯一の道だと考えていた——の基礎ばかりか、社会道徳の基礎までも掘り崩す。社会道徳は利己主義によって内奥まで腐敗し、破壊的な力の爆発へと変質する。彼の世界観ではこの爆発を理解はできるが、無意味であり、おぞましい。それは「あるかたちの暴力をべつのかたちの暴力に」置き換えることにいたるからである。おそらくそれゆえに、トルストイは評論『黙っていられない』において、革命家を死刑に処することを直截に糾弾する一方で、権力によって行使されたテロルとは、革命家たちによるテロルとそれに続いて起こる人民によるテロルとに対する答えである、とも指摘している。彼が平和的な解決しか予見していなかっただけに、この暴力のエスカレートはいっそう耐えがたかった。人間とは地を耕し愛を育むとき幸せを感じるということに、彼は一片の疑いもいだいていなかった。『黙っていられない』（一九〇八年）に先立ち、年初に起こった労働者騒擾が四月末から農村の広い範囲に達していた一九〇五年九月、トルストイは『時代の終わり』において、つぎのように書いている。「…政府に服従することや、国家や祖国といった人工的なまとまりを認めることを拒否すれば、人々は自然な暮らしへと導かれるはずである。その生活は喜びに溢れ、農業共同体のあらゆる道徳性に満ちており、みずからの発する規則に従う。その規則は万人に理解でき、相互的な合意の結果であり、強制によるものではない」。こうして彼はルソーを超えて真の黄金時代のビジョンにまで到達していたのだが、こうした理想主義的でもあり教条主義的でもある展望が紛いものであり、人を欺く、危険でさえある性質がある、とドストエフスキーがすでに何度となく示していたことを忘れていたのである。

自身の理想に囚われたトルストイは、なお故国を導くことができると信じていたが、実際にはロシアの現実から引き離され、根無し草になっていた。だからこそボリシェヴィキは彼を嫌ったのだし、ボリス・サヴィンコフのような人の選択と歩みを彼は理解できなかった。サヴィンコフは社会民主党加盟を問われ一八九九年にペテルブルク大学を退学になり、ロシアを去ってスイスに赴き、一八八一年の皇帝アレクサンドル二世の暗殺をはじめとする事件を起こしたテロリスト・グループ「人民の意志」などの流れをくむ社会革命党にくわわった。『蒼ざめた馬』フランス語版の序文においてミシェル・ニクーがもちいた表現を引用するならば、当時のスイスは「ロシアの革命家テロリストたちの紛れもない巣窟」と化していた。ロシア専制国家の抑圧的性質を体現しているその要人たちに対してテロルをおこなった彼は後年、一九一七年の二月革命の結果成立した臨時政府において政府委員という要職を務めたのち、一〇月革命後には白軍と反ボリシェヴィキ勢力を糾合して「緑軍」を創設した。最終的にはボリシェヴィキ軍に捕らえられ、ルビャンカ監獄の贅を尽くした特別室に軟禁される囚人となった。一九二五年五月、獄中で自死。

波瀾万丈な人生を以上のようにあえて簡潔に余計なことばを交えずにまとめると、この人物の矛盾が浮かび上がってくる。彼はおそらくつねにひとつの思想体系ではないものを探していたが、最終的にはもはやなにものにも意味を見いだせなかった。たぶん彼は存在したことと「存在しなかったこと」のむなしさに捕らえられていたのであり、そしてまた黙示録の「蒼ざめた馬」と「漆黒の馬」にも捕らえられていた。二匹の馬は、彼の文学作品の両極に置かれる以前から、彼の思想にながいあいだつきまとっていた。なぜなら、テロリスト・グループのリーダーだったサヴィンコフが無際限の暴力を実践し、とりわけ一九〇四年の帝政ロシアの内務大臣ヴャチェスラフ・プレーヴェ暗殺、一九〇五年のセルゲイ大公暗殺というたいへん象徴的な二つの事件の黒幕だったとしても、「敵」を根絶するためならどんな障害を前にしても一歩を引かなかったとしても、作品からわかるように、彼はネチャーエフが冷徹と権謀術数のモデルとしたような理想的革命家を体現した人物ではなかったし、彼の一部分——ロープシンのペンネームで作品を残した部分——は実存的性質の問題と晩年まで戦っていたからである。『蒼ざめた馬』、『存在しなかったこと』そして『漆黒の馬』は、聖書の「汝殺すなかれ」という言葉に背いてもよいと信じている、あるいは信じようとしている人間たちの影法師が動き回り、爆弾を握りしめながらテロリズムの正当化をめぐって自問する、千変万化の万華鏡的な三つの著作である。

『蒼ざめた馬』において、語り手であり著者の分身であるジョージは、ワーニャのことばを思い出す。サヴィンコフの旧友であり、その闘争に死のときまで随伴したイヴァン・カリャーエフがワーニャのモデルである。

「『…ぼくにはただふたとおりの、ぜんぶでふたとおりの道しかないように思われるんだ。ひとつの道——そこではすべてが許される。そう、すべてが、なんだ。だから、それはスメルジャコフだ。…もし神がなくキリストが人間にすぎないとすれば、愛もない、つまりなにもないってことになる…もうひとつの道は——キリストの道だ。ねえ、きみ、もし愛するなら、多くのものを、そして真に愛するなら、そのときは殺人も許されるのではないだろうか？　そうではないだろうか？』

わたしはいう。

『殺人はいつだって許されている』

『いや、いつだって許されているわけではない。そんなことはない。殺人は重い罪だ。しかし思いだしてくれ。同胞たちのために自分の魂を捨てるより大なる愛はなし、というではないか。…』

『だったら、殺人をやめるがいい。テロから離れてもいいんだ』

彼の顔があおざめる。

『どうしてきみはそんなことが言えるんだ？　どうして笑うんだ？　ぼくはいま殺人にくわわって

9　「理解できるか、できないか。それが問題だ…」——ドストエフスキー、トルストイ、サヴィンコフ、そしてネチャーエフの『革命家の教理問答』

いる。それでぼくの心はひどく悲しんでるのだ。だが、ぼくは殺さぬわけにはいかない。人々を愛しているからだ』」〔川﨑浹訳『蒼ざめた馬』岩波同時代ライブラリー、一九九〇年〕。

ワーニャにおいて、暴力はおぞましいが避けることのできない手段として理解されている。なぜならそれは、苦しんでいる人々に希望と自由をあたえるために、愛することを知らない人々を罰する愛の行為だからである。それは逆説をふくむ行為であり——なぜならそれは、愛ゆえに、愛に反しておこなわれるからである——、キリストの掟において正当化されるが、さらに超えてさえいる。なぜなら「友のために自分の命を捨てる」〔ヨハネによる福音書一五・一三〕だけではなく、「魂」も捨てるからである。

残虐性は内面に向かっている。なんとなれば、愛を糧にして生きるすべを知らない以上、破壊の暴力をなしとげることによって「愛のために死」につつ愛の外に身を置くのは、ワーニャ自身だからである。ワーニャにおいて、道徳的な問いはのりこえられており、形而上学的かつ宗教的な様相を帯びている。善と悪はもはや単なる道徳法則ではなく、魂の生のプランなのであり、ワーニャが発する問いかけは、ドストエフスキーがカラマーゾフ家の「四人目」の兄弟であるスメルジャコフについておこなった問いかけと明白に似通っている。スメルジャコフは、イワンのつくりあげた理論に従って父殺しの実行犯となるが、容疑をかけられたのは長兄のドミートリーであった。

ワーニャやスメルジャコフが抱いた確信は、たとえ脆いものであっても、語り手＝サヴィンコフにはその時点で手の届かないものである。彼はすでに疑いを抱いており、自分がおこなったことの意味を探している。――そして、自分の存在の意味を言外に問うている。「わたしが知っているのは、われわれがきのう殺したなら、きょうも殺すし、あすも必ず殺すだろうということだ。…キリストの復活やラザロの甦りを信じる者は幸いである。また、社会主義や未来の地上の楽園を信じる者は幸いである。だがわたしには、こんな古くさいおとぎ話はこっけいだ。だから一五町歩《デシャチーナ》の土地の分配もわたしには魅力がない。わたしは言った。奴隷でありたくないと。はたして、こんなことにわたしの自由があるのだろうか…なんで、自由がわたしに必要なのか？いかなるものの名においてわたしは殺人をおこなうのか？」そしてさらにこうも述べる。「掟のないところには罪もまたない、と人はいう。…もしわたしに掟があるのならば、私は人を殺しはしないだろう。…しかし、わたしの掟とはなにか？さらに、こうもいわれる。人を愛さなければならない、と。だが、もし心に愛がなかったら？…わたしは生死の境にいる。罪にかんする言葉が、私にとってなんの役にたとう？」

実際、何の役にたつのだろうか。生死の境にあって、いずれにせよ流血に苛まれ、ジョージは言ってみれば善悪の彼岸、あらゆる道徳法則の向こう側で生きている。この段階において、暴力は――たとえ故意におこなったとしても――もはや「偶然事」、「突発事」でしかないし、残虐さという観念は存在しえない。ではサヴィンコフのどのページにも広がっている不快感はどこから来るのか。簡潔に事実だけを述べ、異なる登場人物の話しぶりの違いで彼の苦しみを描きだす文体を通して伝わる、どうしようもないむなしさというこの感情は、なんなのか。答えはおそらくサヴィンコフが拘留期間の終わり頃の数週間に記していた日記の中にある。「私の魂にはなんの希望も残っていなかった。ややどうでもよかった。同時に、私には死ぬ理由は何もないということを私は明確に理解していた。まさしく『理由は何もない』。精神はかなり前から死んでいる。ワルシャワにて。…」サヴィンコフは最期にロープシンと和解したかもしれないが、そのときすでに出口のない限界を迎えていた。死を選ぶ理由がどこにもないということが、生きることを不可能にした。この見方からすれば、サヴィンコフの二重生活――テロリスト政治家にして作家――は、ネチャーエフの理想とは非人間的なテロリストにでもならなければ到達しえないものだということを、身をもって証明したかのようである。もしかするとこの運命の解決しようもない矛盾がドストエフスキーの悪夢を成就させ、ドストエフスキーが予感していたことを実現したかもしれない。すなわち、善悪の彼方には虚無しかありえず、その残虐性は、ピエール・ジルがジョルジュ・ベルナノス論において用いた言い方を借りれば、「どんな現前も不在である」ことのうちに存している。なぜならジョージ＝サヴィンコフに唯一存在しているかのようである死は、彼にとって和解へと通じているのではなく、死滅へと通じているからである…。　ミシェル・ニクーが論じているように、「自身の魂が死んでおり、蒼ざめた馬が遠からず迎えに来るということを、彼は知っていた」のである。

　したがって、ボリス・サヴィンコフの生涯は、あたかもどんな地上の楽園も幻想か、さもなければ地獄であるという証明かのようである。なぜならそのとき、ニコライ・ベルジャーエフ――サヴィンコフと生き方は異なるが、同じく流刑の苦しみを経験した――が言うように、「…おのれの自由を神への反逆にむけた人…は人間精神の嫡子権、その生まれながらの自由を断念せねばならぬ。彼らは自由を必然性の国に引き渡す。彼らは最もおそるべき暴虐にまで至る。…恣意および我意としての自由、神なき自由は、《無限の圧制》にいたるほかはない」［斎藤栄治訳『ドストエフスキーの世界観』白水社、一九七八年」からである。

付言するまでもなく、レーニンは逆に人々を専制から自由へと導くと豪語した。さらにいえば、裏切りに苛まれることになるのを予感しつつヨーロッパからロシアへと向かうとき、「魂が内面的に死んでいた」サヴィンコフは、やがてボリシェヴィキ主義への抗議として自死することをあらかじめ予見していた。暴力の行使のせいで彼は何にも高揚することがなくなった。どんなに激しい暴力もまず魂を傷つけることが判明した。しかし、すべてを奪い去ったのは、内戦のおぞましさのなかで、自分の兵士がいかに卑劣であり人民があさましいかという発見だった。

おそらくトルストイには彼を理解できなかったはずである。というのも、彼はニコライ・ストラーホフ宛ての手紙の中で、ドストエフスキーが死んでから三年もたたないうちに世間が「善と悪の内的なたたかいのさ中で死んだこの人物を予言者、聖者の列にまで高めようとする」のにいらだっていたが、その一方で、『蒼ざめた馬』を読んだときには、ただこう記しただけだったのである。「誇張なしに、瘋狂院だ。が、私はこれらの読者および作家の意見を尊重する。面目なし。レフ・ニコラエヴィチ」［中村融訳『トルストイ全集一八　日記・書簡』河出書房新社、一九七三年］。

しかし、ここでレフ・ニコラエヴィチを名のるトルストイに問いたい。ドストエフスキーは『カラマーゾフの兄弟』において、人間の心を「悪魔と神と戦う戦場」――その外では「すべては許されている」戦場――ととらえたが、あなたはそれを無視し、暴力は単なる非暴力によって乗り越えることができると何世代にもわたって信じさせてしまった。このことをこそ、いっそう面目なく感じるべきではないだろうか。さらに、暴力性と残虐性が歴史の偶然事などではなく、諸政府と人間の方向性を

9 「理解できるか、できないか。それが問題だ…」——ドストエフスキー、トルストイ、サヴィンコフ、そしてネチャーエフの『革命家の教理問答』

決定づけていることも、あなたの目の前で展開していた現実が歴史上知られる最も残酷な政治体制のひとつの序幕以外のなにものでもなかったことも、あなたは理解しなかった。そのことをこそ、なおいっそう面目なく感じるべきではないだろうか、と。

10

「マルクス、エンゲルス、レーニン、スターリン、毛！」
階級闘争、内乱、全体主義的残虐

ステファヌ・クルトワ

一九九七年に『共産主義黒書 犯罪、テロル、抑圧』〔本論の著者クルトワとニコラ・ヴェルトの共著、外川継男訳、ちくま学芸文庫、二〇一六年〕が出版されて以降とりわけよく知られることとなったように、共産主義運動と共産主義体制は、一九一七年から一九九一年までの「短い」二〇世紀〔歴史家エリック・ホブズボームの表現〕に、犯罪的としかいいようのない側面をもち続けていた。とはいえ、数千年も前から人類の歴史についてまわっていた無数の暴力行為と政治的残虐行為のただなかにあって、共産主義体制は何が違うのだろうか。大量テロルを権力の座にのぼる手段とし、権力を維持する手段として合法化したことだろうか。マルクスによる共産主義の予言から唾棄すべきクメール・ルージュへと至らせた観念の系譜、人間たちの寄与、状況の役割は、どのようなものだっただろうか。

本章の題名が言わんとするのは、この問いに尽きている。多少の皮肉をこめて「マルクス-エンゲルス-レーニン-スターリン-毛沢東!」という題名をつけたのは、多くの読者にとってはなんのことやらというところかもしれないが、学生運動が盛んだった「六八年」前後を想起させるものである。トロツキストが「ホー、ホー、ホー、チ、ミン、チェ、チェ、ゲバラ」とリズムよく歌いながら跳ね回っていたのに対して、毛沢東主義者たちは横一列に密集して並びながら、「マルクス、エンゲルス、レーニン、スターリン、毛《マオ》」と連呼していた。さて、後者のスローガンの決然たるトーンと人物の組み合わせは、ホーおじさん［ホーチミンの愛称］とチェという名前よりも無限にはるかに、イデオロギー的現実と共産主義の暴力的本質に対応していた。ホーとチェは、革命とはエキゾティックでロマンティックでなくてはならぬと考える人にとって、彼らが夢見る革命の象徴であった——いつわりの象徴であるが。これに対して、「五人組」はひとつの、究極の疑問を提起する。すなわち、政治的残虐行為と革命的残虐行為とは区別すべきものなのか、ということだ。政治的残虐行為とは、王朝権力や地政学的な力関係や民族的人種的そして／または宗教的な紛争といった旧態依然の争いにまつわる残酷性である。これに対して革命的残虐行為とは、イデオロギー的熱情によって推進される残酷性であり、それがたどりつくのは全体主義というまったく新しい権力類型の出現である。

階級闘争から内戦まで

一八世紀まで何世紀にもわたって歴史を彩ってきた無数の宮廷革命とはちがって、フランス革命はイデオロギーによって推進される種類の政治革命の嚆矢となった。このイデオロギーは、政治学的にいえばその民主主義的側面——有権者の代表から形成された国民議会、憲法、「普通」選挙——によって、法学的にいえば人権宣言によって、旧体制の全体を否定した。

さて、この革命はすぐさま急進化した。とりわけ一七九三年前半には、国王への死刑宣告と処刑があり、パリの市会とサン＝キュロットのエベール派過激主義者の主導により国民公会が非常事態を宣言した。最後に、この急進化の果てにあらゆる敵対陣営に対して、国内——ヴァンデ地方だけでなく、リヨンおよび反乱を起こした六〇の県にも——と国外——ヨーロッパの全君主国——を問わず、全般的戦争が宣言された。古代から近代にいたるまで、内乱とはいつでも情け容赦なく屍を累々と積み上げ、最悪の残虐行為へと至るものだった。さて、ロベスピエール派の革命は旧態依然の政争を理由とするものではなく、徳と恐怖についての演説［ロベスピエールが一七九四年二月五日に国民公会でおこなった有名な演説のこと］によって正当化された。この演説こそが、普遍主義的な自負をもったイデオロギーの萌芽だったのである。革命の主役たち——個人であれ集団であれ——の競い合いといっさいの正当化原理の不在とが推進力になって、ロベスピエール派の革命は全能の意思の名において権力にいっさいいなんの制約もなく行為するよううながし、現代史を象徴するはじめての大量の政治的残虐行為の幕開けとなった。

とはいえ、この推進力はテルミドール九日をもってついえ、ナポレオンによる帝政の樹立によって、ふたたび政治は王朝間の衝突、地政学的な力関係、およびキリスト教道徳の方途へと戻った。ナポレオンが指揮を執った戦争もキリスト教道徳の原則尊重に立ち戻ったが、例外となったのが、本書でティエリー・レンツが紹介するスペイン戦争とカラブリア占領である。

しかしながら、革命とは政治的であるにとどまらず社会的かつ平等主義的でもあるという考え方は、すでに一七九五〜一七九六年から、グラックス・バブーフによる平等派の「宣言」と「陰謀」の刺激を受けて出現していた。その後一七九七年に、レティフ・ド・ラ・ブルトンヌが「財の共有」を指して「共産主義」という語をはじめて用いた。フランス革命によって幕が開けられたイデオロギー的かつ革命的な二重の運動は、世界のどこででも通用するという普遍主義的な自負——実際には世界的な野心——をもち、それがまもなくカール・マルクスに引き継がれた。マルクスは擬哲学的な土台——弁証法的唯物論——と科学を自負する社会歴史学的論理——唯物史観——とを与えることによって、この運動を変容させた。

マルクスは確信に満ちた無神論者であり、フランス革命とその「人権」の「観念的」かつ「ブルジョワ的」な次元への徹底的な批判を開始した。彼から見て、一七八九年に開始された「政治的解放」は真の「人間的解放」をもたらすものではなく、私有財産制によって引き起こされる疎外に終止符を打つことはない。私的所有は人間をその個人的人格までに区切るからである。人間が解放されうるのは、市民へと、「共同的」、「類的」な存在へと全面的に変貌するときに限られる。そしてこの変貌が意味するのは、プロレタリアートという新しい力が非人間的条件をそれとは正反対のものへと覆し、哲学が提議した任務を実現する、ということである。こういう概念的基盤から出発して、マルクスとエンゲルスは一八四五〜一八四六年に彼らの歴史理論を磨きあげた。そして一八四八年初頭、『共産党宣言』において、その理論を政治領域に適用することになる。

『共産党宣言』はこんな綱領的な文句ではじまる。「これまでのすべての社会の歴史は階級闘争の歴史である。自由民と奴隷、貴族と平民、領主と農奴、同職組合の親方と職人、要するに、抑圧するものと抑圧されるものとは、つねに対立して、ときには隠れた、ときには公然たる闘争をたえまなくおこなってきた。そして、この闘争は、いつでも社会全体の革命的改造に終わるか、あるいは、相闘う階級の共倒れに終わった」〔以下、マルクスおよびエンゲルスからの引用は基本的に大月書店の全集版による。なお、文脈の都合で訳文を修正した場合がある〕。そして『宣言』の末尾では、こんなふうに予言している。「共産主義者は、従来のすべての社会秩序を暴力的に転覆せずには彼らの目的が達成できないことを、公然と言明する」。この言葉を基礎に置いて、マルクスとその信奉者たちは、「歴史的運動の理論的理解」へと到達した、と自称したのである。

一八四八年二月のパリの革命と、それに続く六月の労働者蜂起、そしてカヴェニャック将軍による蜂起鎮圧は、マルクスの正しさを証しているかのように見える。彼はこれをもとに『フランスにおける階級闘争』という一冊の書物を書いた。そこで彼が強調したのは、社会関係は結局のところ階級関係に帰するということだった。階級関係が先鋭化すると、「激しい階級対立をとる」に至る。マルクスはまず「ブルジョワ・テロリズム」とブルジョワジーによって計画された「内乱とを糾弾する。翻ってこの内乱ゆえに「ブルジョワジーの転覆！　労働者階級の独裁！」という「大胆で革命的な闘争スローガン」が正当化されるのである。彼はその革命幻想のうちで、こう予言している。「…フランスのプロレタリアートのどんな新しい反乱も直接世界戦争といっしょに起こる、という状況になった。新しいフランスの革命は、ただちに国民的な地盤を捨てて*ヨーロッパ的な*基盤をかちとることを余儀なくされている。そうした基盤においてのみはじめて一九世紀の社会革命はなしとげられる」。レーニンはやがて、この終末論的なヴィジョンを思い出すことになる…

その代償としてマルクスが拒否するのが、とりわけ一八四八年二月に導入された男性普通選挙を通じて「矛盾する階級利害」が均衡点を見出しうる、という考え方である。選挙とは社会関係を、その経済的多様性のみならず歴史的、宗教的、政治的、地域的等々の多様性において、正確に説明するものである。だからマルクスは選挙や代議士にも議会で多数を得ることにもすこしも敬意を払わなかったし、有権者の多数を占める二五〇〇万人の農民を深く軽蔑してもいた。農民とは「野放しの財産欲」によって、「文明のなかで野蛮を代表する階級」になった。だから共産主義に希望を託すのである。共産主義とは、「革命の永続宣言であり、階級差異一般の廃止に、これらの生産関係に照応するいっさいの社会関係の廃止に、そしてこれらの社会関係から生じるいっさいの観念の変革に到達するための必然的な過渡点としてのプロレタリアートの階級的独裁である」。「内乱」、「プロレタリアートの革命的独裁」。これもまたレーニンが重要な教えとすることになる。

マルクスとアメリカの内戦［南北戦争］

マルクスが革命に寄せた希望は、一五年間にわたって、ナポレオン三世の傑出した政策によって冷や水を浴びせかけられた。ナポレオン三世はすでに一八四八年から、「大衆」を国家の命運と国際関係に統合する必要性を理解していた。それは普通選挙――統制されており信任投票的だとしても――を通じて、また一八六四年の国際労働者協会の設立支援を通じておこなわれた。そしてナポレオン三世は近代最初の権威主義体制をはじめた。さて、アメリカ合衆国における内戦の勃発は、マルクスの希望を呼び覚ました。彼は内戦がはじまるとすぐ、アメリカのドイツ系新聞にこの戦争について論じる記事を書き、この事件の世界的重要性を強調した。一八六一年一一月七日の記事では、「実際、近代史上最初の重要な戦争はアメリカでなされた」と述べている。そして少し後には、別の記事において、つぎのようにも書いている。「どのような観点からみても、アメリカの内戦は、軍事史上比類のない壮観を呈している。戦闘地域の厖大なこと、作戦距離の長い広大な戦線、戦前の軍編成上の基盤に頼れない状況でつくりだされた両交戦軍の兵力、これらの軍隊を維持するための途方もなく大きな費用、その指導方法、および戦争遂行のための一般的戦術・戦略の諸原理――これらすべては、ヨーロッパの観察者の目にはあたらしいと映る」

実際、この戦争は、産業の時代の最初の戦争だった。戦いは五年にわたって大陸全土で展開され、電信と鉄道が大いに活用された。北部では二〇〇万人――そのうち二〇万人以上が逃亡奴隷ないし解放奴隷だった――が、南部では八五万人が動員された。戦術や戦略も全面的に革新された。まったく新しい兵器――弾倉をそなえたライフル銃、機関銃、装甲艦、魚雷、地雷――が実戦に投入され、死者を六一万七〇〇〇人出した。二〇世紀の二度の世界大戦における合衆国軍の死者数をしのぎ、この戦争の残酷で血なまぐさい性質を物語っている。それは、産業面で大いに発達を遂げ人口面でも開拓者精神にあふれ自由を愛する二〇〇〇万人の住民を抱えるに至った北部と、経済といえば奴隷耕作と綿花貿易しかない一一〇〇万人の住民――そのうち奴隷が三五〇万人で、奴隷所有者が三〇万人――を抱える南部との衝突であった。

マルクスとエンゲルスがよく事情に通じていたのは、一八四八〜一八四九年のドイツ革命を主導した共産主義者同盟のメンバーを含む二〇万人以上のドイツ人がアメリカ合衆国に亡命し、北部側について戦争に参加したからである。そのなかには、プロイセン軍将校カール・アネッケとアウグスト・フォン・ヴィリッヒもおり、彼らは合衆国でも軍役について、大佐や元帥の階級に就いた。そしてとりわけヨーゼフ・ヴァイデマイアーは、アメリカ合衆国における社会主義運動の創始者のひとりとなった。彼は一八六〇年のエイブラハム・リンカーンの大統領選挙キャンペーンに参加する一方、ミズーリ州の遠征軍では砲兵隊の連隊長に任命され、またエンゲルスとまめに文通を続けた。

リンカーンは一八五四年一〇月一六日の有名な演説において、自分の運動がキリスト教道徳的で平等主義的な側面をもつことを、はっきりと強調した。「黒人も人間だとしたら、ではなぜ私の信仰は『あらゆる人間は平等につくられた』と言うのでしょうか。人間が他の人間を奴隷に落とすことを許す道徳的権利などありうると言うでしょうか」。反対にマルクスは、経済的次元が決定的である、とみなしていた。たとえば彼はすでに一八六一年一一月二六日の『プレッセ』紙の記事に、こう書いている。「南部と北部とのあいだの現在の戦闘は、それゆえ、二つの社会制度のあいだの、奴隷制度と自由労働制度とのあいだの戦闘にほかならない」。つまり彼は、一八四八年の『宣言』にはじまる彼の二元論的な歴史の読解格子というプリズムを通して、この戦争を分析していた。この読解格子を補完したのが、クラウゼヴィッツの『戦争論』である。クラウゼヴィッツにとって戦争とは、政治の遂行を政治ではない他のさまざまな手段を通じておこなうことだった。「この二つの制度が北アメリカ大陸にもはや平和的に併存できないので、この戦闘がおこったのである。この戦闘は、いずれか一方の制度が勝ってはじめて、終わらせることができるのだ」。奴隷所有者がその黒人財産（黒人奴隷）を保全するために南部に集団移住し、そのことによって北部と接触した南部陣営が弱体化したことに言及しつつ、マルクスはつぎのように、楽天的な結論を述べている。「あとに残っているのは、「穏健」な奴隷主の屑だけである。彼らは、所有する黒人財産の補償としてワシントンが提供する金の山にまもなくがつがつとむしゃぶりつくだろう。彼等の黒人財産は南部市場への販路が閉ざされるやいなや、どのみち価値がなくなるだろうから。こうして戦争そのものが、境界諸州の社会的生産形態に現実に革命をひきおこすことによって、一つの解決をもたらしている」

　マルクスは、リンカーンの南部分離派に対する武力行使には賛成したとはいえ、リンカーンが「人民革命の申し子」ではなく「普通選挙の凡庸なたわむれ」の落とし子にすぎず、「決せられるべき歴史的な大いなる任務をすこしも知らない」、と手厳しく批判している。マルクスはアメリカ大統領たるリンカーンをあからさまに攻撃することはあえてせず、奴隷制廃止派の指導者の最右翼であるウェンデル・フィリップスの演説に託して主張を展開する。フィリップスは、「リンカーンが弁護士ならではの順法精神ゆえの慎重さと内戦の本質的必要性とを結びつけることを学ぶには、数年を要するだろう」と言明し、「それは民主的政府のもつおどろくべき条件とその最大の弊害なのである。フランスならば、正しい理由に信念をもつ一〇〇人の人間が国民全体を運んでくれるだろう」と述べた。

　マルクスが思いをはせているのはもちろんフランス革命における独裁と粛清の期間のことであり、エンゲルス宛て一八六二年八月七日付の手紙で述べられているように、違う展開を期待していた。「問題は要するにこうだと思う。すなわち、こうした戦争は革命的に遂行されなければならないのに、ヤンキーはいままでそれを立憲的に遂行しようと試みてきたのだ」。「こうした戦争」とはつまり、「内戦」、「原理がぶつかり合う革命的戦争」、「二つの社会制度のあいだの、奴隷制度と自由労働制度とのあいだの戦闘」を指す。マルクスは明らかに、内戦と社会革命を結びつけていた。

二日後、彼の考察はさらに進んだ。「いままではわれわれは内戦の第一幕——すなわち戦争の立憲的な遂行をみてきたにすぎない。第二幕、すなわち戦争の革命的な遂行が迫っている。…議会は、北部の一般大衆が久しく待ちぼうけを食らわされていた自作農地法案を可決した。…アメリカ合衆国のすべての準州では、奴隷制は〝永久にありえず〟と宣言された」

とはいえ、原理原則にもとづくこのような否定的評価があるにせよ、マルクスはしだいにリンカーンという人物が「ひきつづき確乎たる態度を表明することによって、自分は過度の用心をして前進するが決して後退しない、緩慢だが堅実な人間であることを世界に示した」、と理解するようになった。一八六四年一二月に彼は、リンカーンの大統領職への再選にあたり、国際労働者協会に祝辞を送らせている。「労働者階級…は、労働者階級の活力にあふれ勇気ある息子エイブラハム・リンカーンが、鎖につながれた種族を救出し、社会的世界を改造する比類のない闘争を通じて、祖国を導いていく運命をになったことこそ、新しい時代の予兆であると考えています」

ところが、われらの二人の革命家が希望していたのとはまったく異なり、そしてこの戦争の極端な暴力性にもかかわらず、リンカーンは戦争を「立憲的」に推し進めた。つまり戦争法を遵守した。内戦の大半では勝利した陣営が敗北した陣営を蹂躙したが、リンカーンは南部に和平案を提示し、北部の軍事的・政治的な勝利——奴隷制廃止——を、アメリカ国民の統一の名のもとで和解と国内の平和を実現する機会に変貌させた。それでもマルクスは、内戦が終わったあとの一八六六年四月になっても、エンゲルスに「内戦の段階が終わったからには、アメリカ合衆国はいまや革命の段階に間違いなく入っていく」と書き送っている。したがってロビン・ブラックバーンのつぎのような結論を認めざるをえない。「南部分離派への抵抗を急進化させよう——すなわち内乱を社会革命へと変貌させよう——というキャンペーンが、マルクスの思考と言葉づかいにかなりの影響をおよぼしていたようだ」。これを証明するのが、やがて勃発するパリ・コミューンである。

普仏戦争からパリ・コミューンまで　フランスにおける内乱

マルクスにとって南北戦争は一八七〇年の普仏戦争を考察する叩き台となった。普仏戦争について彼は最初、エンゲルス宛て一八七〇年七月二〇日付の手紙において、プロイセンが勝利する場合に何が焦点となるかを、つぎのように論じた。「…ドイツの優越は西ヨーロッパの労働運動の重心をフランスからドイツに移すことになるだろう。そして、これら両国における一八六六年から現在に至るまでの運動を比較してみただけでも、ドイツの労働者階級が理論的にも組織的にもフランスの労働者階級にまさっていることを知るには、十分なのだ。世界の舞台におけるフランスの労働者階級にたいするドイツ労働者階級の優越は、同時に、プルードンなどの理論にたいするわれわれの理論の優越でもあるだろう」。ここからわかるのは——いうまでもないことかもしれないが——、マルクスの政治的位置どりのすべては、自身の理論的展望の優位性を認めさせたいという意図に動かされているという事実である。とはいえ、フランス軍のあっけない敗北、九月四日の共和国宣言、一八七一年二月の国民議会議員選挙における王党派の過半数獲得、そしてパリ・コミューンの宣言とその最終的敗北を見て、マルクスはその著『フランスにおける内乱』において、政治的かつ社会的な共産主義革命と内乱の絶対的必要性との連関についての考察を、さらに急進化させることになった。

彼はまず国民議会選挙――それは彼にとって「反芻動物」に喩えられる田舎地主たちによる「反革命の陰謀」にほかならない――と「反逆的な奴隷所有者たち」――この表現は明らかに南北戦争における南部陣営をあてこすっている――の政府を拒絶するところからはじめる。つぎに彼は、一八七一年三月一八日のコミューン宣言の正当性を擁護する。この宣言は、一八七〇年一〇月八日、ついで三一日にブランキ主義者と国際労働者協会がおこなった二度の共和制転覆の試みを経て、発表された。それは「われわれが望む平等的な社会の基盤を革命的に」築くための転覆だった。そして「社会的共和制万歳」という雄叫びが聞こえる。マルクスはコミューンが「諸階級の、したがってまた階級支配の存在を支えている経済的土台を根こそぎ取り除くための槓杆《てこ》とならなければならなかった」と述べる。それが目指したのは、「私的所有の廃止」、「収奪者の収奪」、すなわち「共産主義」なのである。

したがって、マルクスの目には、コミューンはフランスを破滅から救う唯一の手段と映った。「政治的社会的条件を革命的にくつがえす」ことによって、フランスを「再生」させる手段である。だからこそ「労働階級を武装」させる必要がある。そうすれば、「武装革命」、「プロレタリア革命」が起き、「完全な支配権」が確立されるからだ。マルクスは、とりわけ「戦列軍が人民と交歓した」ことと「兵士たちが労働階級の側に立場を変えたその瞬間」がいかに重要かを力説している。

マルクスは、こうした出来事が内乱に直結したことを意識しており、その全面的な責任をティエール［独仏戦争終結後の一八七一年に行政長官に任命され、対ドイツ講和交渉をおこなった］に負わせている。しかし、言葉巧みに、自分が選挙を拒否し内乱を選ぶことも明言している。「…今回［コミューンの］中央委員会は、…当時完全に無力であったヴェルサイユ［敗戦後に一時的にフランス政府が置かれていた］に向けてただちに進撃し、こうしてティエールとその田舎地主たちの陰謀の息の根を止めなかったという点で、決定的な誤りを犯した。そうするかわりに、秩序を守ろうとする党に、…三月二六日にまたもや投票箱で力試しをすることを許したのである」

マルクスのこういう急進的な闘争観は、議会と政府の態度によって正当化されている。彼は議会と政府を「食人種」、「国民の死体を取って食おうとがつがつ」する「吸血鬼」、「皆殺し」をする者どもなどに喩え、抑圧を［古代ローマの］スッラが起こした内乱に比している［スッラは紀元前八二年に執政官になった後、政敵のマリウスを追い落とすため、ローマ占領をはじめとする数々の戦略を進め、反対派を虐殺した］。マルクスにいわせると、ティエール政府は、スッラと「同じ公敵宣言」を濫発したが、「ただし今度は一階級全体に対」して「公敵」と宣言したのであり、それは「革命を根絶やしにすること」、そして「フランスを死滅させること」にまで至る。このようにマルクスのなかでは、政治的・社会的な共産主義革命、内乱、敵の根絶やしといった観念が、分かちがたく結びついている。さらにここには、わたしが一九九七年に「階級まるごとの大虐殺」と呼んだ考え方が、すでに表出してもいる。労働階級が根絶やしにされるというこのマルクスの想像、誇大妄想はレーニンに引き継がれ、あらゆる「階級の敵」を文字どおり絶滅させることを正当化する根拠となる。この「階級の敵」論をスターリンが政治的かつイデオロギー的な基準に則って定義し、それが毛沢東、ポル・ポト、その他多数の共産主義指導者によって使いまわされることになる。

マルクスはこの政治的残虐行為の要求を、「古いブルジョワ社会」が崩れ去るというあの予言によって正当化している。ブルジョワ社会を象徴するのが国民議会である。なぜなら国民議会とは、「フランスにおけるあらゆる死んだものの代表」だからである。彼はここでまず「反芻動物」と呼ぶものに照準をあわせる。小農と中規模農からなるこの無数の人々は、フランス革命によって土地所有制度の大変動が起こって以来、その所有地に極度に執着しており、土地面積の拡大しか夢みていない。この「古い社会」はマルクス主義理論にとって障害となるものだから、「自分の歴史的使命を十分に自覚し「英雄的決意」にみちた労働階級によって指導される「新しい社会」に取って代わられるべきだった。つまり、フランスが一八七一年に死んだことは、歴史の流れが課した単なる必然だった。

さて、その後の四〇年間をみればわかるように、こういった断言は政治的経済的社会的状況の客観的分析ではなく、支離滅裂な——あるいは筋道だった狂気にもとづく——予言としか言いようがない。それは、消え去る定めにある社会と、それに変わるべき別の社会とを対照する二元論的な見方なのである。死——すなわち過去——と生——すなわち、やがて「輝き」を放つことになる未来——とのこの根本的な対立の要点は、人類全体の運命にかかわる黙示録的な展望をドラマティックに示すことにある。そして歴史的善の陣営と悪の陣営が名指される。この点でマルクスには、クラウゼヴィッツが国家の戦争について述べた有名なことばをもじっていえば、「内乱とは革命の政治を、それとは異なる手段をもって継続したもの」であると考える厄介な傾向があった。

このうえなく驚くべきことだが、最も正統的なマルクス主義者たちは、レーニン以前のマルクス主義において内乱の概念が重要であったこと、ついでレーニンにおいても同様であったことを意図的に無視し、さらにはごまかしてきた。たとえば、フランスの名だたる共産主義知識人たちによって一九八二年に出版された有名な『マルクス主義批評事典』には、「内乱」という項目がそもそも欠落している。フランス共産主義の目がこの点で節穴だったということは、一九九七年、『共産主義黒書』をめぐって論争が起こった際に、共産党機関紙である「ユマニテ」紙の終身編集長ロラン・ルロワによって確認された。ルロワは最終的に、「内戦が［革命の］唯一の手段だったと考えていたことがテロルを誘発した」と理解したことを認めたのである。それから二五年以上もたった今でも、政治的暴力と内乱をもっぱら論じている著作の著者たちのなかに、一九一七年から一九二二年のロシア内戦とスターリンによる内戦の理論化——スターリンは「社会主義建設のあいだの階級闘争の強化」を論じた——を「忘れ」続けている者がいるのには、驚きを禁じえない。二〇世紀における残虐性を考えるときに、この二つは最大級のものであろう。タブーは続いている…

とはいえ、マルクスがブルジョワジーとプロレタリアートの世界的内乱の端緒となる伝説的事件とまで絶賛したパリ・コミューンは、軍事的敗北と第二帝政の崩壊によって惹き起こされた国民的危機のひとつのエピソードでしかなかった。コミューンは第一インターナショナルの活動家たちを先頭に、特にパリ東部の労働者と職人によって形成されたが、一八〇万人以上の住民をもつ都市パリ——そのうち労働者と職人が五〇万人を占める——では、非常に少数派であった。フランス全土の人口となると三八〇〇万人だが、その大半は農民だった。戦闘で死んだコミューン戦闘員は六〇〇〇人から七五〇〇人——そのうち一四〇〇人はその場で銃殺された——だったのに対して、軍隊側の死者は一〇〇〇人、負傷者は六五〇〇〇人だった。したがって、アメリカの内戦の死者数には遠く及ばない。

さて、マルクスは、リンカーンはアメリカの内乱を「立憲的」に導き、「革命的」にではなかったと論じたが、同じ理屈を当てはめるなら、ティエールもまたコミューン事件を「立憲的」に導いたと結論できるはずである。法的弾圧として二三人が死刑判決を受け、処刑された。そして一八八〇年以降、特赦によって懲役刑や追放が破棄され、コミューン指導者たちはフランスに戻ることを許された。アメリカ合衆国で一八六五年以降起こったのと同様に、コミューンによって引き起こされた内乱がたどり着いたのは結局、議会主義の第三共和制だったのである。第三共和制は、著しい傷跡と不可避的な社会対立を残したにせよ、国民の和解に尽力し、一九一四年八月一日にドイツとの開戦にそなえてフランス全土に総動員令が発せられると、強い愛国的感情を喚起させるまでにいたった。したがって、マルクスが一八七一年のフランスの内乱の寓意的で世界的な──同時に空想的な──次元を強調したのは、自らの思想を急進化させようとする彼の強固な意思によるものである。ここでもまた、政治的な展望は理論体系によってあらかじめ決せられている。なぜなら、マルクスは、ヘーゲルにおいて弁証法が矛盾する二項を和解へと導くことのできるものであるのに対して、マルクスは、二項が相容れるものではなく、和解も不可能であると決めつけているからである。マルクスにおいて、矛盾する両項の片方は不可避的に他方によって破壊されるはずであった。

レーニンにとって、国内的にも国際的にも内乱がなければ革命もない

コミューンが軍事的に鎮圧されたことは社会主義運動に大規模な反響をもたらした。「武装蜂起」

の考え方――ブランキ主義者、バクーニン主義者、さらにはマルクス主義者のもの――にとって強力な打撃となり、ヨーロッパの社会主義は代表民主制をめざすようになった。二〇世紀に入るころには、ドイツ社会民主党の勝利を模範として、この動きが加速した。これに対して、フランスにおける労働運動は、労働総同盟のアナルコサンディカリストたちのプルードン主義の影響のもとで、「武装蜂起」とも社会主義者の議会政治とも距離をとることを選んだ。

一九〇〇年にエドゥアルド・ベルンシュタイン［ドイツ社会民主党の理論家］は、つぎのように述べて、第二インターナショナル内に相当な大混乱を引き起こした。「分別のある社会主義者のなかには、暴力革命のおかげで社会主義の勝利が間近に迫っているなどという妄言を吐く者はひとりもいない――議会が革命的プロレタリアートによって速やかに征服されるなどという夢想を抱く者はひとりもいない。反対に、市町村その他の自治的な組織における実際的な作業がますます重視されている。労働組合と協同組合の運動は当初は軽視されたが、それに代わって、賛同の声が徐々に広がっている」。妄言を吐く社会主義者はひとりもいない？　例外はいた。ウラジーミル・イリイチ・ウリヤノフ［レーニンの本名］である。

マルクスの革命的空想はすこしの影響ももちえないはずった。その理由はまず、彼が行動の人ではなく、行動のイデオローグでもなかったことにある。さらに彼は、党と独裁という二つの根本的概念に関して、考察を欠いていた。だがレーニンは党にかんして、一九〇二年の著作『なにをなすべきか』において、代表制民主主義の政党とは正反対の、職業的革命家からなる党という、それまで例を見ない構想を提案した。この決定的な創案によって、区切りのない革命という考え方が、国民、法治国家、社会、通常の道徳という限定的な枠を超え出た政治ツールを意のままに用いることができるようになった。マルクス主義を正統教理として思いどおりにしようとする知識人たちの指導のもと、この「新しい型」の党は、固有の目的に邁進せねばならない。目的とは、行動のイデオローグ一名の号令一下、その指示に従う軍隊的な政治組織の確立、権力の掌握、権力の維持、共産主義革命の遂行である。

続いて一九〇三年にレーニンは、「プロレタリアート独裁」の概念を、ロシア社会民主労働党の綱領の中心に置いた。マルクスは一八五〇年から「労働階級の独裁」と「プロレタリアートの階級的独裁」という表現を使っていた。ただし、「プロレタリアート独裁」という言葉をはじめて使ったのは、共産主義者同盟に共に参加していたヨーゼフ・ヴァイデマイアーだった。ヴァイデマイアーは一八五二年一月一日付けの同題の論説記事において、この考え方を論じている。一八五二年三月五日付の手紙でマルクスはヴァイデマイアーに答えて、「僕が新たにおこなったのは、…階級闘争は必然的にプロレタリアート独裁に導くということ…の証明だ」と述べている。一八七五年五月には、ドイツ労働者党綱領案への批判的注釈において、自分の考えを明らかにしている。「資本主義社会と共産主義社会とのあいだには、前者から後者への革命的転化の時期がある。この時期に照応してまた政治上の過渡期がある。この時期の国家は、プロレタリアートの革命的独裁以外のなにものでもありえない」。これはほのめかしに過ぎず、非常に曖昧模糊としている。この表現をマルクス主義社会主義者たちは、「ブルジョワジーの独裁」——第二帝政、ついで第三共和政を指す。ただし、前者は強権的にはじまるがやがて自由主義的になり、後者は自由主義的であり、どちらも法治国家であった——と擬対称をなすものとして採用し、資本主義から社会主義に至るあいだに訪れるはずの過渡期の呼称とした。レーニンはこれをマルクス主義者の分水嶺とし〔後述のカウツキー批判を参照〕、プロレタリアートがひとたび権力を握れば、支配的諸階級の政治的権利を剥奪することができると述べた。

とはいえ、ロシアで一九〇五年の一年間に起こった数々の反乱がなければ、レーニンがパリ・コミューンへの強い関心に目覚めることもなかったし、その後に内乱の概念を前面に出して、あらゆる革命の試金石にまですることもなかっただろう。この年以来、レーニンにとって、意図的で前もって計画された内乱がなければ、どんな革命も革命とは呼べない。早くも一九一四年九月、彼はこれをベースとして戦略的スローガン「帝国主義戦争を内乱へ！」を標榜した。そして一九一七年四月にサンクトペテルブルクに戻ると、臨時政府および他の社会主義諸潮流に反対して内乱をうながす演説をおこない、ついで内乱の準備に移った。そして一一月七日の武装蜂起〔十月革命〕と「プロレタリアート独裁」の開始へといたった。

一九一八年七月一〇日に制定された最初のソヴィエト憲法には、つぎのような文言が盛り込まれた。「現在の過渡期において期待される憲法の基本的な任務は、ブルジョワジーを完全に抑圧し、人間による人間の搾取をなくし、階級への分裂も国家権力もない社会主義をもたらすために、強力な全ロシア・ソヴィエト権力のかたちで、都市および農村のプロレタリアートおよび貧農の独裁を確立することである」〔稲子恒夫訳『新ソ連憲法・資料集』ありえす書房、一九七八年〕。さて、この条文は、本質的なものを念入りに隠している。現実には、権力は共産党――ボリシェヴィキ党から改称――の指導部に独占されており、共産党独裁はチェーカーと赤軍が実行するテロルを土台としていた。一九一七年末から、「プロレタリアートの独裁」の実践は、教条的で暴力的な様相を帯びた。さまざまな社会集団の全構成員が標的となり、権利の剥奪——憲法第一八条に引用された「働かざる者食うべからず」という有名なレーニンのスローガンによって、食べる権利までもが奪われた——にはじまり、レーニンが一九一八年三月に「富農《クラーク》に死を」というスローガンを掲げると、殲滅にまでおよんだ。

そしてレーニンは、一九一八年一一月に怒り心頭に発してカール・カウツキーに論戦を挑んだ際に、暴力行使を簡明直截に主張している。「独裁は、直接に暴力に立脚し、どんな法律にも拘束されない権力である。プロレタリアートの革命的独裁は、ブルジョワジーにたいするプロレタリアートの暴力によってたたかいとられ維持される権力であり、どんな法律にも拘束されない権力である」［訳は『レーニン全集』による］。この発言は有名であるが、エティエンヌ・バリバールが『マルクス主義批評事典』に書いた項目「プロレタリアート独裁」のかなり長い説明には含まれていない。当時バリバールはソヴィエト公文書館を利用することはできなかったので、レーニンが一九二二年三月一九日に、飢饉により数百万人の死者がでて血で血を洗う混乱が広がっているのを逆手にとって、ロシア正教会の財産を没収する好機にしてやろうという命令をくだしたことを知るよしもなかった。しかし、一九二二年三月一七日のレーニンの命令なら、バリバールも知らないはずがなかった。レーニンは新刑法典が「テロルの本質と正当性、その必要性およびその限界とを示す、まさに政治的な原則を——たんに狭い法律的用語ではなく——公然と」定めるよう厳命したのである。「裁判所はテロルをなくしてはならない。もしなくすというなら、それは自分を欺くか、嘘をつくことになろう。そうではなくて、真実を粉飾なしに、誤魔化しなしに、テロルをはっきりと、原則の中で基礎づけ、合法化せねばならない。表現はできるかぎり率直なものでなければならない。なぜなら革命的法意識と革命意識だけが、現実における適用条件をつくるからだ」

このテロルは二つの形態をとった。まず社会的憎悪の爆発によるテロルである。これはある程度まで自然発生的なものだが、ボリシェヴィキによる扇動もあって、社会の最底辺から出現し、一方では農村と都市の地主たちを、他方ではエリート層と社会の最も西洋化された部分を襲った。当初はどの戦いにも参加していなかったクロンシュタットの水兵とサンクトペテルブルクの警備兵たち、ついで一九一七年秋の数十万人の脱走兵たちが、この「兵隊たちの革命」――マルトフ［ユーリー・マルトフ。メンシェヴィキ指導者］とパステルナークの言である――の代表的な担い手となった。これにさらに、一九一七年三月に監獄から解放された数千人の犯罪者がくわわる。

スターリンの忠実な支持者になる前のマクシム・ゴーリキーは、この事態に憤るあまり、自身が編集する『新生活』誌の一九一七年一一月二〇日号に、つぎのように書き記した。「山師や道化が恥ずべき、常軌を逸した血なまぐさい犯罪の責任をプロレタリアートに負わせるのを、労働者は許してはならない。つぎに犯罪の償いを受けるのはレーニンではなく、プロレタリアートでなくてはいけない」。そしてさらに一九二四年には、彼はこんな疑問を呈している。「残虐性――これこそが、生涯にわたって私を唖然とさせ、苦しめてきたものである。人間の残虐さの根源は何に、どこにあるのか」。ロシア社会の底辺に精通していた彼の回答は、以下のようである。「わたしが思うに、ロシア人民だけがもっているものは――イギリス人だけがもっているのはユーモアの感覚であるのと同様に――、特異な残虐行為の感覚である。この残虐さは、試練を与え、どれくらい耐えられるのか、命がいつまで続くのかを計ろうとする冷血な残酷さだ」。しかし、同じ年に彼はレーニンのこんな言葉を引用してもいる。「状況がわれらの人生に科す残虐さは、理解できるし、許される。なにもかも理解してもらえる、なにもかも！」。革命世代としては二世代をへて、一九五三年一〇月一六日、失敗に終わったモンカダ兵営襲撃を裁く裁判において、フィデル・カストロは「どうでもよい、有罪にしろ。歴史が俺を無罪にしてくれる」と言い放った。

歴史は、モンカダ兵営襲撃が招いた約一〇〇人の死者、一九一七年から一九二三年までのプロレタリアート独裁の数百万人の犠牲者に対する責任を「自分の意思の及ばないところで」かぶってくれた。とはいえ、ロシア特有の状況を考えると、情状酌量の余地はゼロとはいえない。ロシアは数百年にわたって、政治的残虐行為という文化に浸かってきたからだ。その象徴が、「雷帝」と称される、一六世紀半ばにモスクワ大公国で「ツァーリ」として権力の座についた、かのイヴァン四世である。彼はツァーリの称号を、その祖父にしてウラジーミル大公国とモスクワ大公国の君主であったイヴァン三世から受け継いだ。イヴァン三世が政治慣行の手本としたのは、ドラクレシュティ朝ワラキア公国の君主ヴラド三世である。ヴラド三世は、串刺し公という異名のほうが知られているが、政治的残虐の典型として有名である。政治的残虐に伝染力があるのは確かだ。

いずれにせよ、フランス革命についても言えることだが、悪いのは状況だということにされがちだ。だが、皇帝アレクサンドル二世は農奴制だけではなく、政治犯を除いて死罪も廃止していた。一九一七年二月の革命では前線から逃亡した場合も含めて死罪が廃止された。死罪を復活させたのはボリシェヴィキである。つまり、歴史をつくるのは人間なのである。ボリシェヴィキは一九一七年末に、政治的残虐をきわめた組織である非常委員会《チェーカー》を創設し、これがソヴィエト体制の三つの支柱のひとつになった。残りの二つとは党と内乱を戦った赤軍である。チェーカーは伝統的な政治警察とは違って、武装した党の手先であり、理由もなくあるいは復讐のために監視、逮捕、拷問をおこなってなんの処罰を受けることもなく、拷問によって虚偽の自白を引きだし、有罪宣告、流刑、裁判外処刑、大量虐殺を遂行した。そのやり口のいくつかは、一九二九年に新聞連載されたエルジェの漫画『タンタン』シリーズ第一作「タンタン、ソヴィエトへ」においてすでに、しっかりした取材に基づいて大々的に告発されている。そしてまもなくして「階級的」とされる憎悪は犠牲者への無関心によって置き換えられた。犠牲者はそれ以来、政治的集団、社会的集団、民族的集団などに分類され、そのカテゴリーに応じて処遇が決まり――死刑もしくは流刑――、中央権力が設定した割当量に応じて逮捕されるようになった。象徴的なエピソードだけに限れば、まずは一九三二～一九三三年にウクライナの農民を痛めつけるためにスターリンが組織した大飢饉であり、つぎは一九三七～一九三八年の大粛清だった。

ロシアの内乱は、とりわけ勝者であるボリシェヴィキのまわりで、極度に残虐だった。内乱は社会的基準――富農《クラーク》、ブルジョワ、土地所有者、資本家等々――のみならずイデオロギー的基準――人民の敵、反革命派、「過去から来た人々」等々――にも応じて定義された階級戦争として理解され、あらゆる共産主義体制を特徴づける残虐文化を出現させた。チェキストは何をしても罰せられないゆえに、野蛮行為をこのうえなくエスカレートさせた。全能感に酔いしれ、底抜けに残虐な本能をむきだしにすることができた。そしてどの犯罪集団においてもそうであるように、野蛮行為の実践によって、いかなる後戻りも不可能となり、そうした行為に手を染めた者たちは共犯者としての強固な仲間意識で結ばれた。蛮行を積み重ねることで、大量殺人に慣れてしまい、当初は抱いていた犠牲者にたいする憎悪は、彼らの境遇への徹底的な無関心へと変化した。対象となるのが人種、民族、階級のどれであれ、大虐殺という現象に到達するのが、全体主義体制の残酷性の大きな特徴のひとつだった、といえよう。

そのうえ、内乱とその絶滅の論理は、ドストエフスキーがセルゲイ・ネチャーエフについて述べた言い方に倣えば、ある種の「タイプの人間たち」を、行動を見て選別することを可能とする。そうして選ばれたのが、将来のソヴィエト指導者の大部分であった。一九一七年にボリシェヴィキの暴力に懸念を表明していたゴーリキーはその後スターリン的な残酷さに恭順し、一九三〇年につぎのように書いた。「労働者階級は内なる敵にまだとどめを刺しておらず、戦争状態にある。戦争というのはテロルのことである」。さらに、強制集団化と強制収容所開設をきっかけに、一九三〇年一一月二日には「ソヴィエト体制と労働者党の前衛は内乱状態にある。すなわち階級闘争である」と記すようになった。その結論が、「戦争では殺すものだ」ということである。犠牲になったのは武装した敵兵ではなく、武器をもたない民間人――老若男女問わず――だったのだから、ひどい言い訳だ。スターリンは国際的緊張がない時代に内乱の考え方を体系化、一般化し、社会主義の建設がすすめば「階級闘争の激化」も進展するという定式を発明した。その行き着く所が、ニコラ・ヴェルトのいう「テロリストの秘密大作戦」――一九三二～一九三三年にウクライナの農民を標的にした計画的な飢饉、一九三七～一九三八年の大粛清、一九四四～一九四五年の少数民族の強制移住等々――であった。そして毛沢東は、テロル推進の黒幕である康生［毛沢東の片腕として「整風運動」を推進した］に指揮を託して、このモデルを再現したのである。

結局のところ、区切りのなさという問題が、マルクスの思想を、そしてレーニンの革命実践を、さらに全体主義の誕生を特徴づけている。革命のリーダーの全能の意思に区切りはなく、多様な傾向を含む社会の抵抗を抑えてしまう。トマス・モアがもちいた本来の意味での非-場所《ユートピア》は「存在しえない場所」だというのに、マルクス・レーニンが説く完璧な社会のヴィジョンには区切りがない。そして、絶対的な目的があればどんな手段も正当化されるという考え方と、それは正しくないとする通常の道徳とのあいだにも区切りはない。なぜなら、クリストフの漫画『工兵カマンベールの悪ふざけ』で主人公のカマンベールがすでに正しく指摘しているように、「限度を超えれば、もう限界なんてない」からである。あまりにも人間的なその態度を、古代ギリシア人たちは傲慢《ヒュブリス》と呼んだ。

11　ソヴィエト大粛清時代の死刑執行人たち

ニキータ・ペトロフ

人民委員会議（ソヴナルコム、СНК）直属の全ロシア非常委員会（ВЧКАまたはВЧК、チェーカー）の創設は、一九一七年一二月二〇日、レーニンが議長を務める人民委員会議の決定にもとづく。この決定により、それまでボリシェヴィキ政権への反対勢力と闘ってきた軍事革命委員会に代わって、反革命と破壊活動《サボタージュ》に抗する特別な新しい組織が創設されたのである。長官に任命されたのはフェリックス・ジェルジンスキーだった。この新しい委員会の目的は「ロシア全土における反革命行動と破壊活動の鎮圧および解消」であり、「破壊活動家と反革命派に対する革命法廷による判決、および彼らに対する闘争手段の形成」だった。当初は委員会には、「策動を阻止するのに不可欠な範囲で」おこなう予備的な捜査だけが認められていた。また全ロシア非常委員会の組織構成も定められ、委員会は情報部、ロシア全土と地方支部における反革命闘争のための組織的労働部、「反革命と破壊活動」

に直接立ち向かう鎮圧部の三部門からなるとされた。

チェーカーと裁判外処刑

一九一八年初頭、全ロシア非常委員会は裁判外処刑の権利があることを宣言した。そして二月二一日、「社会主義の祖国は危機に瀕している」と題する人民委員会議令が採択されたのに続いて、ソ連の公式の日刊紙であった「イズベスチヤ」が、非常委員会は「反革命派、スパイ、相場操縦者、盗賊、暴徒、破壊活動家その他その犯罪の場所に寄生している者たちを無慈悲に排除する以外の解決策を認めない」と記した。

ソヴィエト政権が開始されて当初の数年間は、ボリシェヴィキは秘密裡の処刑だけにとどまらず、時には公然と略式裁判をおこなうこともあった。たとえばアルハンゲリスクでは日中に公然と銃殺がおこなわれたし、ニコライエフでは楽隊とファンファーレつきだった。ボリシェヴィキ首脳部はこういうやりかたに賛同していたし、この現実に即した略式裁判のかたちを正面切って正当化することもおこなっていた。たとえば、一九一八年九月六日――「赤色テロル」の実施を命じた人民委員会議令施行の翌日――に「イズベスチヤ」紙に掲載された「赤色テロル」と題する記事では、カール・ラデックがつぎのように書いている。「五人のブルジョワ人質は、労働者・農民・赤軍兵士の代表からなる地方ソヴィエトの全体会議によって死刑を宣告され、これに賛同する数千人の労働者の眼前で射殺された――これこそが、労働者大衆の関与なしに非常委員会が実行した五〇〇人の処刑よりも強力な、大衆的テロ行為である」

けれども内戦の終盤になると、テロルのロマンティックな宣伝効果追求に代わって、秘密主義が現れてきた。このころになるとボリシェヴィキ体制も、尊敬に値し、感じがよいイメージを身につけようと模索するようになった。処刑のようなデリケートな事柄は影に隠して、入念に隠蔽するようになっていった。執行手続きおよび処刑された者たちの埋葬手続きに関する全ロシア非常委員会の規定は、行政文書であれ、内部通達であれ、今日までひとつも見つかっていない。モスクワでは一九一八〜一九一九年から処刑が定期的におこなわれるようになった。処刑場所はヴァルサノフィエフスキー小路に位置する全ロシア非常委員会の車庫中庭であり、委員会が置かれたルビャンカという建物のすぐ近くである。証言によれば、処刑は以下のようにおこなわれた。「死刑宣告された者はまず服を脱ぎ、下着だけを身につけるよう命じられた。つぎに中庭奥の暖房用の薪が積んであるところまで連れていかれ、首筋を拳銃で撃たれ、殺された」。秘密主義の唯一の例外は、一九二二年一〇月一四日付で全ロシアソヴィエト中央執行委員会（ЦИК）――一九二二年から一九三八年までソヴィエト連邦の国家権力の公式の最高機関だった――の最高裁判所によって、すべての裁判所長に送られた通達だった。この通達はつぎのように規定している。「銃殺された者の遺体は誰にも引き渡すことはできない。処刑されたときと同じ服装で、処刑されたのと同じ場所か、墓があると気づかれないような人気のない他の場所に、儀式や典礼ぬきで埋葬すること、もしくは死体を死体安置所に運ぶこと」

ゆえに、処刑手続きと埋葬場所については入念に秘匿された。死刑執行人たちは秘密厳守を厳命されており、チェキスト［チェーカーの所属員のこと］の中でも事情に通じた者はごく限られていた。そのうえ一九二〇年代初頭から、裁判外裁定で死刑に処せられた場合には、近親者にも処刑が知らされないことになった。かりに伝えられたとしても口頭で伝えられ、公式な文書は何もつくられなかった。一九三七〜一九三八年の大粛清の日々に数十万人規模で処刑がおこなわれたときには、近親者がどうなったかを問い合わせる家族からの大量の請願書が提出された。銃殺されていた場合には、「十年間は連絡をおとりになれません」と口頭で伝えられた。その本当の境遇は、秘密のとばりに包まれた。

死刑執行人たち

当初、全ロシア非常委員会の諸機関には死刑執行人専用のポストはなかった。死刑が決まれば、どのチェキストにも処刑をおこなう責務があった。モスクワでは一九一八年にホディンスコエ・ポレで「皇帝派大臣」の処刑が赤軍兵士によっておこなわれたが、後には中国人がその役割を担うことになった。「時折流れ者の素人が加わるにせよ、［基本的には］給与を支払われる職業的な死刑執行人の機関」が成立するのは、もっと後である。一九二〇年代初頭、モスクワにある全ロシア非常委員会の中央執行部内で、常に同じ何人かの職員に処刑を依頼することがはじまった。こうして多少とも常任に近い死刑執行人グループが形成され、数十年にわたって活動することになった。この「特別班」には、全ロシア非常委員会の置かれた建物などの武装警護を担当する司令部所属の隊員たちが多く含まれていた。なお、全ロシア非常委員会は一九二二年に合同国家政治保安部（ОГПУ）に改組、さらに内務人民委員部（НКВД）と改称され、ついで国家保安省（МГБ）となる。ほぼ毎日殺人を犯すことのできるチェキストも数多く配属された。［飽くなき殺人という］この基準は非公式のものだが、たいへん重要だった。なぜなら司令部の全員がこの才能をもっていたわけではなかったからである。司令部所属の隊員たちが処刑に関与したのは、彼らにこの種の責務を託すのが筋だから、さもありなんというところだが、スターリンの身辺警護人の中に「特別班」に属していた者がいるのは驚きである。なぜなら、彼らの本来の任務は指導者スターリンとクレムリン首脳たちの護衛であって、死刑を宣せられた者の処刑ではなかったからである。

スターリン時代の死刑執行人の筆頭がヴァシリー・ミハイロヴィッチ・ブロヒンという名前であることはよく知られている。彼は一九二六年に合同国家政治保安部所属の隊長になった。保安部の入っていたルビャンカと呼ばれる庁舎の文書庫には、彼の署名の入った執行命令書がたくさん残されている。死刑執行人が職業的にこなすひとつひとつの技を知らない者は、仕事中のブロヒンを見て衝撃を受け、体の震えが止まらなかった。スターリンによる恣意的な断罪の執行を任務としたこの男は、誰なのか。

昇格のために書かれたごく短い彼の身上書――こういう慣行はレーニン時代に導入されたものだが――によれば、ブロヒンは一八九五年一月七日に、ウラジーミル州スーズダリ地区のガヴリロヴォ村の中規模農家に生まれた。一九〇五年から学校通いを続けつつ、牧童、ついで左官として働き、その後父親の農園で農業労働者として働いた。一九一五年六月五日にウラジーミル州第八二歩兵連隊に徴募され、その後昇進を重ね、下士官候補生の階級にいたった。一九一七年六月二日から上級下士官としてゴルバトフの第二一八歩兵連隊で対独戦線に従軍。負傷し、一九一七年一二月二九日までポラックの病院に入院した。政治的動乱に巻き込まれることなく、一〇か月にわたって父親の農園で働いた。一九一八年一〇月二五日、スーズダリ地区の徴兵局で入隊を志願。一九二一年四月に、共産党入党という政治的選択をおこなった。間を置かず、五月二五日にスタヴロポリに派遣され、全ロシア非常委員会軍第六二部隊に入隊した。

チェキストになってから彼の職名はめまぐるしく変わった。一九二一年一一月二四日に全ロシア非常委員会参与会付き特別派遣隊副小隊の隊長に昇進。一九二二年五月五日に小隊の隊長に着任。一九二四年七月一六日、合同国家政治保安部参与会付き特別任務第六一分団の副隊長を拝命。そして八月二二日から合同国家政治保安部参与会付き特別小隊特別派遣隊所属の保安委員のポストに昇進した。以降、死刑宣告の執行が職責のひとつになる。事実、一九二五年春から彼の署名が執行命令書に定期的に現れている。上級ポストへの昇進を突然通達されることがなければ、彼はありふれた死刑執行人のままだったかもしれない。一九二六年三月三日、彼は不在のカール・ワイスの代理として合同国家政治保安部所属の隊長臨時代行に任命され、六月一日に正式にその職に就いた。

彼の前任者の命運はあまりよいものではなかった。一九二六年七月五日付の——内務人民委員にして合同国家政治保安部長官のゲンリフ・ヤゴーダの署名がある——命令第一三一／四七号が、カール・ワイスの更迭とその断罪の理由を明らかにしている。「一九二六年五月三一日、合同国家政治保安部参与会の命令によって、全ロシア非常委員会／合同国家政治保安部の隊長であったワイス（カール・イヴァノヴィッチ）は、諜報活動で知られる外国使節団の協力者たちと接触したため、十年の懲役刑（完全隔離）に処せられた。予審の結果、ワイスが完全に腐敗した人物であり、チェキストとしての責任感覚を喪失し、自身の所属する合同国家政治保安部の信用を極度に傷つけるにいたったことが判明した」

ワイスとはちがって、ブロヒンは申し分のない働きをし、退職して籍を離れるまで隊長職にとどまった。一九三八年六月十日から彼のポストは名称が変更され、ブロヒンはソヴィエト連邦内務人民委員部総務課付き司令官になった。合同国家政治保安部に勤務しつつ、一九三二年に通学生として高等技術学校入学試験に合格。その建築技術部で三年間学んだ。それから、優先すべきことができたために勉強を辞めることになった。上官から高く評価され、死刑執行人の長に任命されたのである。余人をもって代えがたい逸材だった。ポストについてから一〇年目の記念に、一九三六年四月二七日の特別令第一四二号で彼はヤゴーダから祝福された。この特別令にはこう書かれている。「同志ブロヒンがこれまで一〇年にわたっておこなってきた非の打ちどころのない働き、彼の持続的な錬成、主要任務と併行しておこなってきた技術的勉学に鑑み、連邦内務人民委員部所属隊長、国家保安大尉ブロヒン（ヴァシリー・ミハイロヴィッチ）に腕時計を授与することを命じる」。もちろん、ブロヒンがとりわけ錬成したのは、死刑執行の技術だった。この命令に署名したヤゴーダは、二年後に自身もまた、沈着冷静なブロヒンその人によって射殺されることになるとは、想像もできなかった。

一九二二年から一九三〇年までの執行命令書への署名で最も多かったのは、グリゴリー・クルスタレフ、グリゴリー・ゴロフ、イヴァン・イグナティエフ、ピョートル・マゴー、アンドレイ・チェルノフ、アレクセイ・ロゴフ、フェルディナンド・ソトニコフ、ヴァシリー・シガレフ、ヴァシリー・ブロヒン、ピョートル・パカルン、ロベルト・ガバーリン、そしてイヴァン・ユシスであった。ほぼ全員が、各ソヴィエト議長とスターリンの身辺警護を担当する合同国家政治保安部参与会付き特別小隊の隊員だった。つまり彼らはその本務のほかに、「人民の敵」の定期的な処刑にも関与していたのである。合同国家政治保安部の中枢で「特別任務保安委員」の職にある者もいた——それがロゴフ、ソトニコフ、ユシス、ガバーリン、チェルノフ、パカルン、そしてヤコブ・ロドヴァンスキーである。他の死刑執行人たちの中にも、合同国家政治保安部の司令部所属の者がいた。ブロヒンその人がそうだし、マゴー、イグナティエフ、ヴァシリー・シガレフも含まれる。後から「特別班」に加わった人々としては、イヴァン・シガレフ——ヴァシリーの弟——、ピョートル・イアコフレフ——政府の中央車庫の支配人を経て、合同国家政治保安部自動車課長——、イヴァン・アントノフ、アレクサンドル・ドミトリエフ、アレクサンドル・エメリャノフ、エルンスト・マッチ、イヴァン・フェルドマン、デミヤン・セメニキンが挙げられる。アレクセイ・オコウネフもそうであり、彼は党と政府の指導者たちを警護する部門の隊員で、遺骸の埋葬ないし火葬を任務としていた。

死刑執行人の辛い日々

死刑執行人たちの生活は気楽ではなかった。近親者でも会うことは少なく、夜の「仕事」から帰ってきたときには大概酩酊していた。処刑が終わると痛飲したからである。そのひとりはこんなふうに回想している。「当然ながら、泥酔するまでウォッカを飲んだものだった。なんと言われようが、この仕事は安らげるものではなかった。疲労のあまり立っているのがやっとだった。体は洗面所の水で洗った。上半身を腰までである。そうでもしなければ、血と火薬の臭いを消すことができなかった。犬でさえわれわれを見ると脇に飛び去り、距離をとって吠えかかってきた」。彼ら執行者たちが通常の年齢より若くして死んだり、正気を失ったりしたのは、驚くことではない。もちろん自然死を遂げた人々もいる。一九三〇年一〇月、グリゴリー・クルスタレフ。一九三二年二月二日、イヴァン・イウシス。一九四〇年、アンドレイ・チェルノフ。一九四一年、ピョートル・マッゴ。一九四二年八月、ヴァシリー・シガレフ。一九四六年一月、イヴァン・シガレフ。一九四七年、アレクセイ・ロゴフ。連邦最高裁判所軍事参与会――一九三四年一〇月成立――所属の隊長イヴァン・イグナティエフは一九三七年に、軍事参与会の判決書を受け取り、いくつもの執行命令書にみずから署名していた。彼が一九三七年一〇月一五日に自然死を遂げたのは、なんという贅沢の極みだっただろうか。

たとえばエメリャノフのように統合失調症が原因で任務を離れた者や、エルンスト・マッチのように他の精神疾患が原因で去った者もいた。オコウネフの場合は、精神病院で数週間を過ごし、アルコールを手放せなくなった。最後に、みずからが粛清に遭った者たちもいた。一九三四年、ガバーリンは同性愛を営んだ容疑で逮捕され、合同国家政治保安部付き特別委員会によって、ひそかに三年間の収容所送りの刑になった。もちろん、この元レーニン警護人はただちに「全ロシア非常委員会＝国家政治保安部所属名誉隊員」の記章を剥奪された。元死刑執行人も何人か死刑宣告され、ブロヒンの「厄介に」なった。一九三七年にはグリコリー・ゴロフ、ピョートル・パカルンそしてフェルディナンド・ソトニコフが同じ境遇になった。ブロヒンとマゴーはかつての同志たちを処刑するとき何を感じていただろうか。そして、処刑された者たちは二人をどう思っていただろうか。

死刑宣告された者たちが処刑の瞬間にまでスターリンを称えていたときには、死刑執行人たちはいらだちを禁じえなかった。イザイ・ベルグは一九三七～一九三八年に内務人民委員部首脳部トロイカ［中枢の三人がおこなった即決裁判］で死刑判決をうけたモスクワ周辺部の人々を処刑する役目を担った死刑執行人グループのリーダーだったが、逮捕後の供述において、スターリン賛美の「表明を妨げ」、部下たちに「いま殺しているのは敵なのだと説明」することによって「その士気を鼓舞」せよ、との厳命を受けていた、と述べている。しかしベルグはすぐさまこう付け加えている。「わたしたちは大勢の無実の人たちに発砲しました」。彼はまた、チェキストのなかである意味で有名人だった。なぜなら、モスクワの内務人民委員部で「窒息性ガス利用」自動車の開発にみずから関わったからである。モスクワでは死刑執行人たちのやる気を削がないよう、排気ガスを使って処刑した。タガンスカヤ刑務所かブチルスカヤ刑務所で死刑囚が車に積みこまれ、ブトヴォで遺骸が降ろされたのである。これで一丁あがり、死刑囚のスターリン賛美など我慢して聞かなくても任務完了である。ベルグは取り調べの際にみずから、この発明がなければ「あれほど多くの数の執行を実現することはできなかっただろう」と説明している。また、ブロヒン率いる死刑執行人の中央グループでは、「あまりにも不適切な場面でリーダーの名を汚さないよう、死刑囚たちに教育活動をほどこす」ことが奨励された。

「大粛清」と呼ばれる一九三七～一九三八年の大量弾圧の時期には、処刑方法は変えられた。内務人民委員部所属の隊員たちは毎日大量の人数を銃殺していたので、死体を埋める専用の場所を町の近くに置かなくてはならなくなった。しばしば死刑囚はトラックで埋葬場所まで運ばれ、その場で処刑された。

いくつかの処刑手法について

この時期に内務人民委員部で拷問が取り調べの主要な方法になった。耐えられた者は少なく、苦痛を避けようと思えば、実在しないどんな陰謀だろうと自供し、調書に署名した。だが死刑宣告の後でさえ死刑執行人たちは相手をそっとしておくことはなく、訳もなく痛めつけ続けた。この慣行はグルジア［現在のジョージア］でありふれていた。当時グルジア・ソヴィエト共和国を率いていたラヴレンチ・ベリヤは、銃殺前に顔を殴っておけ、とグルジアのチェキストたちに命じていた。「この世からおさらばさせる前に死刑囚を殴っておけよ」。グルジア内務人民委員部所属のある隊員は処刑の模様を目撃し、後年になって「処刑の場で見たおぞましい場面」を思い返している。内務人民委員部所属の隊員たちは、「まったく無力な、捕縛されている相手に猟犬のように飛びかかり、拳銃の銃床で容赦なく殴りつけた」。処刑に加わったグルジアのチェキストたち――ニキータ・クリミアン、アレクサンドル・カザン、コンスタンティン・サヴィツキー、ゲオルギー・パラモーノフ、ボグダン・コブロフ――は、スターリン死去まで断罪されなかった。

激しく殴るだけが大粛清当時の処刑に特有の特徴ではなかった。また、チェキストたちの気まぐれとも自主性ともいえるが、銃以外をつかって処刑することもあった。それまでと違うやりかたで処刑をおこなうのは、地方の違いでもあった。たとえばヴォログダ地方では、一九三七年一二月に内務人民委員部所属の隊員たちは五五人の死刑囚を三頭立て橇《トロイカ》で雪原に運び、斧《おの》で殺した。ノヴォシビルスク周辺部では、内務人民委員部首脳部の命令にもとづき、ロープをつかって絞殺した。クラスノヤルスク地方のミヌシンスクでは、チェキストたちは薬莢を節約し、釘抜きを使って執行対象者にとどめを刺した。

一九三七〜一九三八年にブロヒンはきわめつきの有名人の処刑に関与した。彼はミハイル・トゥハチェフスキー元帥の処刑を指揮し、同時に他の高位将校たちも銃殺させた。ソヴィエト連邦検事総長アンドレイ・ヴィシンスキーと最高裁判所軍事参与会長官ヴァシリー・ウルリヒも立ち会っていた。死刑執行人たちにとって名誉なことに、「鉄の委員」ニコライ・エジョフ――内務人民委員部長になっていた――が姿を見せることもあった。彼には処刑行為を三文芝居に変える才能があった。たとえば一九三七年秋にはこんなふうである。「エジョフは、かつての同志イアコフレフを銃殺の前に隣に座らせ、他の執行対象者たちの最期を観察させてやった」。イアコフレフは彼にむけてこんな言葉を放った。「ニコライ・イヴァノヴィッチよ。お前の眼をみれば俺を哀れんでいるのはお見通しだ」。エジョフは返事こそしなかったが、明らかに狼狽《うろた》え、すぐさま処刑を命じた。

ニコライ・ブハーリン、アレクセイ・ルイコフ、ヤゴーダら「右翼トロツキー派ブロック」の見世物まがいの公開裁判で有罪になった人々の処刑も同様に、忘れがたい光景をうみだした。元内務人民委員ヤゴーダが最後に銃殺されたが、その前に彼とブハーリンは椅子に座らされ、他の執行対象者の処刑を目の当たりにさせられたのである。その場にはエジョフもいた。この現実とも非現実ともつかない演出を考えついたのもエジョフ本人だと思われる。そのうえ、処刑の前に、彼はクレムリン警備隊長のイズライル・ダギンにヤゴーダを殴りつけるよう命じたのである。「われらを代表して奴を殴っておけ」。逆に、酒宴の友であるパーヴェル・ブラノフの処刑の際にはエジョフは涙し、死刑執行の前にコニャックを飲ませてやるよう命じた。

多くの場合、死刑囚はヴァルサノフィエフスキー小路の処刑場所付近まで連れていかれた。そこにブロヒンとその仲間たちが待っていた。しかし、ブロヒンが犠牲者を自分から迎えにいくときもあった。たとえば政治局の局員候補だったロベルト・エイへをスハンヴォスカヤ刑務所から連れだしたときである。ベリヤはこの刑務所内に執務室をもっていた。その執務室でエイへは処刑直前に手ひどく殴られた。「殴打の際彼は眼をやられた。スパイ行為の自白が得られないとわかると、ベリヤは彼を連れていき処刑するよう命じた」。一九四〇年二月六日におこなわれたエジョフその人の銃殺は、ブロヒンが手がけた。軍事検察官筆頭ニコライ・アファナシエフもこの処刑に立ち会っており、ヴァルサノフィエフスキー小路のブロヒンの主な仕事場所をこんなふうに描写している。厚い壁に囲まれた建物が中庭の奥にある。処刑がおこなわれたのはその建物の一室だった。部屋の内部は「広々として、床にセメントが流し込まれ勾配が作られていた。奥の壁は丸太が組んであり、散水パイプが脇にあった。この壁にむかって銃撃がなされたのである」

ブロヒン、死刑執行人の長にして内務人民委員部のスター

ブロヒンは驚くほどの人数のかつての同僚を処刑した。その中にはブロヒンが師事した元上司たちもいた。彼はヤゴーダ時代の内務人民委員部の「仮面を剥がされた」首脳部に近かったので、粛清の対象となってもおかしくなかった。少なくとも二度彼は命を失いかけ、そして死刑執行人という職業のおかげで二回とも命を救われた。なぜなら、ある意味で、経験と年功のおかげで、彼は他に替えようのない存在になっていたからである。エジョフは内務人民委員部内で粛清をおこなったときも、まだブロヒンが必要だと理解していた。ブロヒンが「人民の敵――ヤゴーダ、ブラノフ、等々――とつながっている」という密告がエジョフの執務室に届いたときは、逮捕寸前までいった。「エジョフの

特別記録」――エジョフが取り調べの際に提出しなかったが金庫に保管していた書類――には、ヤゴーダ時代におこなっていた仕事についてブロヒンがみずから説明した一九三七年四月三日付の報告書もあった。この報告書についてエジョフが記した決定は短く、こんなものだった。「同志ブロヒンへ。一切問題なし。自分としては何も気になることはない」。一件落着である。

当のスターリンが、死刑判決を確実に「執行できる者」――死刑執行人――たちを高く評価していた。弾丸を首筋に命中させて殺すことに長けた人間たちが側近につねに混じっていることを彼はすこしも怖れていなかった。ブロヒンにかかわるひとつのエピソード――彼がまたも粛清されかけたときの話である――は、スターリン自身の死刑執行人に対する考え方を明かしてくれる。それはほとんど思いやりともいえるものだった。一九三九年初頭、内務人民委員部からエジョフ傘下の幹部を「一掃」したベリヤは、ブロヒン隊長が元内務人民委員部事務局長ブラノフと非常に親しく、また銃殺された内務人民委員ヤゴーダとも親密だったと述べる密告を受けた。これはブロヒンが彼らの「謀議」に関与していた証拠にも思えた。ベリヤはブロヒンの逮捕令状を準備し、許可を得るためスターリンのもとへ赴いた。スターリンから拒否を言いわたされたので、ベリヤは驚いた。ベリヤは一九五三年に逮捕されたが、取り調べの際につぎのように述べた。「スターリンはわたしとは意見が異なり、汚れ仕事を遂行している人を逮捕してはならない、と述べていました。彼は即座に身辺警護人筆頭のN・S・ヴラーシクを呼びだし、ブロヒンがそのときに死刑判決の執行にかかわっているか、彼を逮捕する必要があるかをたずねました。ヴラーシクはブロヒンおよびその補佐のA・M・ラコフが処刑にかかわっていると述べました。彼はブロヒンに味方しました」。ベリヤは執務室に戻ると、ブロヒンと

「特別班」の隊員たちを呼びだし、話をすることにした。この「教育的」懇談の結果を記したメモは、送付されないまま記録保管所に保存されている。「部外秘厳守。ブロヒン他の司令部執行幹部を呼びだし、彼らにかんするさまざまな供述について伝える。今後の働きと党およびソヴィエト政権への献身を彼らから約束される。一九三九年二月二〇日。L・ベリヤ」。スターリンがブロヒンについてふたたび口にすることはけっしてなかった。

首脳部はブロヒンを高く評価しており、彼の階級はすみやかに上がった。一九三五年に国家保安大尉、一九四〇年に少佐、一九四三年に大佐、一九四四年に保安委員、一九四五年七月に保安総委員。勲章も数多い。赤星勲章（一九三六年）、栄誉勲章（一九三七年）、労働赤旗勲章（一九四三年）、一等、二等、三等の赤旗勲章（一九四〇年、一九四四年、一九四九年）、一等祖国戦争勲章（一九四五年）およびレーニン勲章（一九四五年）である。また、「名誉チェキスト」の記章と褒賞の金時計ももらった。それから褒賞としてモーゼル社製の銃も手に入れた。ただし彼はドイツのワルサー社製の銃を使って仕事するのを好んでいた。そのほうが連射したときも発熱が小さいし、口径も「正確」だからというのである。ワルサーなら処刑対象者の首筋に小さな穴が空くだけで済むが、口径が大きい銃だと頭蓋を破裂させてしまう。彼の隊長職二〇周年の記念には「M二〇」型自動車（ポビェーダ）が贈られた。とりわけ大量処刑がなされた時期には、勲章がブロヒンとその部下たちのもとに降り注いだ。勲章の日付をみればそのことがわかる。一九三六年一一月二八日、一九三七年七月二二日および一二月一九日、一九四〇年四月二六日である［三次にわたるモスクワ裁判の後］。ブロヒンが内務人民委員部につとめていた時期にみずから銃殺した人数の総計についてはさまざまな推計があるが、少なく見積もっても一万人から一万五〇〇〇人は下らないとされる。

彼は生まれ育った村を若いうちに離れたが、故郷の人々との繋がりを保っていた。ガヴリロヴァ出身のシューラ・チホノワという若い娘を、モスクワで家政婦として雇っていた。一九五〇年代初頭には遠縁のミハイル・ブロヒンを訪問してもいた。ミハイルは養蜂家で、変わらず村で暮らしていた。その場にいた人々は、モスクワで出世した同郷人の里帰りを覚えていた。「彼らは村を散歩に出た。モスクワの人は帽子をかぶり、杖をついていた。わが村の人は小さい犬をつれていた」。ブロヒンはこけ威しに将官の制服を着たりはしないと決めたようだ。杖も見せびらかすためではない。夜間もほぼ毎日立ちっぱなしであったために脚を痛めていたのは確実だからだ。家政婦のシューラは村に住む家族をたまに訪ねるときブロヒンがモスクワで住んでいるアパルトマンがどれほど豪華かをうっとりと物語ったが、声をひそめて、雇い主の残虐さについて話すのだった。彼は馬とその飼育の愛好家で、書棚には馬の飼養についての七〇〇冊以上の本が詰まっていたという。一九三〇年代中葉以降ブロヒンはモスクワ近郊のトミリノに別荘を保有し、そこで夏期を過ごしていた。そこは内務人民委員部村のようになっており、内務人民委員部刑務所課長の別荘もあった。祝日には看守の親玉と死刑執行人が表敬訪問しあっていた。

スターリンが死に、ベリヤが国家保安をつかさどる諸機関の首脳部に復帰してすぐ、死刑執行人の長は現役を退いた。一九五三年三月一四日付のソ連内務省令第三号によって、ヴィクトル・ブロフキン大佐が内務省所属の指令官を命じられた。そして一九五三年四月二日付ソ連内務省令第一〇七号によって、前隊長のブロヒンは病気を理由に除隊になった。ブロヒンには、合同国家政治保安部＝内務人民委員部＝国家保安省＝内務省と所属先は変われど三四年にわたりソヴィエト連邦の機関で「非の打ち所のない奉仕」を果たしたことに対して、感謝の言葉が述べられた。ベリヤはブロヒンの退職を「長く居すぎた」ためと述べた。これは官庁用語で、ある隊員が同じポストに長いあいだとどまったために、能率が悪くなったことを指す。それがブロヒンにあてはまらないことは明白だ。ブロヒンは仕事に情熱を傾けたために健康を害したのである。

さて一九五三年、ここまで立派に勤め上げたこの男は麗々しい言葉で祝福されて除隊となり、年金生活に入った。独裁者の死の後、彼の奉職はもう必要なくなった。もちろん、新しい隊長も「夜の仕事」をしないですむわけではなかったが、その規模は縮小した。スターリン亡き後の新しい首脳部は、かつての犠牲者たちの恨みを晴らすかのように、過去において裁判と処刑を容赦なくおこなったベリヤとアバクーモフの当時の部下たちの取調べに躍起になった。彼らの罪状を探る書類が頻繁に予審にかけられ、ブロヒンは余生を静かに過ごすことなく、検事総長室に何度も呼び出された。ベリヤとその側近どもの容疑を審査するにあたって、この元隊長から得られる情報はこのうえなく貴重だった。なぜなら彼は最重要な処刑の執行者だったからである。だがブロヒンは元凶とはみなされなかった。たしかに彼は犯罪的な命令を執行した。しかし、彼は命令に従った死刑執行人にすぎない。仕事であって、私怨ではない、とされたのである。

彼は軍隊および保安機関に三六年にわたって勤続したことを認められ、月額三一五〇ルーブルの年金を得た。だが、一九五四年一一月二三日に彼が大将の階級を失った後、国家保安委員会（КГБ）は彼への年金の支払いも止めた。高齢者がもらえる通常の年金を受給できたかどうかはわからない。

彼は高血圧症を患っており、一九五五年二月三日に心臓発作がもとで死んだ。その葬儀には多くの人が参列した。様子からすると同僚であり、全員が黒い服を着ていた。制服を着ていたわけではないが、表情がどこか似ていた。漠然とした不安と恐れが読みとれた。運命のいたずらというべきか、埋葬されたのは彼の犠牲者たちの多くと同じ場所だった――ドンスコイ墓地である。しかし、銃殺された者たちの遺体は火葬場で焼かれ、その遺灰は身元不明者用の共用墓穴に入れられた。他方、ブロヒンの墓には今から数年前に新しい墓碑が肖像つきで建てられた。彼は忘れられていないのだ!

シガレフ兄弟の早世についてはすでに述べた。「特別班」では他に二人の隊員が長生きできなかった。アレクサンドル・エメリヤノフとアレクサンドル・ドミトリエフは一九五三年に、イヴァン・フェルドマンは翌年三月に死んだ。ピョートル・イアコフレフは一九五九年四月に死に、ドンスコイ墓地の彼の上司ブロヒンの近くに埋葬された。アレクセイ・オコウネフは一九六六年死去。イヴァン・アントノフとデミヤン・セメニキンだけが長生きした。彼らはどちらも一九七五年八月に亡くなった。

チェキストたちの紐帯

死刑執行人たちの絆は秘密の仕事だけではなかった。彼らは日常生活でもよく会っていた。イヴァン・アントノフ、ブロヒン、デミヤン・セメニキン、ヴァシリー・シガレフはモスクワ市内、ボリシャヤ・コムソモリスカヤ通り三a番の同じ建物に居住していた。オコウネフは五番に住んでいた。一九三七年一一月に逮捕されたソヴィエト連邦内務人民委員部道路管理庁長官で国家保安少佐のティモフェイ・プロホロフの住居を「引き継」いだのである。ポーランド人の大量殺害に共に関与したジルベルマン、ズボフ、シネグボフはゴルキー通り四一番の近隣に住んでいた。こうなったのは本人たちが望んだからではなく、内務人民委員部の意向であった。彼らに住居を割り当てたのは内務人民委員部だったからである。そこにはおそらく一定の意味があった。すなわち、彼らが相互監視できるようにしたのである。

一九七五年八月に死んだアントノフとセメニキンは友人同士だった。よくセメニキンがアントノフを迎えに来て、連れだって「仕事」に行った。アントノフの一家は共同住居内の質素な家具つきの二部屋に住んでいた。隣人たちの記憶では、彼は話し好きではなく、仕事とか政治向きの話はけっしてしなかったが、日常的な会話には応じた。要はごくごく普通の人物である。ただ一点だけが、隣人たちの好奇心をかきたてた。アントノフは明け方に仕事から自動車で送られることが多々あったが、そんなときは酔いつぶれており、たいへん大きな花束をいくつも抱えていた、というのである。彼は数時間眠ったあと、赤褐色の体毛に覆われた両腕を石鹸で、あたかもなにか洗い流したいものがあるかのごとく、長い時間をかけて洗っていた。怪談でもないが、まるで死者の世界への渡し守が、生者の世界に戻ってきて身を清めているかのようだ。近しい者たちは、あの花はどうしたのか、誰にもらったのか、と疑問に思った。自分の魂を銃で撃ち殺した男を毎度埋葬するかのように、花に囲まれた生気のない身体を当局がその住処に送り届けていたとしたら、退廃の極みだ。だが、もっと単純な理由だったかもしれない。墓地から「借りて」きた花々の香りは、血と火薬と腐敗の臭いを「覆い隠す」役目を担っていたのかもしれない。

ベリヤ逮捕の後、彼の罪状を調べていた検察官が、ブロヒンをふくむ「特別班」の隊員たちにも尋問することを決めた。なぜなら、無実の人々の銃殺によって、スターリンの腰ぎんちゃくとして専横を極めたベリヤの栄光を高めたのは彼らだったからである。捜査員たちの関心はとくにセメニキンの役割にあった。彼はクイビシェフという町で一件の裁判外処刑に関与していたからである。ベリヤの一九四一年一〇月一八日付け長官令第二七五六b号にもとづき、二五人の囚人グループを銃殺するためにセメニキンはクイビシェフに赴いた。囚人の中にはミハイル・ケドロフもいた。ケドロフは法廷では無罪を言いわたされたが、ベリヤは遺恨があり、彼を亡き者にすることにひどく執着していたのである。実際にはこのグループのうち二〇人だけがクイビシェフ刑務所で拘禁されていて、残り五人はサラトフで銃殺された。執行記録にはレオニード・バスタコフとセメニキン、そして内務人民委員部地方予審部副部長のボリス・ロドスの署名があった。無実の人々を処刑し、書類を事後に捏造したのだから、セメニキンが有罪だと考える人もいるかもしれない。そうはならなかった。検察官の理屈に従えば、セメニキンにはなんの罪もなく、命令に従ったにすぎない。とはいえ、ベリヤおよび内務人民委員部の彼の前任者たちの犯罪について一九五〇年代におこなわれた調査によって、略式裁判のやりかたと、ブロヒンの「特別班」の仕事の痕跡を消去するにあたってドンスコイ火葬場が果たした忌まわしい役割が明るみに出たのである。

銃殺された者たちのあらゆる痕跡を消去させる

ドンスコイ墓地火葬場支配人ピョートル・ネステレンコは、職場近くの小さな家に住んでいた。彼は多くのことを知っており、その場にもいた。処刑された後の遺体を火葬する仕事で、彼は月額二〇〇ルーブルの手当てを受け取っていた。つまり彼は「特別班」の補佐だったのであり、ほぼその一員でもあった。しかし彼は一度もチェキストではなかったし、彼の来歴が物語るように、チェキストではありえなかった。ネステレンコは一八八四年に小貴族の家庭にうまれ、軍役に入り、陸軍歩兵学校で学んだ後、空軍に配属された。内戦の期間は白軍にくわわり、デニーキン軍で連隊長を務めた。亡命以降はセルビア、ブルガリアに滞在し、ついでパリで死体焼却技術に非常に深い関心を抱くようになった。死体焼却法を学ぶためにベルリンに赴いた。その後ソヴィエト連邦に帰ることを決め、合同国家政治保安部所属の諜報員らに仕えることにした。二年間にわたって白軍の亡命者に混じって密告役を務めた後、彼はモスクワに帰ることを許され、外国で得た経験と知識をそこで実際に生かし、ドンスコイ墓地の開設時に火葬場の支配人に任命された。

このモスクワで最初の火葬場が開設されたときの新聞報道は、数世紀におよぶ古くさい偏見に終止符を打つこの模範的衛生施設を、興奮冷めやらぬ様子で描写している。「火よ。葬送の火よ。この現代の神殿、炎に照らされる墓所を建てたのはお前のためなのだ。…この火葬場が切り開く裂け目は、民衆の無知とあらゆる宗教の司祭によって悪用されてきた迷信という万里の長城を穿つものだ」。火葬料も周知された。大人の火葬なら二〇ルーブル、小人なら一〇ルーブルである。処理能力は公称で一日二〇体だったが、実質負担はもっと大きく、「実働時間は一七時間以上に延長されるときもあり、二二時間に及ぶこともあった」。とはいえ、この日中の作業に続く「仕事の夜」についてはなんの情報も漏らされなかった。夜になると「特別班」の隊員たちが、銃殺された者たちの遺骸を火葬場に運び、燃やしていたのである。政権は新しい埋葬方式を大いに喧伝した。火葬場見学ツアーも組まれた。

もちろん日中限定である。夜の仕事は秘匿されていた。一九三〇年代中葉までは毎日がこの繰り返しだった。この時期を過ぎると、劇的なまでに仕事量が増え、処刑ラッシュ、夜間の緊急出動が繰り返された。火葬のために運ばれれる遺体の数が増え続けた。

一九三六年八月、ネステレンコは当惑した。グリゴリー・ゴロフと資料保存統計調査課課長補佐のセルゲイ・ズブキンから、グリゴリー・ジノヴィエフとレフ・カーメネフの遺灰を引き渡すよう要求されたからである。もちろん「彼はこの銃殺された人々の遺灰を入れた桶を渡した」が、なぜそんな要求をされたのか彼にはわからなかったのである。答えはその数年後、一九三九年四月にエジョフの机を捜索していた実働部隊員たちが思いがけない発見をしたことによって得られた。彼らは引き出しのなかに袋に入った弾丸を発見した。ジノヴィエフ、カーメネフそしてスミルノフの銃殺に使ったものである。弾丸はそれぞれ紙に包まれており、処刑した者の名前が記されていた。どうやって弾丸を回収したのか。答えは単純である。これらレーニンの側近たちの遺灰を篩《ふるい》にかけたのである。では誰がなぜ弾丸を保管したのか。最初に思い浮かぶのは、スターリンその人が、かつて共に闘った仲間の死を確信したかったから、というものである。裁判で公然と誹謗して恥辱にまみれさせただけでは飽きたらず、憐れな最期を遂げた痕跡を眺めて、復讐心を満たしたのではないか。けれども、そんな慎重を要する要望をスターリンは誰に頼むことができただろうか。エジョフは一九三六年八月におこなわれたジノヴィエフらの裁判実施の責任者ではあったが、まだ内務人民委員にはなっていなかった。それに彼が「特別班」の平のチェキストたちに依頼を出せたはずはない。また、この日スターリンはモスクワにおらず、ソチで休暇を過ごしており、一九三六年一〇月になるまで戻っていなかった。

では誰なのか。おそらくゲンリフ・ヤゴーダが配下の者たちにこの命令を下したのである。ヤゴーダはかなり感傷にふける性質《たち》だった。彼は自分の一存で命令したのか、それともやはりスターリンの要望だったのか。速断は難しい。だがヤゴーダの独断もありうる。というのも、かつてヤゴーダは、革命を指導した押しも押されもしない偉人たちを下から上まで凝視して、身震いするような畏敬の念を感じた。だから撃たれた人ごとに弾丸を分け、弔いとしたのである。革命指導者たちの処刑はこのときがはじめてであり、ヤゴーダは煮え切らない思いを抱えながら、歴史に――そのはじまりと、その終わりに――かかわっていることを感じていたにちがいない。そして、内務人民委員部首脳部の刷新によって新長官となったエジョフが、弾丸の入ったこの封筒を「受け継」いだのである。

ネステレンコの不安は増していった。なにしろそれ以来、同僚、友人、飲み仲間など、彼がよく知っている人々が荼毘に付されていったのである。一九三七年六月にはピョートル・パカルンが銃殺された。二か月後の八月にはフェルディナンド・ソトニコフとグリゴリーが殺された。そして一九三九年三月はセルゲイ・ズブキンの番だった。火葬前の遺体を受取証と引き換えに受け取ったときの彼の心情はいかばかりだっただろうか。たとえばゴロフは彼の友人であり、ともに多くの時間を過ごした。運命はなんという陰鬱で深遠な表情をみせるのだろうか。さらに銃殺されなかった仲間のチェキストたちも、大勢が死んだ。一九三七年一〇月には、軍事参与会所属隊長イヴァン・イグナティエフが火葬された。一九四一年四月末にはピョートル・マゴーが、一九四一年六月初旬にはアレクセイ・カリーニンが同じ結末をたどった。ネステレンコは一九三七年に銃殺された「特別班」の隊員たちだけではなく、彼らとも親しかった。しかし彼らは少なくとも自然死だったし、在職中のときも多かった。それに、火葬されるときも、ひそかに夜間に運ばれるのではなく、日中に、厳かに移送された――同僚たちは葬儀の際に花輪を捧げ、涙ながらに弔辞を惜しみなく送った。なお、マゴーとカリーニンはドンスコイ納骨堂ではなく、ノヴォデヴィチのもっと「豪華」な墓地に埋葬されている。反対に、イグナティエフの遺骨の入った骨壺はドンスコイ火葬場の回廊に安置されている。同様の仕方で大勢のチェキストが祀られた。彼らは犠牲者の遺体を長い間運んでいたが、彼らもまた同じ墓地に運ばれることになった。有為転変である。

ピョートル・ネステレンコもまた運命には逆らえなかった。一九四一年六月二三日、彼は「反ソヴィエト活動」の容疑で逮捕された。容疑は口実にすぎない。実際、彼がむこうみずに謀議を図ることができたとは考えにくい。ただ、忌まわしい秘密を知っているこの人間を厄介払いするときが来たにすぎない。内務人民委員部が設けた特別委員会の決定により一九四二年九月九日に彼は銃殺されたが、その場所はモスクワではなく、サラトフだった。取り調べの際の彼の供述は、犠牲者たちの遺灰がたどった運命の一部を明るみに出している。「銃殺された者たちは火葬の後、私自身でその遺灰を火葬場の中庭内の専用の場所に埋葬しました。…私はそのことを胸中に収め、誰にも言いませんでしたし、それが判明するはずもありませんでした。なぜなら私は墓穴を火葬後すぐに自分で掘ったからです」。ネステレンコは尋問を受けて、彼が内務人民委員部所属の隊員たちのなかではグリゴリー・ゴロフとアレクセイ・オコウネフととりわけ繋がっており、その他にさらに二人の人物が時々火葬に立ち会っていたと言明した。その二人とは、内務人民委員部事務局長パーヴェル・ブラノフと、資料保存統計調査課課長補佐セルゲイ・ズブキンだった。

死刑執行人はスターリンのすぐ側に

おおむねでいうと、アレクセイ・オコウネフに割りあてられていた仕事は、処刑された後の遺体をドンスコイ火葬場に運ぶことだった。彼はブロヒンの「特別班」で最も忌まわしい人物のひとりである。死刑執行人の中では下っ端で、犠牲者の埋葬を担当していたが、痕跡をどうすれば消せるかを心得ているある種のプロフェッショナルだった。アルコール中毒になって精神病院に収容されたことを除けば、彼についてあまりわかっていない。写真からは冷たく人を寄せつけない顔つきで、目はうつろで虚空をみつめているとわかる。チェキストの薄暗がりの住人はその職業にあわせて表情までも変えるという完璧な証明である。銃殺がおこなわれる地下室に慣れ、死の世界に隅々まで通暁するのである。

オコウネフは夜行性の人間だった。なぜなら「特別班」の活動は夜におこなわれるからである。だが昼日中に出かけるときもあった。なぜなら彼はスターリンの身辺警護長であるヴラーシクと友人関係にあったからである。彼らには共通の過去があった。一九二〇年代末、ヴラーシクがまだオコウネフが働いていた部署の実働部隊員にすぎなかったころ、オコウネフは幹部のお楽しみの手配がうまいというので評判になっていた。ヴラーシクの昔の恋人であったイヴァンスカヤが、スターリンの身辺警護人として権勢を誇っていたヴラーシクにはじめて出会ったときのことをこう物語っている。「わたしは一九三八年五月、オコウネフという知り合いの内務人民委員部所属の隊員から、ヴラーシクを紹介されました。彼らは別の若い女性を伴って私を自動車で迎えに来て、みなでヴラーシクの別荘に行きました。道すがらわたしたちは森の入口あたりでピクニックをすることに決めました。そんなふうにしてヴラーシクとの交際がはじまりました。一緒に会うのは一九三九年まで続けていました」。イヴァンスカヤが結婚した後も、オコウネフは執拗にヴラーシク家でおこなわれる酒宴に彼女を誘い続けた。イヴァンスカヤの証言によれば、オコウネフはヴラーシク家に「かなり頻繁に」来ており、多量の酒が消費される宴会の常連だった。

あるとき、内務人民委員部の「物件」でおこなわれた酒宴——「物件」というのは、政治警察専用の秘密の場所をさす隠語である——が、酩酊状態での発砲によって終わった。後になってこのエピソードは一九五五年一月のヴラーシクの裁判で披露された。このときイヴァンスカヤが証人として供述をおこなったのである。「わたしたちは四人で到着しました。オコウネフ、ヴラーシク、わたしともうひとり女性がいました。わたしたちのほかには軍人が何人かいて、そのうち二、三人が将官でした。わたしたちと一緒にいた女性が一人の将官に色目を使いました。それがヴラーシクの気にさわりました。彼は拳銃を取りだし、テーブルに置かれたグラスに発砲しました。彼はすでに酔っていました」。ヴラーシク側の法廷での説明はこうである。「発砲はしませんでした。たしかにオコウネフが管理する物件には行きました。飲食はしましたが、発砲はしませんでした」。法廷でイヴァンスカヤは証言を翻《ひるがえ》すことなく、現地到着までにモジャイスク街道を通ったと述べた。彼女によれば、集まりの会場は一軒の別荘であった。イヴァンスカヤのことが嫌いだったのかと法廷で問われて、ヴラーシクはこう答えた。「いいえ、彼女とわたしは憎しみあっておりませんでした。彼女がオコウネフに捨てられたあと、わたしは彼女と関係をもちました。ただし申し上げれば、連絡は彼女から来るのが多く、わたしからではありませんでした。内務人民委員部の特別班に務めていた彼女の父親のことは知っていましたが、喧嘩になったことはありませんでした」。裁判でイヴァンスカヤは自分が老チェキストの娘だということは誰でも知っていたと述べた。ヴラーシクと親密な関係にあったことは否定したが、つけくわえて述べたことがすべてを物語っていた。「もう会いたくないと言ったら、ヴラーシクはわたしを逮捕すると脅しました」

つまりヴラーシクは発砲を否定し、イヴァンスカヤは彼との深い関係を否定した。しかし、この事件がわれわれの興味を惹くのは、内務人民委員部の「物件」という表現である。それはモジャイスク街道近くのどこかに位置し、オコウネフによって管理されていた。そこもまた処刑場として使われていたのだろうか。わたしは、イヴァンスカヤの供述に軍配を上げたい。チェキストたちが休暇を過ごす別荘だったのだろう。当該の酒宴には、スターリンのお酌係をつとめる人物が参加していたことから、そのように推測できる。ヴラーシクはイヴァンスカヤの耳元で、あれは「スターリンのおじさんだよ」だとささやいたそうだ……

12 カティン、NKVD、秘密文化
大量殺戮の手口

オリヴィア・ゴモリンスキー

「彼は、剥き出しのうなじを自分に差し向ける死刑囚たちに少しの憎悪も抱かなかった。だが、憐みもいっさい感じなかった。連中が革命の敵であることを知っていた。
彼は細心の注意を払い、熱意をもって革命に仕えていたのだ。よき主人に仕えるように。彼は銃を撃っていたのではない。働いていたのだ」

ウラジーミル・ザズブリン『チェキスト』（一九二三）より

スモレンスク市近郊のカティンの森の中、かつてNKVD（ソ連の内務人民委員会）が所有していたダーチャに駐留していたドイツ国防軍第五三七通信連隊は一九四三年二月、冬服を着た兵士たちの死体を地中から掘り出した。後ろ手で縛《しば》られ、例外なく、頭蓋骨の下部に打ち込まれた弾一発で殺されていた。複数の穴に分けて埋められた四四一五もの遺体がカティンの森で発見されたことで、ポーランド亡命政府が解明できていなかった将校八〇〇〇人失踪の謎の一部が解けた。これらの将校は、ドイツに遅れること二週間後にポーランドに侵攻したソ連赤軍の捕虜となり、その後にNKVDに引き渡された。一九四〇年三月、接触が急に途絶《とだ》えた。

処刑から三年後のポーランド将校の遺体発見により、カティンの森の虐殺はソ連の弾圧の歴史の中でも特異な事件として位置づけられることになる。誰にも知られていない他の虐殺と同様に、これは発見されてはならない事件だった。KGB議長となる以前にウクライナのNKVDを指揮していたイヴァン・セーロフにとって、カティンの森の遺体発見は国家保安組織の仕事に疑問符を突き付ける深刻な事態であった。〝連中〟には「これほどの少人数（のポーランド人）の処理（銃殺）ですら適切に管理する能力がなかった」ことが露呈した、とセーロフは糾弾した。「わたしが指揮していたウクライナでは、処理人数はもっとずっと多かった。だが、なにごとも等閑《なおざり》にされず、誰にも何も知られなかった（…）」

大規模弾圧の政策は、ボリシェヴィキ権力の構成要素の一つであった。暴力はレーニンの急進的な革命計画の必然的帰結であり、一〇月革命によってボリシェヴィキが権力を掌握すると実践が始まった。これを体現していたのは、一九一七年一二月に創設されたチェーカー（反革命・投機・サボタージュ取締全ロシア非常委員会）であった。暴力は仮借《かしゃく》ないものであるべきだ、とレーニンは指示した。チェーカーの構成員は「世界改造のエンジニア」と位置づけられ、「猛獣のように力強く、一徹で、前代未聞の暴力を発揮する」ことが求められた。暴力は当初、「大衆の正当な復讐心の行使」として堂々と表立っていたが、内戦が終結するころには厳しい統制下で隠密のうちに展開されるようになった。先革命期の陰謀工作の申し子である秘密文化はセルゲイ・ネチャーエフによって理論化され、レーニンに引き継がれて強化され、完成度を上げて広まった。その結果、暴力行使も秘密のヴェールで被《おお》われるようになったのだ。チェーカーは、合同国家政治保安部（ＯＧＰＵ）という、より実態があいまいな名前をもつ組織に置き換えられた。処女作『二つの世界』がレーニンから「並々ならぬ本、必要な本」と絶賛された作家ウラジーミル・ザズブリンは、この戦術転換の犠牲者となった。彼の第二作は、革命に身も心も捧げているチェキスト［チェーカーの要員］が主人公であるにもかかわらず、一九二三年に検閲にひっかかった。ザズブリンの写実主義は過激であると見なされた。おそらく、この本の暴力分析は明晰すぎると判断されたのだろう。『チェキスト』の主人公であるスルボフは次のように語る。「フランスにはギロチン、公開処刑があった。われわれの国には地下室がある。秘密の処刑だ。公開処刑は、それがたとえ危険きわまりない犯罪者であっても、犯罪者の死を殉教者、英雄のオーラで包んでしまう。スペクタクルの要素が一切ない地下蔵での秘密の処刑、判決の読み上げもない突然の死は、敵にとって嘆かわしい効果をもたらす。これは巨大で無慈悲で偏在する機械であり、犠牲者を突然襲って肉を挽《ひ》くグラインダーに引き込む。処刑後、正確な死亡日は誰も知らされず、死の直前に述べた言葉は伝わらず、死体も墓もない。空虚しかない。こうして敵は完全に破壊される」

スターリンの大粛清は、その規模の大きさと実施手法によって、ボリシェヴィキ暴力史の絶頂期を築いた。弾圧と殲滅のこのユニークな頂点は「累積する急進化の山場」に相当する、と共産主義研究者ニコラ・ヴェルトは分析する。一九三七年八月から一九三八年一一月にかけての一六か月で、極秘のうちに七五万人のソ連人が一切の跡も残さずに処刑された。この弾圧の規模を知るには、ソ連の崩壊とアーカイブの公開まで待たねばならなかった。ＮＧＯメモリアルによる粘り強い調査をもってしても、現在までにつきとめられたのは、旧ソ連の全土に散らばる死体投棄場所のたった三分の一——もしかしたら四分の一かもしれない——である。

カティンの森の虐殺が起きたのは、ソ連の政治局が大粛清の終了を決定した一六か月後であるが、一切を秘密にする管理手法と処刑の手口は大粛清を踏襲している。ドイツ国防軍が劣勢に立たされ始めた戦況を背景として、虐殺現場を発見したナチ・ドイツがこれを連合国の結束に罅《ひび》を入れるプロパガンダ材料としたため、真実を見極めるための大掛かりな調査が行われた。

この虐殺にかんする知見が根拠とするのは、複数種類からなる例外的な記録資料の積み重ねである。一番古い資料は、二つの調査団の報告書である。二つの調査団のうちの一つはポーランド赤十字代表団であり、虐殺現場で五週間をかけて調査を行った。もう一つは、ナチ・ドイツの占領国や同盟国が送り込んだ一二名の法医学者からなる国際調査委員会であり、死体の掘り出し作業を撮影させ、さまざまな国のジャーナリストの立ち合いのもとで検死を行《おこな》った。戦後、ソ連は虐殺を否定し、偽装工作との疑いを少しずつ浸透させることを目的とした活発なプロパガンダを展開したが、虐殺を免《まぬが》れた生存者の証言と、米議会下院マッデン委員会が一九五一年に作成した報告書が、戦時中の現場調査の結果を裏付けた。ＫＧＢ議長のアレクサンドル・シェレーピンがニキータ・フルシチョフにポーランド人捕虜の尋問資料をすべて破棄するように提言したので、資料の一部は失われたと思われる。しかし、一九九二年に公開された旧ソ連のアーカイブが、皆が待ち望んでいた、ソ連政権に責任があったことを示す証拠をもたらした。なかでも決定的だったのは一九四〇年三月五日付けの極秘文書であり、ニキータ・フルシチョフを除く政治局の全員がラヴレンチー・ベリヤのポーランド人捕虜抹殺の提案に賛同したことが記されている。アーカイブ資料は、政治局が決定したこのオペレーションの全容を明らかにし、カティンの森事件が一連の計画的殺戮の一部であったことがはっきりした。この殺戮は、六週間（一九四〇年四月三日〜五月一九日）をかけて行われた、コゼリスク、スタロビルスク、オスタシコフの三つの旧修道院とウクライナおよびベラルーシの複数の刑務所に収容されていた合計二万一八四七人のポーランド人（将校、警察官、憲兵隊、兵士）の処刑だったのだ。加えて、権力の頂点から汚れ仕事の実行人にいたるまでの指令系統の全体像も詳細も明らかになった。FSB［ロシア連邦保安庁］中央記録保管所で見つかったリストには、虐殺実行に直接かかわったNKVD［内務人員委員部］の職員一二五名の氏名が含まれていた。カリーニングラード州、スモンレスク州、ハリコフ州のNKVDで働いていた彼らのアイデンティティと経歴は、ロシアの歴史研究者ニキータ・ペトロフによってつきとめられた。ベリヤが署名した一九四〇年一〇月二六日付け極秘指令第〇〇一三六五号により、彼ら職員は「特別使命をつつがなく果たした」ことに対して報奨金を受け取っている。なお、スターリン時代の官僚用語において「特別使命」は処刑の婉曲表現である。これらのアーカイブ資料は、一九九〇年代の初めに処刑責任者数名から得られた証言を補完する役割を果たした。自分の責任を否認する弁明が前面に出ているものの、これらの証言は処刑がどのように組織・実行されたのか、痕跡を消すためにどのような手段がとられたのかを知るうえで貴重である。

ここで興味深いのは、ポーランド人将兵大量殺戮実行へと導いた政治論理というよりは、秘匿の必要性に応じて取られた実行方法である。カティンの森事件にかんして入手可能な記録資料は、虐殺にいたるまでの一つ一つの過程だけでなく、すべての関係者――政治権力や秘密警察の頂点に立つ者から、捕虜抹殺を「効率よく」実施する能力と沈黙を保つ口の堅さを基準として選ばれた処刑人にいたるまで――を照らし出し、秘密文化が虐殺のモドゥス・オペランディ（手口）にいかに反映されたのかの証左となっている。

13 全体主義の新人間製造工場として構想されたグラーグ

ピエール＝エティエンヌ・プノ

二〇一九年10月27年に物故したウラジーミル・ブコフスキーに捧ぐ

「共産主義の適用が可能であるとしたら、有益な労働とは無縁で、抑圧された民衆の汗の結晶を享受している民兵貴族の駐屯地か兵舎の内部であろう。それ以外はありえない」

アルフレド・シュードル『共産主義の歴史、もしくは社会主義ユートピアへの反論』（パリ、ヴィクトル・ルクール社、一八四八）

ポーランドの女性哲学者バルバラ・スカルガは、ナチと闘う非共産主義レジスタンス組織、AK（アルミヤ・クラホヴァ、国内軍）のメンバーであった。一九四四年、二五歳のスカルガはソ連当局によって逮捕され、「ファシズム」の罪で強制収容所一〇年の刑を言い渡され、グラーグに送られた。一九五五年に帰り着いた故国は共産主義国家となっており、彼女の哲学者としてのキャリアはポーランドがソ連の桎梏《しっこく》から自由になる一九八九年までさまざまな妨害に遭《あ》った。なお、このポーランド民主化のための闘いに、スカルガは自主管理労組「連帯」（ソリダルノスチ）とともに参加している。彼女のグラーグ体験記が在仏亡命ポーランド人たちの雑誌『Kultura』に偽名で掲載されたのは一九八五年になってからである。この体験記は二〇〇〇年に、友人であるシャンタル・デルソル［フランスの哲学者、小説家］が選んだタイトル『不条理な残酷』を冠して仏語で出版された。時を隔てて、この著作をあらためて振り返ったデルソルは「今になって思うと、あのタイトルはよくなかった。しかし、あの本が話題にならなかったのはタイトルのせいではない。若かったバルバラが送り込まれたのがナチ・ドイツの強制収容所だとしたら、すぐさま話題を呼んだことだろう。しかしフランスでは、グラーグを話題にすることはある種の居心地の悪さを生み出し、人はすぐに目を逸らしてしまう。フランス人はロシア人と共産主義者が好きなので」と語る。アレクサンドル・ソルジェニーツィンやヴァルラーム・シャラーモフの著書に頻出する「残酷」という言葉はバルバラ・スカルガのグラーグ体験記にはほぼ出てこないものの、『不条理な残酷』は、グラーグの囚人たちがいかに不毛な残酷を体験したかを強調する優れたタイトルである。グラーグにおける人命と物資の無駄な消耗は莫大だったからだ。

こうした残酷さは、ボリシェヴィキ体制の一部であった。一九一七年一二月にチェーカーが創設されて以来、ソ連では恐怖は毎日身近にあったし、一九一八年六月に誕生した強制収容所は一つのシステムとなり、やがて全世界の共産主義体制に普及した。なお、ソ連体制の残酷は複数形で語られるべきだろう。マトリョーシカのように、一つ一つの残酷行為には他の残酷行為の芽が潜《ひそ》んでいて無限の広がりを持ち、心身の傷を抉《えぐ》るからだ。逮捕に先立つ不安、逮捕、中継ぎ刑務所への収容、移送、収容所到着、生き延びるための苦労、呪わしい政治犯で元zek（zekは受刑者の略）というハンディキャップを背負っての「正常」な生活への復帰。すべてが残酷である。グラーグシステムにおいて、こうした残酷さの源は数多い。共産党と、その恐怖装置――チェーカー、GPU（国家政治保安部）、NKVD（内務人員委員部）、KGB（ソ連国家保安委員会）、検察官、強制収容所の監視人、さまざまな管理者――は無論のこと、他の受刑者（なかでも、政治犯ではなく普通法を犯した受刑者）、自分たちを見捨てた家族、グラーグの元受刑者に猜疑の目を向ける大衆。自然――シベリア、極北、カザフのステップ――も受刑者に牙をむき、残酷である。ゆえに、残酷とグラーグという二つの単語は不可分である。

こうした強制収容所の世界は一九一八年から一九九一年まで続いたが、ここでは、生き延びた者たちの証言を通して、もっとも過酷だった時期（一九一八～一九六〇年）に焦点を当て、zekたちが嘗《な》めた想像を絶する残酷さの本質を探ることとしよう。これは当時の状況が生み出した、すなわち体制のシステム機能不全や不条理に起因する残酷さだったのだろうか？　それとも、革命のユートピアと理論に深く根差した、冷たくシニカルな政治的合理性の表出なのだろうか？　グラーグという特殊な環境における残酷さの用途と意味を理解するには、新しい人間を創り出すという全体主義イデオロギーが強制収容所プロセスの核となったという事実を思い出してみるべきだ。次に、人間をすり潰《つぶ》すグラーグ工程の主要なステップを細かく見てゆこう。グラーグは巨大な破壊機械であり、いくつかのバリエーションはあったにしろ、大多数の受刑者には共通の破壊プログラムが適用された。以上を通して、受刑者にくわえられた幾《いく》つもの残酷さを数え上げることは、人間の尊厳を踏みにじるグラーグプロセスの凄まじさの把握につながるであろう。

グラーグ、社会の再教育にとっての要石《かなめいし》

史上初の共産主義体制は、発足するとただちに、創立者であるレーニンのお墨つきで大規模なテロルをアジェンダに取り入れた。一九一八年九月から人質が虐殺され、ついで、「赤軍」、「白軍」、「緑軍」のあいだの内戦を背景として民間人と軍人が虐殺された。最初の大量抹殺は、ボリシェヴィキ政権による農村からの強引な食糧徴発が引き起こした一九二〇～一九二二年の大飢饉による餓死である。これに抵抗した農民の叛乱は、約五〇〇万人の餓死によって終止符を打たれた。一九二二年三月一九日付けの手紙の中でレーニンは「飢饉は敵［白軍］に致命的な一撃をあたえるために利用できるかもしれない」と記し、政治のためなら人の死など気にとめないいつもの冷酷ぶりを示している。一九三二～一九三三年、スターリンはレーニンを踏襲し、ウクライナ統制を強めるためにホロドモールと呼ばれる大飢饉を引き起こし、四～五〇〇万人のウクライナ農民――男、女、こども――を死に至らしめた。このジェノサイドは、死肉や人肉を食べるまでに人々を追いつめた。

グラーグは、以上のような膨大な数の人々を抹殺する暴力とは性質が異なる。グラーグの機能の一つは、肉体的もしくは精神的に「階級の敵」を破壊することだった。もう一つは、囚人を再教育する、

という全体主義イデオロギーを反映した機能である。チェーカー初代長官であったフェリックス・ジェルジンスキーに言わせると、強制収容所は受刑者に矯正の機会をあたえることを使命とする「労働学校」であった。「労働による再教育収容所」の入り口には「労働は名誉、栄光、ヒロイズムにほかならない」、「労働に励めば早期釈放される」といったスローガンが掲げられていた。分かりやすいスローガンであるが、裏返せば「受刑者は罪を贖《あがな》うために、強制された労働を奴隷のようにこなさねばならない。同時に、政治にかんするみずからの過ちを理解するために自省し、反体制的傾向を放棄せねばならない」という意味だった。

トロツキーの要請に応えて人質収容のために、および、レーニンの求めに応じて都市の売春婦を根こそぎ送り込むために初期の強制収容所が一九一八年七〜八月に白海のソロヴェツキー（ソロフスキ）諸島に設置された。一九三〇年四月七日付けの「矯正労働収容所規則に関する人民委員会議法令」の発布と、ＧＰＵ（国家政治保安部）内の強制収容所管理部門発足（一九三〇年四月二五日）をきっかけに、この収容所システムは蛸が足を伸ばすようにソヴィエト全土に広がった。ソヴィエトの全体主義体制が強化され、万全となるにつれ、グラーグは、人民を調教すると同時に、奴隷さながらに使うことができる労働力を経済的に活用するシステムの重要要素となった。受刑者をすり潰すグラーグに果たしてどれだけの人数が送り込まれたのかを算定することは難しい。アメリカの歴史研究者、アン・アップルボームは総計二八七〇万人が収容され、そのうち約三〇〇万人が死亡した、と推定する。しかしながら、受刑者とその子孫にとって数字をめぐる論争そのものが残酷であり、彼らが味わった苦しみを数字で計ることはできない。

グラーグの第一の目的は労働力の強制的搾取であり、ソヴィエト研究者や元受刑者が「死のキャンプ」と呼ぶいくつかの収容所は殲滅《せんめつ》機能を持たされていた。そのうちの一つであるホルモゴルイ収容所では、一九二一年より何千人もの受刑者が銃殺刑もしくは水死刑（首に石をくくりつけられ、腕を縛られた状態で水に投げ込まれた）に処せられた。グラーグからの生還者であるポーランド人作家、グスタフ・ヘルリンクは、ソ連極東のコルィマ金鉱山が果たした特別な役割について「ナチ・ドイツの強制収容所にかんするさまざまな記録を読んだ結果、ソヴィエトにおけるコルィマの強制収容所への移送は、ナチのガス室に送り込む被収容者選別に等しい、と得心した」と語っている。一九三七年から一九五三年までコルィマで過ごして生還したヴァルラーム・シャラーモフの証言はヘルリンクの言葉を裏付けている。「すべての鉱山において、すべての管理部において、コルィマのアウシュヴィッツのいずれかに送り込む犠牲者のリストが作成されていた。コルィマの収容所は特別な場所、皆殺しのキャンプだった」

ソ連の強制収容所システムをめぐっての、歴史、政治、哲学の観点からの議論は、生還者に対してある意味で残酷である。蛮行の最高峰と目されるアウシュヴィッツとグラーグでは悍《おぞ》ましさの点で比較にならない、との言説は彼らにとって聞きずてならず、苦痛である。ソルジェニーツィンやシャラーモフは著作の中で、この苦痛にしばしば言及している。悍《おぞ》ましさに序列をつけることなど可能なのだろうか？　残酷度がもっとも低く、苦痛がもっとも少ない死に方はこれだ、と決めることなどできるのだろうか？　死体を掘り起こして人肉を食べた挙句の果ての餓死、銃弾を頭に打ち込まれての死、氷点下五〇度での凍死、病死、衰弱死のどれが、もっとも穏やかな死なのだろう？　序列をつけることは無意味だと思われる。グラーグの写真が非常に少ないために、視覚を通しての衝撃がほぼ存在しないことも影響している。ソヴィエトの強制収容所の記憶を伝えているのは生還者の語りにほぼ限られている。ナチの強制収容所の実態が映像として残っているのに対して、グラーグの痕跡がほぼ残されていないことが間違った印象をあたえている。

人間愛ゆえのグラーグ…

人民を再生させるというアイデア、すなわちグラーグに託された政治的意図のルーツは、残酷さに教育的意義を見出していたフランス革命の恐怖政治時代にさかのぼる。見せしめとして一人の人間を殺せば、数千人を黙らせることができる。ギロチンは、人間の首を一気に斬り落とすことで、見物人の頭から反抗に傾く気持ちを一掃した。一七九三〜一七九四年の恐怖政治は、〝人間愛ゆえの敵への憎しみ〟という理屈を初めて編み出した。例えば、一九七三年一二月二七日にジョゼフ・フーシェは「そうだ、われわれは認める、われわれの手によって多くの不純な血が流れたことを。だがこれは人間愛ゆえだ、義務ゆえだ」と述べた。フーシェのような革命家たちは、社会を人体と同じようにとらえていた。社会を壊疽《えそ》から救うためには、腐った手足をただちに斬り落とすべきだ。ということは、過去の思想に感染した成人にどのような運命をあたえるかを決めねばならない。一七九三年一〇月一〇日、サン゠ジュストは、政治犯たちを労働力として利用する大規模な公共工事を始めることを提案した。革命政府に反旗を翻した市民がフーシェらによって大量殺戮され、コミューヌ・アフランシ〈解放されたコミューン〉へと改名されたリヨンに対する懲罰として、同市の住民一四万人のうち一一万五〇〇〇人を強制移住させるアイデアを革命政府は温めた。ジャンボン・サン゠タンドレ［当時、ロベスピエールの側近の一人だった」は、「若者たちから、祖国に捧げるべき男らしい活力を奪っている」売春婦たちを海外に強制移住させることを望んだ。「兵士たちを飲んだくれにする何百人もの売春婦たち、そして元士官たち等々の流刑」を命じたレーニンのように。

ロシアの作家、エヴゲーニイ・ザミャーチンは、一九二〇年に執筆したディストピア小説『われら』の中で、ボリシェヴィキたちを突き動かしている思考を明晰に分析し、「人類に対する本物の愛は非人間的であるべきだ、（…）誠実さの否《いな》むべくもない印、それは残酷さだ」と書いている。同じくロシアの有名な作家であるマクシム・ゴーリキは、専制的な革命政府に失望してザミャーチンと同様に批判的だったが、やがてスターリン体制の熱心な支持者となり、一九三三年には「憎しみ、それは愛だ」と述べ、「チェキストたちが収容所で成し遂げたことこそ、本物のヒューマニズム、本物の人間愛だ」と付言した。共産党員だったフランスの詩人ルイ・アラゴンは一九三一年、有名な詩『赤い戦線』のなかで「革命の青い目は、不可欠な残酷性で輝く」と書いた。

ソヴィエトの反体制作家、ゲオルギー・ヴラディーモフは、グラーグの番犬を主人公とする小説『忠犬ルスラン』のなかで、この「不可欠な残酷性」の本質に鋭く迫っている。イデオロギーの狂信に染まったこの忠犬は、完全に洗脳された強制収容所刑務官のメタファーである。

「収容所のことを考えるとき、思い出されるのはよいことばかりだった。正直なところ、あそこには美点がなかったと言えようか？　その後に自由な生活を経験した彼には、あるていど比較検討することが可能だった。あそこでは、人は互いに無関心ではなかった。あそこでは、細心の注意をはらって一人一人を監視していたし、人間は最も貴重な財だとみなされていた。本人が思っている以上に貴重な財だ。人間の価値を本人の愚行から守ってやる必要があった。脱走を図って自分の価値を無駄遣いしようと試みる者は、罰し、怪我を負わせ、打擲《ちょうちゃく》しなくてはならなかった。やはり存在するのだ、救済の残酷さというものは。船を難破から救おうとするときにマストを切り倒すのと同じことだ。わたしたちを治そうとする外科医がわたしたちを切り刻むように。残酷な愛——残酷で血塗《ちまみ》れの愛——を給付するのがルスランの仕事だった（…）今になってみると、あれは優しさにあふれる仕事だった、と以前にもまして思われる」

番犬ルスランは、善に燃え、善に導かれている自分は社会に大いに貢献している、と感じている。グラーグのヒューマニズムに並ぶものはない。「幸福な瞬間！ 彼は自分がつき添っている人間たちに深い愛を感じていた。彼らを善と休息の明るい住まいへと連れてゆくのが仕事だった。その住まいでは、調和に満ちた秩序が彼らを悪から癒してくれる」。ソヴィエト権力のこの深い愛をグラーグで享受していた者たちは、ルスランとはまったく異なる感想を抱いたようだ…

グラーグ＝個人を非人間化・破壊するプログラム

近年になってアーカイブの扉が開かれるまで——といっても、大きく開かれたわけではない——、グラーグ史学は専《もっぱ》ら生還者の証言と、前代未聞の文学ジャンルである強制収容所文学に依拠していた。才能ある小説家たちが想像を絶する悍《おぞ》ましさを言葉で表現し、グラーグの実態を説明しようと試みた。もっとも代表的なのが、アレクサンドル・ソルジェニーツィンの『収容所群島』とヴァルラーム・シャラーモフの『コルィマ物語』である。しかし、他にも注目に値する証言が存在する。グスタフ・ヘルリンクの著作は、収容所のメカニズムを知るうえで重要である。コミンテルンのエージェントであったが大粛清時代にグラーグに送り込まれたジャック・ロシ［母親は仏人だがポーランド生まれ。最終的にフランスに帰化］の証言と分析も不可欠だ。ロシは自著『あのユートピアはなんと素晴らしかったことか！』において、活き活きとして精緻な筆致で、生き延びるのがやっとのグラーグの日常を語る。著者のアイロニーとユーモアと感性が、収容所のシニシズム、悍《おぞ》ましさ、愚かしさを炙《あぶ》り出す。ロシは、百科事典なみに詳細な『グラーグの教科書』も出版している。

バルバラ・スカルガ、マルガレーテ・ブバー＝ノイマン［ドイツのジャーナリスト、著述家］、ダリア・グリンケヴィチウテ［スターリンの死後、釈放されて医学を学び三三歳で医師となったリトアニア人女性］は、みずからのグラーグ体験により、男性受刑者の場合とはかなり異なる女性受刑者の過酷な生活をつぶさに伝える証人となった。一九四一年に一四才で収容所送りとなったグリンケヴィチウテが執筆後に庭に埋めて隠した回想録の原稿は、彼女の死から数年後に発見された。北極線よりも北、人間が住む世界のかなたに浮かぶ、「恐ろしい墓場のようなトロフィモフスク島」での暮らしにかんする背筋が凍るような証言である。グリンケヴィチウテの回想録が日の目を見たために、「収容所群島」の一角をなす死の流刑地トロフィモフスクの実態が明らかになった。証言できる生還者がいなかったために、忘却の淵に沈んだ流刑地の数はどれくらいあるのだろうか？

すべての証言に共通して出てくる言葉がいくつかある。残酷、奴隷、涙、一日分の糧食、食べる、空腹、パン、水っぽい飲み物、粥《かゆ》、身体、自殺、寒さ、雪、氷、凍え、太陽、虱《しらみ》、板、ベッド枠、バラック、鉄条網、看守、強姦、服、靴、靴下、死、死体、ごろつき、密告者、価値の喪失、病気、病院、病人、壊血病、食事性ジストロフィー、ペラグラ［ニコチン酸欠乏による皮膚障害］、独房、恐怖、眠る、睡眠、夢、貨物車、非人間的、飯場《はんば》、臭い、悪臭、汚い、消毒部屋、虱退治、労働、苦痛…

もっとも典型的なグラーグサイクルは次の通りだ。密告→監視→逮捕→ルビャンカ［KGB本部、ここにKGB直轄の刑務所も置かれていた］→中継刑務所→収容所と奴隷さながらの強制労働→終身流刑→これまでの過程のいずれかでの死または「正常な」生活への帰還→元受刑者に対する一段と厳しい監視→体と心の傷を癒《いや》す試み→仕事上での嫌がらせや脅迫→再度グラーグ送りとなる可能性。このサイクルで最初に人を苛《さいな》むのは、逮捕前の不安である。大粛清のころ、突然姿を消す人の数は余りにも多かったので、だれもが次は自分がNKVD（内務人民委員部）に逮捕されるのではと恐れた。ブバー＝ノイマンのように、逮捕されてほっとする者もいた。いつ逮捕されるのかという不安のほうが辛かったのだ。ロシ、スカルガ、グリンケヴィチウテ、ソルジェニーツィンの場合のように、逮捕が青天《せいてん》の霹靂《へきれき》のこともあった。

逮捕理由が説明されないことも大きな不安であり、その後に待っているのは、不条理な嫌疑がかけられたことを知る残酷な体験である。グラーグシステムが呑み込もうとする者たちの大半は、何の罪も犯していなかった。だが、たとえば「敗北主義」は犯罪であった。ジャック・ロシによると「敗北主義者」とは「第二次世界大戦の最中にソ連の勝利に対する疑念を表明したために逮捕もしくは有罪判決を受けた者」であり、「通常、収容所一〇年の刑に処される」。コルホーズで人参を一本盗んだ、スターリンにかんして冗談を言った、外国人とやりとりした（スパイ行為とみなされる）、といった理由で有罪になることも頻繁《ひんぱん》だった。ナチ・ドイツとの戦いにおいて民主主義国家と同盟を組んでいたはずのソヴィエト体制は、対ナチのレジスタンス活動家も収容所送りにした。残酷なシニシズムの好例だが、彼らにかけられた嫌疑は「ファシズム」だった…。バルバラ・スカルガもその一人であった。スカルガは、ヴィルニュス（リトアニア）のユダヤ人たちの悲劇的な運命を伝えている。ヴィルニュスを占領したナチ・ドイツによるホロコーストを辛くも生き延びたユダヤ人たちは一九四四年、ナチに替わってヴィルニュスを占拠したソヴィエトから出国を許可された。ソ連がうった芝居は不条理そのものだった。彼らを乗せた飛行機は離陸し、しばらく飛んだのちに旋回して着陸した。ヴィルニュスに。無論のこと、彼らはグラーグに送られた。

逮捕は犠牲者の人生に深い断絶をもたらした。それまでの日常、家族、友人、自分が暮らしてきた町や国から引き離されることは、極めて辛い体験だった。こうした精神的拷問は、グリンケヴィチウテやスカルガのような非ロシア人にとってはいっそう厳しかった。二人の体験は、スターリンの共産主義が帝政ロシア時代そのままに帝国主義の性格を帯び、残酷だったことを示している。スカルガは次のように気持ちを吐露している。「ああした収容所で、わたしたちポーランド人は、惨《みじ》めな人の中でもっとも惨めだった。ドイツ人受刑者よりも劣悪な扱いを受けた」。グラーグは全体主義国家のメルティングポットであり、非ロシア人の被収容者たちの絶望は深まった。グラーグでロシア語を習得する…。収容所の外国人ゲストは、「習うより慣れろ」メソッドでの現地語学習を強要されたのだ。

逮捕後の遍歴は、中継刑務所であるルビャンカまたはブティルスカヤ刑務所で始まり、被拘束者の仕分け、起訴状の審査が行われる。だが、グラーグシステムでは中継と選別の施設（中継刑務所）はいたるところにあった。受刑者は、奴隷使役マシンの必要に応じて絶えず移動するのが常態だった。

ゆえに、新たな仕事に就かせる前に再び選別の段階を踏ませることは有益だった。中継刑務所滞在中は、肉体的および心理的な拷問が続く。その目的は、受刑者のレジリエンスを砕くことである。ソルジェニーツィンは、逮捕から始まるそうした拷問メソッドを詳しく描写している。逮捕は夜が好ましい（夜だとなにがなんだか分からずに判断力を失い、疲労も大きい）／罵詈雑言／コントラストによる心理効果（尋問の口調がしょっちゅう変わる）／侮辱／威嚇／嘘／近親者への愛着の利用（脅し）／音声手法（被疑者に大声で話すように強要する）／立たせて座らせない／飲み物をあたえない／眠らせない／連続しての尋問／空腹／殴る蹴る…。ソルジェニーツィンは「もっと列挙する必要があるだろうか？　さらに列挙を続けることは可能だろうだか？　暇をもてあましている満腹で鈍感な人間は、ありとあらゆるメソッドを編み出すことができるのだ」と慨嘆《がいたん》している。

中継刑務所で何週間か、もしくは何か月か、ときには一年も過ごしたのち、悪夢のような最悪の過程の一つ、収容所への出発となる。またしても、体にも心にも辛《つら》い過程だ。どこに連れてゆかれるか知らされることはない。劣悪な移送手段――家畜用の貨物車、船倉、トラック、監視下での徒歩での移動――、長旅の辛さ――ソヴィエト帝国の果てにある収容所に労働力を送り込むためは何週間もかかる――に追い打ちをかけるのが、何が自分を待っているのか分からない、という残酷な不安である。折り重なるようなぎゅうぎゅう詰め、供給される水と食糧の少なさで、受刑者たちは生命力と人間としての尊厳の大半を失う。少なからぬ受刑者にとって、この旅でグラーグサイクルは終了となった。ソルジェニーツィンは、鉄道での移送中に妊婦が出産した様子を描写している。母親の乳は「涸《か》れ果てて、赤子は死んだ。何処《どこ》に埋葬したらよいのか？　停車したときに警備官二人が貨車に乗り込み、列車が動き出すと貨車の扉を開けて小さな遺体を外に投げ出した。信じられぬほどの残酷さ。（…）人間にこのような仕業《しわざ》が可能なのだろうか？」。当局のシニシズムは限界知らずだった。国民にこのような移送の実態を知られないために、囚人移送用の貨車は明るい色に塗られ、「パンと肉」との文言が記されていた。

収容所の日常

受刑者にとって、グラーグ到着は衝撃であり、生き延びるのがやっとという生活は「残酷な試練」（ソルジェニーツィンの言葉）だった。バラック、虱、病気、侮辱、暴力、すし詰めが日常となり、刑務官やごろつきのせいで生き地獄を味わう。プライバシーの欠如は、すべての生還者、とくに女性の生還者が指摘するもう一つの拷問だった。バルバラ・スカルガは、女性にとって衛生面の問題がどれほど切実であったかについての貴重な証言を残し、「何も隠すことができなかった、他人の視線から逃れることができなかった。わたしたちはプライバシーのない生活を強制され、食べるのも、眠るのも、消化するのも、排泄するのも、苦しむのも、さらにも死ぬのも衆人環視の中であった」

しかし、バラックや掘っ建て小屋での生き延びるだけの暮らしはグラーグの数ある側面の一つでしかない。奴隷身分への格下げ――これがグラーグの重要な機能だった――は恐ろしく、死の危険と隣り合わせだった。一九四一年に収容所送りとなったときのダリア・グリンケヴィチウテは一〇代半ばにも達していない少女だったが、自分の運命が暗転したことをただちに悟った。乳幼児、老人、女性、こども、病人は一家の父親たちから引き離された。

「貨車一九号の一七番。わたしは単なる番号となった！（…）仕分けが始まると、各人が呼び出された。陰鬱な顔つきのチェキストがわたしに投げかけた鋼《はがね》のような視線は、一発殴《なぐ》られるよりも残酷だった。それは、奴隷商人の視線であり、わたしの筋肉を評定し、どのような利益を引き出すことができるかを判定していた。生まれて初めて、私は自分が物になったような気がした。わたしが学校に通うことなど問題外となった。真っ青となって彼らの正面に立たされていたわたしは、自分の内側で恐ろしい憎しみ、奴隷の反抗心が燃え上がるのを感じた。振り返ると、少し離れたところにいる母が私を見つめていた。母もわたしと同じ思いを抱いていたが、すぐに目を伏せた。それでも、母の顔に涙が流れるのは見えた。息子と娘が運搬に使われる牛馬のように値踏みされているのだ。わたしと母は互いの気持ちを悟った。絶望の瞬間だった」

ソルジェニーツィンの筆は共産主義奴隷制度を厳しく糾弾し、この奴隷制度は歴史上の既知のモデルを凌駕する完成度に達した、と指摘している。「古代に一人の奴隷を購入しようと思えば、それなりに金を支払った。強制収容所の受刑者一人の購入に金銭を支払った者はだれもいない」。適切な道具なしで働かせるのが通り相場だった。人命の濫用《らんよう》は、革命の敵殲滅の目的にかなっていた。シャラーモフ、ロシ、ソルジェニーツィン、グリンケヴィチウテ、スカルガのいずれもが、このロジックに言及している。「ジストロフィー、ペラグラ、結核。人殺し収容所は、その他の犯罪者やガス室を必要としていなかった。人は生きているあいだだけ、動けるあいだだけ有用だった」（スガルガ）。

バルト海と白海をつなぐ運河（ベルモルカナル）の建設という巨大プロジェクトは、グラーグ生還者の話のなかにたびたび登場する。数十万人ものzek［強制収容所の受刑者］が動員され、シャベル、鶴嘴《つるはし》、手押し車だけを使ってこの運河を掘った。多くの犠牲者を出し、スターリンが設定した期限内に完成したものの、大きな無駄遣いとなった。水深が浅すぎるし、一年の半分は氷に閉ざされるからだ。ソルジェニーツィンは次のように断言している。「スターリンが必要としていたのは、膨大な数の人命を呑み込む巨大な建設現場をどこかに構えることだった（…）ガス室と同じように確実に人命を奪うが、より安上がりな装置だ。しかも、自分の治世の偉大さを後世に伝える、ピラミッドに比肩《ひけん》する堂々たるモニュメントが残る」。本来なら馬に任される仕事を人間に強要し、人間を動物のレベルに引き下げる使役にかんするグラーグ生還者の証言は多い。しかも、ボリシェヴィキ体制にとって馬はzekよりもはるかに価値があった。「わたしは出発した（…）たどり着いた先は大規模鉱山であり、初日から馬の替わりを務めることになった。胸をバーに押し付けてキャプスタン［巻き上げ装置］を回す仕事だ」（シャラーモフ）。

収容所のもう一つの苦しみは空腹だった。これについても生還者たちが多くを語っている。だれもが、zekたちはたちまちのうちに半ば骸骨のような「餓鬼」となった、と回顧している。シャラーモフも死を間近に感じるこの段階を迎えたが、収容所の医務室助手に採用される幸運を得て小康を得た。そうした幸運がないかぎり、受刑者たちの外見は短期間で同一となった。シャラーモフ同様に医務室の要員となることができたスカルガによる、骨と皮となったzekたちの体の描写は心肝《しんかん》を寒からしめる。「何百人もの全裸の男が医務室にやってきた。彼らは恐ろしいほど痩せこけ、臀部の肉はなかった（…）あまりにも惨めな姿だったので、年齢を推測することは難しかった。彼らは二〇歳を少し過ぎたくらいであったが、老人にしか見えなかった。萎《しな》びたペニス、あばら骨が丸出しの胸、丸まった肩。政治犯ではない犯罪者だけが筋骨隆々として、力強く、男性的だった」

飢えと並ぶ、グラーグの死神は寒さだった。気温は、想像を絶する氷点下四〇～六〇度まで下がるからだ。吐いた唾は床に到達する前に氷に変わり、排便のためにズボンを下ろしただけで凍死する危険があった。ソヴィエト体制にとって地理的条件と気候が大きな切り札であり、極寒は監視塔や鉄条網よりも有効だったことは間違いない。「コルィマの極寒、自然は常に当局の味方であり、単独脱獄囚に敵対的だった」とシャラーモフは述べ、「凍った残酷な雪」が被収容者を責め苛《さいな》んだ、と指摘する。元受刑者たちの語りからは、自然がいかに敵意に満ちていたかが透けて見える。

自然は受刑者たちの社会的、心理的、身体的な死の舞台となったが、驚くことに、時として恐ろしさとは相反する感情を呼び覚ました。ダリア・グリンケヴィチウテは「北極の壮大で残酷な美しさ」について語っている。だが、この手つかずの自然は、希望と肉体を呑み込み、地平線を唯一遮《さえぎ》っているのは「凍った死体」が捨てられた丘であった。雪嵐は絶えず吹き荒れ、雪と氷は、トロフィモフスクに到着したリトアニア人zekにあてがわれた掘っ立て小屋のなかに侵入した。凍傷で壊死した手足の切断は流れ作業で行われ、顔から凍傷の跡が消えることはなかった。苦労して掘った穴に、何百もの「凍えた死体」が投げ込まれた。若かったダリアは、死に直面することはできても、「凍った死体」には乗り越えがたい動揺を覚えた。永久凍土が溶けると、埋められた死体が姿を現し、生き残った人々は悍《おぞ》ましさに慄《おのの》いた。寒さはグラーグを体験した人たちの集団的イメージの中心を占めているが、耐え難い暑さがzekたちを衰弱させることもあった。中央アジアの夏は猛暑であり、収容所の奴隷の健康もしくは生命を奪ったからだ。

人跡まれな僻地のいくつかでは、カニバリズム（人肉食）もまれではなかったようだ。シャラーモフはいくつかのエピソードに言及しているが、強制収容所のカニバリズムにかんする記録はほぼゼロである。厚顔無恥《こうがんむち》と思われる共産主義体制にとってもこの話題はタブーであった…。脱走を試みるならず者が、道中の食糧として「牛」を一匹選んで連れてゆくことがあった。一緒に脱走できると喜んだ「牛」は、ならず者たちが腹の都合で必要だと判断したときに殺された。しかしながら、脱走の試みはほぼ常に失敗に終わった。収容所当局は、脱獄囚をとらえて引き渡す住民に褒美をあたえていたからだ。多くの場合、頭部を持ち込むだけで、脱獄囚を仕留めたと証明することができた。首から下もついている死体は、教育的効果のためにzekたちの目につくところにさらされた。刑務官たちは面白半分に、「脱走を試みた」と難癖をつけて受刑者たちに向けて発砲することがあった。この場合、二発目を空に向けて撃った。決まりに従って警告発砲したが止まらなかったので撃ち殺した、ということにするためだ。退屈まぎれに、収容所の立ち入り禁止ゾーンに何かを投げ入れ、zekにとって来い、と命じ、脱走を図ったとして射殺する刑務官もいた。この手の残酷性は、銃器の調整と刑務官の訓練に役立った。

グラーグの大きな災厄の一つは、ごろつきの存在だった。彼らは収容所という無法地帯の王者であり、当局はzekたちを抑《おさ》え込むのに彼らの力に頼り、見返りとして特別待遇をあたえた。ディミトリー・ヴィトコフスキー［『グラーグ体験記』の著者］は、共産主義権力による受刑者間の差別を苦々しく回想している。「当時のコンセプトによると、収容所の目的は罰することではなく、再教育することであった。公式の分類に従い、受刑者は二つのグループに分けられた。〝社会的に危険な者〟はわれわれのことであり、具体的には知識人、反革命派、破壊工作者だ。〝社会的に近い者〟は、殺人犯、泥棒、盗賊である。公式の見解によると、後者は一時的に道を誤った勤勉な人々である。少々の再教育を施せば、本来のあるべき姿に戻れる、とみなされた」。あるべき姿に戻るのはいつのことやら、〝社会的に近い者〟たちは、気の毒なzekに襲いかかる獣《けだもの》のようなごろつきであり、受刑者にたいして生殺与奪の権利を握っていた。彼らのお気に入りの活動の一つは、あらゆる年齢の男女を標的とした強姦――多くの場合、隠語で「コーラス」や「路面電車」と呼ばれる輪姦――であった。彼らはまた、以前の人生との最後の絆としてzekが大切にしていた妻の写真を奪い、集団での自慰に使った。

こうした地獄からのがれるため、体力も精神力も尽き果てた一部のzekは収容所付属「病院」での滞在で心身を休め、強制労働を免除してもらおうと考えて自傷や詐病に走った。ジャック・ロシは、彼らが用いた恐るべきテクニックを数え上げている。凄まじいリストである。例えば、「自分の陰茎亀頭や陰唇に煙草を当てて火傷を負わせる。傷は梅毒の症状に似ているので、もっとも恐ろしい辺境の収容所に移送されることはない。陰茎の尿道に石鹸液を流し込んでも、同様の効果が得られる」。同じ理由で「睾丸のあいだに」釘を打ち込む者もいた。こうした詐病テクニックのいくつかは死をもたらした。

グラーグでは、死は偏在し、だれもが死と隣り合わせで、死を覚悟していた。バルバラ・スカルガは、グラーグで死んだ者を「早めに釈放された者」と呼んでいる。ソルジェニーツィンは、強制収容所システムは生者だけでなく死者にも敬意を欠いていた、と指摘する。「葬儀は陰鬱《いんうつ》で倹《つま》しく残酷」

であり、死者は永久凍土に埋められ、その場所はソ連領土の広大な面積ゆえに何処とも分からず、その存在は忘れられる。左足につけられた小さな札が死者のアイデンティティの手掛かりとなるはずだが…。複数の遺体が投げ込まれた墓穴は数多く、シャラーモフはこうした墓所の無残さの一片を伝えている。「これらの墓、石で周囲を固めた大きな墓穴は、縁《ふち》まで死体でびっしり埋まっていた。まだ腐敗していない死体、骨と皮だけの裸の死体、虱に刺されて血が出るまで掻《か》きむしられた汚い肌」。遺族が粘り強く問い合わせると幾《いく》らかの情報が提供されることはあるが、ほんとうの死因が伝えられることはなかった。なお、当局は亡くなったzekの金歯を抜かりなく回収していた。共産主義体制に対する幻想を失っていたシャラーモフは皮肉を込めて、金歯こそが、金鉱で血の汗を流していた受刑者が自分たちをいたぶる当局に提供することができた一番の貴金属である、と書いた。受刑者の生活はグラーグにおいてさえも、いつ急転するか分からなかった。教育的懲罰や、新たな罪状の追加は日常茶飯事だったからだ。生きたまま出られるチャンスはほぼない隔離刑に処されたり、毎日の糧食の量を減らされたり、刑期が延長されたりする可能性があった。例えば、ヴァルラーム・シャラーモフは自分の誕生日に刑期の一〇年延長を言い渡された。

出所

流刑～癒えることのない傷口

グラーグから出ることができても、その全体主義システムから自由になることはできず、流刑に処された。流刑地は一般的に、収監されていたグラーグ近辺の地方であった。収容所を出たあとにコルホーズでの永遠に続くかと思われる流刑を体験したバルバラ・スカルガは、そこで間近に見たロシア人の無駄遣い、アルコール依存症、すべては運命なんだという諦《あきら》め、収穫を戦いとみなして鼓舞するスローガン、だれもが受け入れている欺瞞《ぎまん》を厳しく批判している。ポーランド人であるスカルガは、自分はソヴィエト文化――ロシアの共産主義文化――とは無縁であるとの思いを抱き、母国との絆《きずな》を感じた。何らかの理由でふたたびグラーグに送りもどされることなく、こうした流刑の試練を乗り越えた元受刑者は「自由な」生活を取りもどすことができるが、多くの場合、ソ連の大都市に住むことは禁じられる。非ロシア人・非ソ連人の元受刑者は故国に戻ろうとするが、故国に通じる道は障害物だらけだった。いずれにしても、元受刑者は体と心の再建という共通の試練にぶつかった。家族のきずなはすでに崩壊していて、多くの元受刑者は近親者から拒絶され、グラーグ前の過去はなかったものとして諦め、悪夢にうなされながら、地獄の思い出とともに生きなければならなかった。

一つの重大で苦痛に満ちた自問にもぶつかる。自分が体験したことを証言すべきか、やめた方がいいのか？　犠牲者のことを忘れてはならないという義務感に、自分が生還したことに感じる罪悪感が加わる。体験談を書き記すことは、悍《おぞ》ましい過去の追体験という残酷さを伴うので恐ろしいし困難であるが、過去からの解放というメリットもある。記憶伝承の義務とカタルシスという二つの目的は収容所文学の原点であるが、バルバラ・スカルガが説明するように、執筆を始めるには並々ならぬ勇気を奮い立たせる必要があった。

「わたしがこのテーマについて敢えて書いたのは、迫害を受けた者はいまだに血が止まらない傷口をかかえている、と訴えるため、自分にも言い聞かせるためである。カタストロフィー以前の過去に戻れる可能性は一つもない以上、すっかり変わってしまった世界のなかで自分の人生と自分自身を再構築することは簡単ではない。この再構築には、傷口が塞《ふさ》ぐことが欠かせない。とはいえ傷は非常に敏感であり、ファクトや言葉の裏に新たな侮辱が隠れているのでは、と疑ってしまう。発せられた言葉に侮辱の意図が込められていないにしても、自分は過剰反応したのだと分かったにしても、これまでの人生で一度でも迫害された経験をもつ者は、言葉のなかに新たな危険、危険の予兆を感じてしまう。人間がどのような悪を犯しうるかを、人間がいかに卑屈で、いかに無関心でいられるかを骨身にしみて分かっているからだ。あのような迫害を体験した者は、殺人行為に国境などないことを知っている。こどものような無邪気さはすべて失った、すなわち、人を信頼する気持ちをすべて失ってしまったのだ」

こうした猜疑心は、元受刑者の大半にとって全体主義の巨大マシンとの戦いは終わっていない、という事実によって増幅した。日常的な関心事のみにとらわれている人々のあいだで生きることは、グラーグ生還者が味わう数々の残酷さのうちで最小のものとは呼べない。しかし、彼らにとってもっとも恐ろしいのはおそらく、収容所の門の向こうまで想像力が及ばない人々、もしくは収容所の実態を否定する連中――政権についている、もしくは就いていない共産党の関係者、そして支持者たち――によって自分の証言の信憑性が疑われることだった。とくに共産党関係者のイデオロギーに染まった否定、プロパガンダ戦略に乗っての否定は、塞《ふさ》がっていない傷口からの再出血を引き起こした。

結論

グラーグの強制収容所実験が人類史上最悪の悲劇の一つであったことは確実だ。共産主義とナチズムは、質と量の両面で大量殺戮の手法を刷新した。グラーグの残酷さを告発したジャック・ロシは返す刀で、共産主義とナチズムではどちらの罪が重いかという論争は無意味だ、と喝破《かっぱ》する。「わたしたちの世紀の二つの全体主義のうち、どちらがより野蛮かを見定めようとすることは無意味だと考える。どちらも、排他的に一つの思想を強制し、死体の山を築いたのだから」。

ついでにいうと、グラーグの実態と共産主義体制の犯罪が認知されていないことは、zekとその子孫にくわえられるさらなる残酷さである。ソロヴェツキー（ソロフスキ）諸島、コルィマ、ヴォルクタの名を知っている人は少ない。アウシュヴィッツやトレブリンカを知らない人が少ないのとは対照的だ。ナチの残酷さにかんする記憶が肥大することは必然としても、共産主義の残酷さについて人類は健忘症に陥っている。グラーグは忘却の淵に沈んでしまった…。犠牲者の遺体とバラックの廃墟は植物と氷に覆い隠されるだろう。現在のロシア政権が隠蔽《いんぺい》工作に全力を尽くしているだけに、zekの痕跡は不可逆的に消されることだろう。グラーグシステムによるzek搾取の痕跡として残っているのは、囚人たちが建設したノリリスクやマガダン等の都市、コンビナート、運河、鉄道のみである。

想像を絶するこの強制収容所システムが残した痕跡はもう一つある。受刑者に刻まれた、消えることのない傷跡である。ディミトリー・ヴィトコフスキーはこれを次のように説明する。「それよりも何よりも悲惨なのは、頭や魂や心のなかで、人間的な思考や感情を通して基本的人間関係を理解するための適性が、〝忌まわしいもの〟として破壊され、根絶され、焼かれて再生不能となったことだ。

恐怖の病巣が形成されて、何年たっても消滅しない」。グラーグは永遠に消えることにない恐怖を植え付ける。収容所は魂を汚し、心を蝕《むしば》み、尊厳を破壊し、自分を恥じる思い、嫌悪感、無力感と一体になった怒りを吹き込む。以上は、囚人を「新人間」に再生するための破壊と改造のプロセスにおいて極めて有効であり、ソヴィエト社会全体がグラーグシステムに感染した。密告、監視、罰、労働量に応じて量が決まる食糧配給制度、盗み、ごまかし。「ソヴィエト社会の生活は、収容所の生活を多くの点で似ている。（…）ソヴィエト市民と徒刑囚は五〇年前から双子である」というハンガリー人元受刑者のアロン・ガボールの証言は正鵠《せいこく》を射ている。教育の観点から言って、グラーグに利点はあった。zekの調教はソヴィエト市民の調教に役立ったのだ。

ソ連帝国のあちらこちらで、巨大な全体主義マシンは奴隷を消費した。無慈悲なグラーグシステムに呑み込まれた者がたとえ生き延びても、その人生は一変して決して元に戻ることはなかった。彼らは「別のタイプの人間」（ダリア・グリンケヴィチウテ）となってしまい、生還者たちは心身の変容にたびたび言及している。たとえばシャラーモフは、鉛筆で字を書くことがいかに大変となったかを次のように説明している。「九年前から、わたしの掌《てのひら》は閉じたままであった。シャベルをにぎる形に丸まっていた。お湯に浸けて柔らかくすると漸《ようや》く、ポキポキと音を立てて開いた」。シャラーモフは、頭も錆びついてしまい、考えることを少しずつ習得し直し、グラーグでは無用であった語彙《ごい》を思い出す必要があった、とも述べている。脳神経細胞のネットワークを再構築すること、すなわち人間に戻ることは、凄《すさ》まじい努力を要した。生還者は、地獄に突き落とされて変容し、出所後に復活という新たな変容を強いられる、という二重苦を味わったのだ。

多くの証言は、グラーグの人間改造計画は狙っていた効果を一〇〇%出せなかったことを示しているが、ブレジネフのプロパガンダは新人間創造の輝かしい成果を次のように讃えた。「ソヴィエト人の内では、イデオロギーの信念、強い生命力、知識と文化の頂点を極めようとする絶え間ない意欲、集団生活と友好的な助け合いの能力が一つになっている。ソヴィエト人は社会主義の祖国を熱烈に愛している。共産主義の名のもとでの熱意にあふれる労働は、ソヴィエト人の人生の中身となった」。

グラーグは、ボリシェヴィキのイデオロギーを国民に強要するための重要なツールであり続けた。強制収容所は常に存在感を発揮していたが、その名で呼ばれることは一度もなく、「バイカル・アムール地方の西シベリアの産業育成」、「建設や建築、大工事、労働力の移住と組織的な募集」といった、ニュアンスがあいまいで謎めいた表現で婉曲的に言及された。

ソ連経済は、奴隷使役システム――「労働力の組織的な募集」――の上に築かれた。強制収容所がある種の合理性を持っていたことは否定できない。反体制の抵抗をくじくプロセスの一環であるグラーグは、精神的および肉体的に反体制派を破壊すると当時に、共産主義を打ち立てるために彼らを搾取する、という一石二鳥の効果をあげた。この政治的な残酷性は、合理的な経済学者や人権活動家の視点から見れば不条理であった。しかし、ディミトリー・ヴィトコフスキーが告発するこの「計算づくの冷たく非人間的な残酷さ」は、全体主義の信奉者にとっては恐ろしいばかりに絶大な有効性を発揮したのだ。

14

暴力とは無縁のユートピアを成立させる手段としての残酷行為

ディストピアとユートピアの物語では、何が語られ、何が語られていないのか

ヨレーヌ・ディラス＝ロシュリュー

残酷性をテーマとするこの本にユートピアが登場するのは奇異だ、と思う読者がいるかもしれない。ユートピアにはさまざまな種類があるが、あらゆる苦しみ、不正義、恐怖、腐敗、悲惨の不在こそがユートピアの特徴とされるからだ。一五一六年、のちにイングランドの大法官となるトマス・モアがUtopia（存在しない場所）という新語を作った。その後、肯定的および否定的なutopiaが語られるようになった。だが、utopiaはやがて、eu（よい）とtopos（場所）という単語を組み合わせたeutopiaを指している、と受け止められるようになった。

しかしながら、平和で幸福な「よき場所」あるはずのユートピアは暴力と無縁ではない。提唱されたユートピアのいくつかでは、社会全体の完璧性を担保すると考えられる集団規則を破った者には

死刑が適用されるからだ。例えば、カラブリアの修道僧トンマーゾ・カンパネッラが一六二三年に執筆した『太陽の都』の中で描いたユートピアでは、殺人犯――この手の犯罪者はごく稀である――は、観衆が泣きながら見守るなかで処刑される。「泣きながら」という点が重要だ。観衆は、仲間の一人が共同体の心優しい保護を自分から放棄したことに深い悲しみを覚えつつ、厳罰を下すのだ。フランスの哲学者エティエンヌ・ガブリエル・モレリーが『自然の規範』(一七五五年)で描写したユートピアでは、平等主義の共同体に「憎むべき私有財産」を復活させようと試みる者は誰であれ、墓場につくられた「鉄格子の嵌《はま》った洞窟」に死ぬまで閉じ込められる。とはいえ全体として、これらの「存在しない、よき場所」では蛮行、攻撃的な情念、逸脱は消滅している。「闘鶏や競馬、人間の規則や慎み深さに反すること、心の残忍さを喚起しかねないことすべては、わたしたちの国では許されていない」(ジェームズ・バラ、『シーザーの国の話』、一七六四)。

こうした美しいヴィジョンにもかかわらず、「よき場所」は危険な合わせ鏡とセットになっている。「悪しき場所」である負のユートピア、別名ディストピアである。ディストピアは、理想的に見えるユートピアの裏には心身への残酷な行為の数々が隠されている、と私たちに警告を発する。イデオロギー面ではさまざまな違いがあるが、ディストピアはいずれも、トマス・モアが書いた『ユートピア』を踏襲して、現実社会とは異なる社会を実際に訪れての見聞録、という体裁をとり、「幸せな国家」のネガティブな裏面を描写する。拡大鏡を当てるように、社会の諸悪と欠陥をひたすらに拡大することで、マイナス面を暴《あば》く試みだ。

ディストピアが発する、世界の残酷性への警告

このジャンルの嚆矢《こうし》はおそらく、モラヴィア兄弟団［プロテスタントの一派］に属する牧師であったヨハネス・アモス・コメニウスが著わした『現世の迷宮と心の楽園』（一六二三年）である。読者の案内役となるのは、「世界を上から」眺めるために旅立つ一人の巡礼である。巡礼は、予《あらかじ》め決められた道から外れるのを防止するための轡《くつわ》を口にはめられそうになりる。また、特殊な「眼鏡」をかけるよう、「知性を曇らせる者」から強要されそうになる。この眼鏡をかけると、近くにあるものが遠くにあるように、遠くにあるものが近くにあるように、大きいものが小さく、小さいものが大きく、白いものが黒く、黒いものが白く見えてしまう。巡礼は、知性を曇らせる者、という呼称は的を射ている、と得心《とくしん》する。このような眼鏡を作り、人々にかけるよう強要できるのだから。轡も眼鏡も、真理の探究を妨げるから回避せねばならない。甘ったるいところが一切ない、この驚くべき本は、政治家、エリート、庶民、聖職者の違いなく、すべてが虚偽に満ちて残酷だった時代［著者ヨハネス・アモス・コメニウスが経験した、宗教対立、三十年戦争の時代］のメタファーである。いたるところ、誕生から死まで、誰もが苦しみを味わっている。だが、あらゆるレベルで、年齢も属している社会階層の違いも問わず、すべての人は犠牲者であると同時に加害者である。

「（…）どちらを向いても、鉄、鉛、木材、石でつくられた、あらゆる種類の残酷な道具が果てしなくならんでいた。刺したり、砕いたり、斬ったり、つきとおしたり、刎《は》ねたり、刻みを入れたり、叩いたり、引き裂いたり、焼いたりするための道具。要するに命を奪うための道具だ。あまりにも悍《おぞ》ましいので、わたしが〝どのような野獣に使うために、こうした道具を用意しているのですか？〟と尋

ねると、通訳は〝人間用です〟と答えた。〝人間用？〟とわたしは言った。（…）〝なんですって？　なんと残酷な！　人間が人間用にこうした恐ろしいものを発明するとは！〟（…）手や足や頭部や鼻を欠いた多数の人間が運ばれ、連れてゆかれるのを見た。切り刻まれた体、剝《は》がされた皮膚、血によってすっかり変わり果てた姿（…）死の前には楽しみしか経験しなかったとしても、人間を太らせてから屠殺場に送り込むとは恐ろしいことだ。いずれにしても、この状態は醜悪だ！　もうたくさんだ、もうたくさんだ！　ここを立ち去ろうではないか」

このディストピアという ジャンルの土壌には、数多くのフィクションが芽生えた。いくつかのユートピアが政治計画と合体するにつれ、そして二〇世紀に入ってから実践が試みられるにつれ、ディストピアの数は増え続けた。一部の社会運動家、哲学者、小説家はディストピアという手法を使い、特定の階級や人種による支配を説く全体主義に切り込み、新たな人間の創造という革命思想がもたらす害悪を暴《あば》き出し、人間改造計画など持たない単なる独裁——血塗れの独裁も含めて——との違いを明らかにしようとつとめた。こうした著作者たちは、全体主義の恐怖政治が目指すのは、社会を歴史のある段階に固定することではなく、人間を人間たらしめているもの——自律的に思考し、学び、創造し、他の人間と絆を育む能力——の根絶を通して社会を破壊することである、と説く。

「昨日までの過去が廃止されたのを知っているかい？　どこかで過去が生き延びているとしたら、それは、テーブルの上のこのガラスの水差しみたいに、一つの言葉も紐づけられていない物の中だよ。われわれは既に、革命について、革命に先立つ年月について、文字通りほぼ何も知らない。すべての文書は破棄もしくは改竄《かいざん》され、すべての本は書き直され、すべての絵は描き直された。すべての銅像、通り、建物は改名され、すべての日付けは変更された。このプロセスは毎日、毎分続いている。歴史は停止した。永遠の現在以外には、何も存在しない。この現在においては、党は常に正しい」（ジョージ・オーウェル、『一九八四年』）

ジョージ・オーウェルの『一九八四年』が出版されてから六七年後、アルジェリアのブアレム・サンサルは同じくディストピアメソッドを採用し、西洋にまで浸透しつつあるイスラーム原理主義運動の全体主義を告発する『二〇八四 世界の終わり』を執筆した。迷路のような都市に非合法的に潜入した主人公は、理解不能で不可侵のドクトリンの罠にはまった住民たちが恐怖で身動きが取れなくなっていることを知る。このドクトリンは、人間から反抗する能力を奪い、非人間化する。

「友よ、分かるかな？　君は途方もない実験のモルモットなんだ。恐ろしい暴政は、ちっぽけで取るに足らない君から、自由とは何かを学ぶんだ！…なんてこった！…最後に君は殺される、当然だけれど。彼らの世界では、自由は死への道だ。自由は傷つけ、混乱を引き起こす。冒瀆そのものだ。絶対的な権力を持っている者にとってさえ、今さら後戻りは不可能だ。彼らはこのシステムと、世界を支配するために自分たちが発明した神話の囚人だ。システムと神話は、彼らをドグマの熱意あふれる守護人に、全体主義マシンにこびへつらう僕《しもべ》に仕立て上げた」

現実とフィクションが巧妙に交錯するディストピアは、名状《めいじょう》しがたい残酷さの核心に迫る効力で大学人の研究を凌駕する説得力を持つ。母親がアウシュヴィッツで殺されたジョルジュ・ペレックは『Wまたは子供の頃の思い出』において、つらい幼年期の思い出――その一部は、痛みにうずく心の靄《もや》のなかに埋《うず》もれてしまった――と、フィクションのあいだを行き来することで、実際に起きたことを回想するレベルを超えて、全体主義システムの本質を探る。この小説のWとは、巨大な陸上競技場として構想された国家である。そこでは、社会の構成員の大半が「アスリート」であり、ルールが事前に知らされることなく、競技大会「スパルタキアド」や「アトランティアド」への参加を強制されている。誰が勝者になるのかはは日によって違う。一位の選手かもしれないし、二位の選手かもしれない。最下位が勝者となる日もある。敗者は手足を切断される、もしくは殺されるかもしれない。いずれにしても辱められ、束縛され、動物のように扱われる。女性の運命はさらに過酷だ。女児は誕生時に五人に一人だけが生かされる。生き延びても、一年に一回、競技場に獲物として放り出され、観客の歓声を浴びながら最強の男たちによって強姦される。この世界では、自分が次の日にまだ生きているかどうかは、誰も知らない。ペレックがこうした設定によって描き出したのは、表面的には非合理だが、新世界に加わるのに値しないと判断された者を抹殺するという政策を遂行している、という意味では筋が通っている世界だ。

「ストライプのユニフォームのせいで一九〇〇年代のスポーツ選手の戯画みたいなアスリートたちが肘を両脇に付けてグロテスクなスプリントに飛び出すのを見るべきだ。砲丸投げの選手が本物の砲弾を投げるのを、足首を縛られた走り幅跳びの選手が液肥に満たされた穴にドボンと落ちるのを見るべきだ。タールを塗りたくられて羽で覆《おお》われたレスリング選手を見るべきだ、長距離走選手が片足ケンケンで、もしくは四つん這《ば》いでぴょんぴょん跳ぶのを見るべきだ。落伍しなかったマラソン選手が痛い足を引きずり引きずり、体がこわばったままで、鞭や棍棒を持った線審が間隔を空けずにならんで人垣を作っている間を縫って小刻みに走っているのを見るべきだ。痩《や》せこけて、顔は土気色で、背中を常に丸めたアスリートたちを見るべきだ。ピカピカ光る禿げ頭を、怯《おび》えきった目を、膿だらけの傷を、終わりのない屈辱と底なしの恐怖が残した消えることのない痕跡のすべてを、意識的に人を押し潰すために組織化・序列化された力が毎日、毎時、加えられていることの証《あかし》すべてを見るべきだ
（…）」

より最近のディストピア小説としてあげることができるのは、現在のイデオロギーの実態に迫る『絶妙な死体』である。作者は、アルゼンチンの女性作家アグスティナ・バステリカ。舞台となるのは、動物もその肉を食べる人間も殺してしまう危険なウィールスが蔓延したために、家畜・家禽がすべて殺処分されてしまった世界である。その結果、驚くべき事態が起きる。菜食主義への転換が図られるも、蛋白質不足のために社会にフラストレーションがたまり、浮浪者、貧者、移民の「密猟」が起こるようになる。対処を迫られた政府は、管理された人肉消費の許可に踏み切り、専門業者による食用人間の飼育と屠殺処理、肉屋での「特別製品」の販売が始まる。

「変化が唐突であってはならないので、スパネルが開業した肉屋は当初、牛の枝肉の伝統的なカットを模倣していた。かつての肉屋にいるような気分でいられた。やがて少しずつの変化が始まった。ゆっくりだが確実に。まずはシュリンク包装の手を寝かせた状態で、南仏風カツレツ、ロース肉、腎

臓のあいだに隠すように並べるようになった。これを盛った舟形容器には〝特別肉〟と書かれたラベルが添えられ、片隅には、〝手〟という表現を戦略的に避けた〝上部末端〟との表示があった。時間がたつにつれ、スパネルは足を店頭に並べるようになった。足を盛った容器は緑のサラダ菜の上に並べられ、〝下部末端〟と書かれたラベルが添えられた。さらに時間がたつと、舌、ペニス、鼻、睾丸を盛った皿が〝スパネルお薦めの美味しい部位〟と書かれた小さな札とともにディスプレイされた」

現在のディストピア小説増加は、ユートピア小説のまぎれもない退潮と対になっている。ペシミズムが希望を圧倒している証拠である。協同労働や協同消費、エコ村やエコ農場、さまざまな形態の社団や共同生活の試みといった、「具体的な」もしくは「現実の」ユートピアと呼ばれているもの――多くは特定の集団や地域に限定されている――の増加も、大規模なユートピアは不可能だ、という気持ちのあらわれである。エコロジー、アナーキズム、共産主義、保守主義が混在する反リベラルなイデオロギーの潮流に乗ったこれらの新ユートピアは、社会全体を変えることを必ずしも目的としておらず、孤立、生きづらさ、貧困化、失業、環境汚染、伝統的な職業の衰退、借金、さらには、自分は無用だとの思い、といった問題にただちに対処できる解決策を模索している。人類は数十年後に破滅すると考えるコラプソロジー［崩壊学］研究者が盛んに「衰退論」を執筆しているので、志《こころざし》を共有する仲間と共同体を形成してそこに閉じこもろうとする人が多いのも無理はない。この終末論的な雰囲気を増幅させているのは、コーマック・マッカーシーやマルレーン・ハウスホーファーのポストアポカリプス小説を筆頭とする数多くのベストセラーやエッセー、さらには、『デイ・アフター・トゥモロー』のような映画、『ハンドメイズ・テイル／侍女の物語』に始まって『ブラック・ミラー』に至るまでのテレビドラマシリーズ——いずれも、希望のない未来がこれでもかというほど描かれている——である。

「完璧」と思われていた「国家」——とくに共産主義国家——のなかで多くの人が犠牲になる悲劇が起きていたことが明らかになった。これがユートピア小説の執筆やユートピアを目指す政治プロジェクトに影響するのは必然だった。完璧な人間をつくるためと称してどのような残酷な行為が組織されていたのかが分かった以上、多くの人が「不完全な国家」から逃げ出して別の生き方を考案するために別の道を探る必要に駆られた。

「よき場所」の秘密

現実社会から、フィクションが語るより良い社会への移行は可能だろうか？　この問いは、かなり長いあいだ無視されていた。そこにいたる手段について何も語っていない、と言ってフリードリヒ・エンゲルスはユートピア小説を非難したが、相当に数多いユートピアを比較分析すると、非現実的な話を展開しているユートピアはまれであることが分かる。大部分のユートピアには、理想郷の起源にかんする情報やヒントにそれなりの紙幅《しふく》を割《さ》いている。出発点は多くの場合、王や賢人や探検家や祭司の、これまでの社会と決別して人々を異なる運命に導く、という決意である。あとは、不完全な世界を逃れ、多少とも平等主義のよき社会の建設を始めるきっかけ——戦争、革命、飢饉、サイクロン、難破——があればよい。

よき社会は、外の世界の害悪や暴力に冒されにくい島に建設される場合が多い。「(…)友人たちとわたしが故郷を捨て、人跡未踏の遠い土地に小さなコロニーを建設するにいたった理由、わたしたちがそこに打ち立てた統治の形態について、事細かに話して聞かせよう」(ジェームズ・バラ、『シーザーの国の話』、一七六四)。長年の努力の結実として、計画にそって規律正しい都市国家が建設さる。住民は教育水準が高く、穏やかで、健康を享受しつつも自分たちの弱点を意識している、すなわち過去と距離を保つ必要性を理解している。経済、政治、社会の組織の面では違いがあるものの、これらの「よき場所」の物語は、政治計画でも代替案でもなく、検閲のために批判の表明がほぼ不可能だった時代に現実社会の悪を告発する手段であった。

少なくとも一部のユートピアが政治計画の様相を帯び、そこにいたる手段として暴力行使を肯定するようになるのは一八世紀後半である。そうなるとユートピアは実現の可能性をはらみ、約束となり、さらには実現が必須となる。一七九七年の裁判において、フランソワ・ノエル・バブーフ［仏革命期の思想家。私有財産を否定した。政府転覆を企てたとして逮捕され、有罪判決を受けて処刑される］は、自分が蜂起を呼びかけたのはエティエンヌ・ガブリエル・モレリーが『自然の規範』(一七五五年)で描いたユートピアを実現するためであった、と述べた。なお、バブーフは、モレリーはディドロ［仏革命以前の啓蒙思想家］の別名である、と信じていた。バブーフの主張によると、彼の目的は私有財産も貨幣も完全に廃止した社会の建設である、すなわち、自身が「平民派宣言」のなかで詳細に説明した「神聖な平等」への到達を通してすべての人の幸福を実現することであった。

一九世紀に入ると、「よき場所」を実現しようとする計画が練られることはますます多くなり、計画実行のための二つの選択肢が浮上した。第一の選択肢は、実験的なコロニーを成功させることで、暴力に訴えることなく、雪だるま式に賛同者を増やすことで社会全体を、社会主義者（サン＝シモン、シャルル・フーリエ、ピエール・ルルー、ジャン＝バティスト・ゴダン）あるいは共産主義者（ロバート・オーウェン、エティエンヌ・カベ）が提唱する道へと誘導する、というものである。第二は、急進的変革の梃《てこ》として蜂起を優先手段とするものであり、背景にあるのは階級闘争の思想であり、大量抹殺の潜在的可能性も秘めていた。ウィリアム・モリス、ジョゼフ・デジャック、ニコライ・チェルヌイシェフスキー、ウラジーミル・マヤコフスキー、ブルーノ・ヤシェンスキー、女性精神科医のマドレーヌ・ペルティエを筆頭に、この範疇に入る「よき場所」を提唱した者の数は多い。

無政府主義者で、資本主義産業社会に反感を抱いていたイギリスの芸術家、ウィリアム・モリスは、資本主義体制批判と同体制根絶の手法にかんしてはマルクスに同意していたが、近代産業システムそのものの根絶を欲していたのでマルクスの産業観は受け入れなかった。モリスが一八九〇年に著した小説『ユートピアだより』の主人公である「わたし」は、未来のロンドンとその近郊に迷い込み、再生を果たし、穏やかとなり、脱産業化したイギリスを発見する。この新しいイギリスでは、農民と職人の仕事は芸術と喜びとなっていた。工場や機械は消え去り、人間的な手作業、美しい風景、澄んだ空気が復活している。旧世界の名残りといえば、堆肥《たいひ》置き場と化した議事堂の廃墟のみ。環境保護運動の先駆けであるこのユートピア小説は今日、新たな読者を獲得している。自然への回帰、共産主義——私有財産と貨幣の消滅——、消費主義と決別して分かち合いと物々交換へ、という三者の組み合わせが共感を呼ぶからだ。

しかし、どのようなことが起きて、プロレタリアを圧迫する資本主義産業世界が消えて、暴力も搾取も貧困もない共産主義の天国に置き換えられたのだろう？ここでは、歴史教育は廃止された。過去は根こそぎ消し去られたからだ。ゆえに、この新世界の起源を知ることはむずかしい。訪問者である「わたし」に情報を与えてくれるのは、過去の断片を記憶している一人の老人である。旧世界は二世紀前に貧困層の反逆によって一掃され――ちなみに、モリスはこのユートピア小説の舞台を二二世紀と設定している――て、社会主義のリベラルな国家に置き換えられたのだが、その本性は最悪の搾取国家であることが明らかになり、ついには大衆の叛乱を武力で抑え込もうとした。歴史の大きな断絶が起きたのは、一九五二年だったようだ。この年に内戦が勃発し、今回プロレタリアを率いたのは誠実なリーダーたちだったが、大虐殺を引き起こした。その結果として何百万人もが死に、廃墟からの再建が必要となった。老人の話は「(…)犯罪者階級を根絶するには悲劇を経験する必要があるのだ」という言葉で終わる。

リベルテール［絶対自由主義者］という新語を考案した無政府主義活動家のジョゼフ・デジャックもユートピアに至るシナリオとしてモリスと同様のことを考えた。デジャックはエッセー『ユマニスフェール、無政府主義のユートピア』の序文のなかで、「プロレタリア戦争と奴隷戦争が、国家と搾取者たちの骨を砕くであろう。政治家、実業家、経営者、親方、銀行家、農園主の肉は、プロレタリアと奴隷の血塗《ちまみ》れの足に踏まれて燻《くすぶ》るだろう」と記している。

一八六三年、ロシアの革命運動家ニコライ・チェルヌイシェフスキーは、プロパガンダとユートピアが綯《な》い交《ま》ぜとなった小説『何を為《な》すべきか』を執筆し、輝かしい国家の実現の前段階は革命の暴力による階級の敵の抹殺である、と主張した。この企みの成功の鍵は、厳選された前衛——選考基準は、友情や愛といったあらゆる感傷や感情に動かされない鉄の意思の有無——による大衆の統率と政治教育である。著者はこれら職業革命家たちを、革命という目的の成功のためだけに生きる陰鬱な怪物もしくは苦行者として描いている。小説は、理想の国家、豊かで喜ばしく穏やかな社会の描写で大団円《だいだんえん》を迎える。建築物と自然が美しさを競い合い、機械のおかげで労働は楽になり、誰でも博識になれる世界である。一九世紀半ばの情勢を背景として、チェルヌイシェフスキーのユートピアはロシアを舞台にすることで——イギリスを舞台とするモリスのユートピアと同様に——信憑性を得ることができた。ヒロインのヴェラは喜びを次のように語っている。「(…) 皆に告げるのよ。未来はこうなる、と。(…) この未来を愛しなさい、目指しなさい、この未来のために努力しなさい、現在のためにこの未来から借り受けることができるものはすべて借りなさい。皆さんの暮らしは、この未来から借りたものが多ければ多いほど、輝かしく、美しく、喜びと楽しみにあふれるようになる、と」

ボリシェヴィキ革命が起爆剤となり、チェルヌイシェフスキーが敷いた軌道の延長線上でユートピア作品が数多く上梓された。その一例が、ウラジーミル・マヤコフスキーの『ミステリヤ・ブッフ』である。この戯曲は、いったんすべてを白紙にして社会を再建するための唯一の手段は破壊的暴力である、と説く。「シャベル、鶴嘴《つるはし》を持て。ぐうたらな人間、怠け者、さぼり屋を打ち負かすため、献身的な部隊をわたしに寄こせ、わたしにだ。ずる賢い奴ら、悪徳商人、密売人を粉砕するのだ」。支配者が殲滅されたあとで初めて天国の門が開くのだ。そこにあるのは、見渡す限り豊饒が君臨している理想的な世界だ。

「大気中には、桃に似た香りが漂っている（…）。なんと形容してよいのか分からない！　百階建ての高層建築が地上のあちらこちらに聳《そび》え、橋が雲の下で揺れている。家々の戸口には、食べ物や物資が山積みとなっている。鉄道車両の隊列、光の筋が橋の上を流れてゆく。地上は電気のおかげできらめいている。すべては努力の結果、人間が技術を完全に掌握した結果だ。（…）砂糖や小麦粉は有り余っているので、誰でも好きなだけもらうことができる。だれも備蓄などしない（…）。皆さんのものだから、こちらに来て、遠慮せずにおとりなさい！　仕事道具もワインも小麦粉も、さあ、おとりなさい。こちらにおいでなさい、勝者として！　経営者はもはや不在で、わたしたちは誰にも従属していない（…）。もし経営者が戻ってきたら、殺すまでだ」

ソヴィエトで数多く生まれた社会主義や無政府主義を標榜するユートピアは一九二二年以降、禁止され、著者たちは強制収容所に送られるか、粛清されるか、自殺に追い込まれた。『パンの略取』（一八九二年）の中で無政府共産社会のユートピアを描いたピョートル・クロポトキンの死後、ソ連でアナーキズムは厳しい取り締まりの対象となる。科学主義を標榜《ひょうぼう》するレーニンは、若いころに愛読していたチェルヌイシェフスキーの『何を為すべきか』から教訓を学び取り、テロ、内戦、民衆の貧困、飢餓を革命の手段として選び、過去を徹底的に否定し、資本主義の悪徳とは無縁の社会の建設に着手した。すべての共産主義国家が手本として導入し、世界各国の共産党が「実現されたユートピア」として讃えたソ連体制は多くの災厄をもたらし、高いものにつく。一九八九〜一九九一年のソ連ブロックの崩壊により、旧共産主義国家の相当数は、政商マフィアが支配する政治体制へ、もしくは中国に倣《なら》って経済面では資本主義、政治面では共産主義というハイブリッド体制へと移行した。いずれも民主主義とは無縁である。

共産主義ユートピアは、フィクションと現実の境目を曖昧にすることで、体制に批判的な左右の声を黙らせることに貢献した（共産党は、批判者が左翼である場合、これを極左もしくはファシストと呼んで排斥した）。そうしたユートピアの一例は、フランスの女性精神科医マドレーヌ・ペルティエが『新生活』（一九二〇年）のなかで描いた、プロレタリア革命によって変貌した国、共産主義かつフェミニズムのユートピアである。この「新世界は、誕生して一〇年目を迎えていた」とペルティエは書く。その前に何が起こったのか？　欧州戦争が終わった後、フランスでは共産党が権力を奪取したが、ただちに革命後の混沌——「破壊の陶酔」——に直面した。無秩序と復讐心が、共産党政権にとって罠となった。「人々は破壊のために破壊し、見境なく破壊した（…）。殺害そのものを目的とする殺害が横行した。無害そのものの人たちが多数、はっきりした理由もなく銃殺された（…）。中央委員会には大量の告発が寄せられた。債権者や債務者に復讐するために（…）。時には、告発者自身が逮捕し、裁き、処刑した」。革命の目的からかくも逸脱した野蛮行為——「幸福のために革命を起こしたのに、すべての人が不幸となった」——を撲滅するため、政府は独裁を敷くほかなかった。私有財産と貨幣の廃止により、搾取と貧困の大半は解消されたものの、害毒をもたらす行動は根絶されなかった。ゆえに、国内の治安を回復させるため、警察官があらためて採用され、無数の不適格者——その多くは今や無職となったブルジョワや聖職者——の再教育のために刑務所や学校が開設された。次に、労働者手帳をもっていなければ住居も食糧も確保不能となった。賭け事、酒、煙草は禁止された。女性を家父長制度から解放するために結婚も禁止された。男女不平等の根源である出産の不利益を解消するために女性には一年の出産休暇が与えられるだけでなく、育児の世話から女性を解放するために乳幼児は「国の適切な教育」に託されるようになった。女性優遇は以上にとどまらず、劣化した体をもとに戻すための美容整形手術も提供される。ペルティィエ医師は衛生にかんする偏執《へんしゅう》的な完璧主義者ぶりを発揮して、衛生管理を使命とする公務員に労働者をチェックさせることまで思いついた。「［衛生管理官に］下着と体を見せねばならない。一週間に一回の入浴を怠った者は、一日の労働に匹敵する罰金を払わねばならない」

誕生したばかりの仏共産党（共産主義インターナショナル仏支部）のメンバーであったマドレーヌ・ペルティィエにとってのユートピアはソヴィエトであった。ただし、一九二一年七月にソ連に旅したペルティィエは失望を味わう。彼女は党の許可を受けずに、アレクサンドラ・コロンタイ［ロシア革命後に保健人民委員となり、婦人政策担当部局を設立した女性政治家］が提唱する女性解放の原則がソ連の女性の暮らしにどのように反映されているかを自分の目で確かめようとした。金品を盗まれ、屈辱的な扱いを受け、不衛生と極端な物不足に心底《しんそこ》衝撃を受ける、という辛《つら》い旅に疲労困憊《ひろうこんぱい》してフランスに戻ったペルティィエの目には、革命直後に強制されるべき秩序の実態がどのようなものか、ある程度明確になった。「共産主義の祝福されたテリトリーについに足を踏み入れたときはインターナショナルを口ずさむつもりだったが、わたしの熱狂は雲散霧消《うんさんむしょう》した。惨《みじ》めすぎる」

ポーランドの共産主義者ブルーノ・ヤシェンスキーも、ペルティィエと同じようにソ連を手本として仰《あお》ぎ見ていたからこそ、恐怖政治と独裁を過渡期に必要な手段として正当化した―皮肉なことに、本人も恐怖政治と独裁の犠牲者として一九三八年に銃殺されるのであるが。マルクス・レーニン主義者であったヤシェンスキーは、理論書よりもユートピア小説を好んだ。大衆を蜂起へと向かわせるには、後者のほうが有効である、と考えたからだ。ヤシェンスキーの小説『わたしはパリを燃やす』［仏共産党機関紙リュマニテに連載されたプロレタリア小説］は、反抗に立ち上がるプロレタリアの冒険譚である。この労働者は、ある研究所を訪れた際に、ペスト菌培養に使われてる試験管を盗み、パリ市の貯水池に中身を流し込む。その結果、ペストが大流行し、同時に残忍な市街戦が起こり、何千人もの犠牲者が出る。パリの住民は、それぞれの共同体――ブルジョワ、白ロシア人、英米人、中国人、ユダヤ人、ボリシェヴィキ――ごとに一つの街区に立て籠もり、他の共同体を標的として残虐の限りを尽くす。六週間後、パリとその近郊には誰も生き残っていない。ブルジョワも、プロレタリアも。だが、荒廃したパリの残骸から共産主義都市国家が誕生する。ペスト流行以前に、大多数を共産主義者とする三万二〇〇〇人のプロレタリアが、乗り越えることが不可能な壁によって外部から隔絶された刑務所に収監されていたのだ。しかも、この刑務所に水を供給している貯水池はペスト菌に汚染されていなかった。刑務所から外に出たプロレタリアは、パリが外部から遮断された状態が続くように、ペスト流行はまだ収まっていないとの偽情報を流した。それから二年後、幸福なユートピアのイメージそのままの共産主義の理想郷が誕生した。だが、敵方の飛行士一名がシャンゼリゼ上空を飛び、赤いベレー帽をかぶった何千人ものこどもたちの手を借りながら陽気な人々が一面の麦畑と野菜畑の手入れをしているのを目撃する。見違えるように変わったパリの様子を飛行士が自国政府に報告したことで、共産主義の夢が成就したユートピアが危険にさらされる。こうなったら、無線でパリの外の民衆に蜂起を呼びかける、すなわち、ボリシェヴィキと同じ道をたどるように欧州の人民に働きかけねばならない。

「労働者、農民、兵士の諸君！　君たちに話しかけているのはパリ革命政府である。君たちが死に絶えたと思っていたパリは生きている。（…）疫病は二年前に終息した。五月の暴動後に刑務所に隔離されていたプロレタリアだけが生き残ったのだ。以前のパリの廃墟のうえに、私たちは新しいパリ、自由なコミューンを築いた（…）。こちらはパリ・コミューン！　労働者、農民、抑圧された人民諸君！　これは、わたしたちに対する戦争、わたしたちのコミューンに対する戦争だ。資本主義世界の上に聳《そび》える国際的な革命の砦《とりで》であるパリを守るのは君たちの役目だ。全員、武器を取れ！　全員でパリを守れ！」

ユートピアは一九世紀末、エルンスト・ブロッホ［ドイツのマルクス主義哲学者］が理論化した「希望の原理」、またはシャルル・ペギー［フランスの詩人、劇作家、思想家］が詩的に呼ぶところの「糸のように細い地平線の上の小さな光」と見なされた。ルイーズ・ミシェル［フランスの無政府主義者］が「ことが成就したと仮定しましょう。革命の嵐が終わり、わたしたちが乗っている漂流物がついに岸にたどり着いたと仮定しましょう」と述べたように、ユートピアは革命後の世界へのいざないであった。すなわち、大衆を行動へと導く唯一の手段であった。だが、こうしたユートピアの夢を託されて生まれた国々の多くは急進化し、完璧性と人間解放を恐怖政治と切り離さず、野蛮行為を必要悪と見なすことでディストピアへと変質した。現代社会は不平等であるうえに、気候変動、環境汚染、貧困の問題ゆえに自滅に向かっている、と批判されている。だから、世界を変えるための呼びかけや行動は、ある程度の活力を取り戻している。とはいえ、ユートピア小説が手段として使われることはない。ユートピアの具現化が地獄に終わった過去を簡単に忘れることはむずかしいからだ。

◆編者略歴◆

ステファヌ・クルトワ（Stéphane Courtois）
共産主義を専門とする歴史研究者。HDR（高等教育機関で研究・指導を行う国家資格）保持者であり、フランス国立科学研究センター（CNRS）の名誉研究部長、カトリック高等学院（ICES）現代史教授、複数の叢書（« Archives du communisme » au Seuil, « Démocratie ou totalitarisme » aux éditions du Rocher puis au Cerfなど）の監修者。フランス共産党の歴史にかんする数多くの著作があるほか、編者として全体主義をテーマとする複数の書籍、26か国で翻訳出版された『共産主義黒書』（ロベール・ラフォン社、1997。邦訳、筑摩書房）、『共産主義百科』（ラルース、2007）にかかわった。近刊書である『レーニン――全体主義の発明者』（ペラン、2017）は、2018年に歴史本大賞と政治家伝記大賞に輝いた。

◆監訳者・訳者略歴◆

神田順子（かんだ・じゅんこ）…はじめに、1－3、8、12－14章担当
フランス語通訳・翻訳家。上智大学外国語学部フランス語学科卒業。共訳に、ビュイッソンほか『王妃たちの最期の日々』、ゲズ編『独裁者が変えた世界史』、バタジオン編『「悪」が変えた世界史』、ドゥコー『傑物が変えた世界史』、フランクバルム『酔っぱらいが変えた世界史』、ルドー『世界史を変えた独裁者たちの食卓』、フェラン『運命が変えた世界史』（以上、原書房）、監訳に、プティフィス編『世界史を変えた40の謎』（原書房）、ピエール＝アントワーヌ・ドネ『世界を喰らう龍・中国の野望』（春秋社）などがある。

松尾真奈美（まつお・まなみ）…4章担当
大阪大学文学部文学科仏文学専攻卒業。神戸女学院大学大学院文学研究科英文学専攻（通訳翻訳コース）修了。翻訳家。共訳書に、ゲズ『独裁者が変えた世界史』、バタジオンほか『「悪」が変えた世界史』、ドゥコー『傑物が変えた世界史』、ソルノン『ロイヤルカップルが変えた世界史』、プティフィス編『世界史を変えた40の謎』（以上、原書房）などがある。

田辺希久子（たなべ・きくこ）…5章担当
青山学院大学大学院国際政治経済研究科修了。翻訳家。最近の訳書に、グッドマン『真のダイバーシティをめざして』（上智大学出版）、共訳書に、ビュイッソン『暗殺が変えた世界史』、ソルノン『ロイヤルカップルが変えた世界史』、フランクバルム『酔っぱらいが変えた世界史』、ルドー『世界史を変えた独裁者たちの食卓』、フェラン『運命が変えた世界史』（以上、原書房）、コルナバス『地政学世界地図』（東京書籍）などがある。

松永りえ（まつなが・りえ）…6、7章担当
上智大学外国語学部フランス語学科卒業。訳書に、モリエ『ブックセラーの歴史――知識と発見を伝える出版・書店・流通の2000年』、ブランカ『ヒトラーへのメディア取材記録――インタビュー1923-1940』（以上、原書房）、プイドバ『鳥頭なんて誰が言った？――動物の「知能」にかんする大いなる誤解』、ジャン『エル ELLE』（以上、早川書房）、共訳書に、ヴィラーニ『定理が生まれる――天才数学者の思索と生活』（早川書房）ほか。

福島知己（ふくしま・ともみ）…9－11章担当
一橋大学大学院社会学研究科博士課程修了。帝京大学経済学部准教授。訳書に、フーリエ『愛の新世界』『産業の新世界』（以上、作品社）ほかがある。

憎悪《ぞうお》と破壊《はかい》と残酷《ざんこく》の世界史《せかいし》

上

剣闘士《けんとうし》からジハード、異端審問《いたんしんもん》、全体主義《ぜんたいしゅぎ》

●

2025年3月10日　第1刷

編者………ステファヌ・クルトワ
監訳………神田順子《かんだじゅんこ》
装幀………川島進デザイン室
本文・カバー印刷………株式会社ディグ
製本………東京美術紙工協業組合
発行者………成瀬雅人

発行所………株式会社原書房
〒160-0022　東京都新宿区新宿1-25-13
電話・代表　03(3354)0685
http://www.harashobo.co.jp
振替・00150-6-151594
ISBN978-4-562-07515-7